NARRATIVE

Philippe Collin

Il barman del Ritz

Traduzione di Luigi Maria Sponzilli

Rizzoli

Pubblicato per

Rizzoli

da Mondadori Libri S.p.A.

ISBN 978-88-17-19164-7

Titolo originale dell'opera:
LE BARMAN DU RITZ

Prima edizione: giugno 2025

Il barman del Ritz

A Blanche Auzello, l'unica regina del Ritz.

Quando sogno l'aldilà, il paradiso,
mi ritrovo sempre al Ritz, a Parigi.
Ernest Hemingway

Parigi è rimasta sotto l'occupazione nazista dal 14 giugno 1940 al 25 agosto 1944. 1533 notti. 1533 notti durante le quali l'hotel Ritz si è tramutato in un mondo strano, unico e complesso nel cuore dell'Europa lacerata dalla guerra. Ci sono mille e una maniera di raccontare questa storia. Il barman del Ritz *è un romanzo che si basa su fatti e personaggi reali – un modo come un altro di leggere questi anni bui nella storia della Francia. Per chiarirne certi aspetti, l'autore ha deciso di usare il metodo della finzione, le armi del romanziere, che permettono di imboccare una strada vietata allo storico. Volendo ricostruire la vita parigina durante l'Occupazione, non occorre essere costantemente «veri», quanto restituire un'immagine giusta, far comprendere i sentimenti ambigui e conflittuali provati da Frank Meier. Cos'avreste fatto voi al suo posto? Ecco a cosa si propone di rispondere questo romanzo. D'altra parte, la vita di Frank Meier ha numerose zone d'ombra di cui l'autore ha tenuto conto per darne una versione personale, all'incrocio fra verità romanzesca e menzogna romantica, tanto care a René Girard. Il Frank Meier del* Barman del Ritz *è quindi assolutamente reale e al tempo stesso del tutto immaginario. Non diversamente, il personaggio di Luciano è frutto di fantasia, così come quello di Fersen si ispira ad alcune figure che in quegli anni circondavano Frank Meier. Anche gli estratti dal suo diario sono stati immaginati dall'autore, per illuminare un destino fuori dal comune.*

PROLOGO

Veglia d'armi
13 giugno 1940

Domani le truppe tedesche entreranno a Parigi. La Francia si è sciolta come una zolletta di zucchero in un bicchiere di assenzio.

La campagna di Francia è iniziata soltanto da un mese: i panzer di Guderian hanno inghiottito le Ardenne; si combatte a Rouen; si combatte a Senlis, la Marna è stata attraversata. Da ieri il cielo è pieno di fumo nero e minaccioso. La capitale ha già ceduto, è stata appena dichiarata «città aperta». I parigini, da parte loro, hanno scelto l'esodo. In treno, in automobile, su un carretto o a piedi, si sono portati via il possibile e hanno lasciato il resto. Non più di cinquecentomila persone se ne stanno chiuse in casa, e a circolare rimangono soltanto le voci.

Il governo della Repubblica è fuggito l'altro ieri per rifugiarsi a Tours. Non c'è più amministrazione, non ci sono più taxi, non c'è più la polizia, non ci sono più la posta e i servizi pubblici. Il panico si propaga come il fuoco nella foresta. Sono stati bruciati diversi dossier nei cortili dei ministeri e, da due giorni, bande di saccheggiatori agiscono indisturbate. Le vie sono deserte, i negozi hanno abbassato le saracinesche. Parigi è sprofondata nel silenzio, nella solitudine e nella morte.

Eppure, in place Vendôme, il grand hotel Ritz rimane aperto. Chi potrebbe credere che Winston Churchill vi alloggiava meno di due settimane fa? I frequentatori abituali sono spariti.

Gabrielle Chanel si è rifugiata a Biarritz. Il duca di Windsor e sua moglie Wallis sono atterrati in Spagna. Nella sua suite al primo piano, Barbara Hutton, erede della famiglia Woolworth, esita, fa e disfa in continuazione le valigie.

Nella Galleria delle Meraviglie, un corridoio che collega le due ali del palazzo, le vetrine delle prestigiose boutique sembrano già appartenere a un mondo passato. Il Bar Cambon ha chiuso l'altro ieri. Solo il Petit Bar funziona ancora. Ha aperto alle sei di sera, come sempre. Il bancone lucido, le boiserie di mogano, i paralumi in pelle, i velluti verde chiaro delle poltrone Luigi XV: l'arredo non è mai cambiato. Le bottiglie di liquore sono ordinatamente allineate come libri in una biblioteca. È la roccaforte di Frank Meier, il barman del Ritz. Austriaco di nascita, famoso per l'arte di preparare cocktail e adulato dai più eleganti bevitori d'Europa e d'America, quell'uomo è una leggenda nel ristretto mondo del lusso, e i suoi baffi curati, i suoi gesti precisi e lo sguardo allegro sono rinomati tanto quanto i suoi drink. Alla vigilia dell'invasione tedesca, è lì, al suo posto, giacca bianca e cravatta nera. Felice cinquantenne, né grasso né magro, da vent'anni dipendente del Ritz, è in pratica il padrone di casa. È stato lui a dar vita a quel bar nel 1921 e vi resterà a ogni costo, nonostante i tedeschi e nonostante la sconfitta. Vuole mostrarsi impassibile, ma quella sera il barman del Ritz è sfaccendato. Smarrito. Dietro l'aria affabile affiorano i segni della stanchezza e dell'angoscia. Ha sempre accuratamente tenuto nascosta un'origine di cui nessuno si era mai interessato.

Qui la gente vede solo un barman abile con le mani, un dio delle bottiglie. Come se fossi sempre stato qui, come se fossi nato dietro il bancone del mio bar.

Esule volontario da una vita che ha rifiutato, Frank Meier nasconde un segreto: è ebreo.

Quella sera, il suo unico cliente, Ottone d'Asburgo, erede decaduto dell'Impero austro-ungarico, annega l'angoscia nel gin. I nazisti hanno messo una taglia sulla sua testa, deve fuggire, e deve farlo in fretta. Stanotte. Seduto in fondo al bancone, ripensa un'ultima volta alle settimane appena trascorse, poi svuota d'un fiato il bicchiere di Gordon's. L'arciduca si alza e stringe tra le fragili braccia quel barman che potrebbe essere suo padre. Frank s'irrigidisce, quell'abbraccio sembra un epilogo. Ottone d'Asburgo sta dicendo addio all'Europa: tra pochi giorni sarà a Washington.

Il barman del Ritz guarda scomparire l'ultimo cliente del mondo di prima.

PRIMA PARTE

Guerra di posizione
giugno-luglio 1940

1

14 giugno 1940

Eccomi bloccato in un covo di crucchi.

Sono le sei e mezzo di sera e i tedeschi si fanno sempre aspettare.

Al mattino hanno sfilato lungo l'avenue Foch.

Ormai sono qui, entro le mura, entro il recinto del Ritz.

Tutti i grandi alberghi parigini sono stati requisiti dall'esercito tedesco per metterci degli uffici. Il Ritz, invece, accoglierà un centinaio di alti ufficiali – il fior fiore della Wehrmacht – e diventerà la «residenza del governatore militare in Francia»: se questo appellativo non riportasse alla mente la crudele umiliazione appena subita dall'esercito francese, sarebbe quasi prestigioso.

Place Vendôme beneficia di uno statuto speciale. Fino a nuovo ordine, il Ritz può continuare a ricevere la sua clientela abituale, e anche il bar, ovviamente, rimane aperto. A occuparsene, accanto a Frank Meier, sono rimasti il suo vecchio compagno d'armi, Georges Scheuer, e un giovane apprendista italiano, Luciano.

Il barman non ha chiuso occhio tutta la notte, spiando l'inquietante silenzio che regna in casa sua, nell'immobile di rue Henri Rochefort, da quando i vicini hanno lasciato Parigi.

Vigliacchi.

Nell'insonnia ha pensato a Jean-Jacques, suo figlio. Frank non è mai riuscito ad amare davvero quell'unico figlio, nato nel 1921 dal suo infelice matrimonio con Maria. Un abisso li separa. Da tempo non ha sue notizie, da quando il ragazzo è stato assunto al Casinò di Nizza, ormai cinque anni fa...

Dove sarà? È stato mobilitato?

Dovrei mettermi al riparo? Raggiungerlo a Nizza?

È fuori discussione che lasci il mio bar ai crucchi...

Quella sera, compassato nella sua giacca bianca, Frank Meier si prepara all'arrivo dei nuovi clienti. Ha appena intravisto il suo volto riflesso nello shaker Christofle: occhiaie più scavate che mai, lo sguardo reso gelido dall'inquietudine. Quanto allo stomaco, non parliamone: si è soffiato in una mano, ha il fiato fetido. L'arrivo dei tedeschi, cui si accompagna il ricordo delle trincee, gli rode le viscere.

Lancia l'ennesima occhiata alla pendola. Le sette meno venti.

È tutto pronto: agrumi, foglie di menta, frutti di bosco, zucchero di canna per il Royal. Il Perrier-Jouët è in fresco e abbondante. I vincitori avranno di che festeggiare.

Ma per il momento, niente. Ancora niente.

Da dove si trova, dietro il solido bancone di legno scuro, Frank non può vedere arrivare i clienti, il corridoio che porta al suo bar sfugge alla sua visuale. Un bel fastidio, coi tempi che corrono. Impossibile prevedere. Per questo ha messo il suo apprendista di guardia alla porta.

Ma dove sono finiti questi dannati crucchi?

Il silenzio prima dell'assalto. Georges giocherella con i lamponi per tenere occupate le mani.

«Smettila, li rovini.»

«Sono nervoso, Frank.»

Lo siamo tutti, vecchio mio!

«Allora da' una passata al bancone con la pelle di daino, ci sono delle ditate.»

Strana guerra davvero.

Ah, ecco qualcuno. Sono loro...?

No, è solo un francese che, soltanto a vederlo, potrebbe strappargli un sorriso di disprezzo, se non fosse così bravo a controllarsi. L'insopportabile signor Bedaux.

Per un attimo Frank pensa di chiedergli, cortesemente ma con fermezza, di fare dietrofront. Ma Bedaux è uno dei nuovi proprietari, deve farsene una ragione. E così, guarda avvicinarsi il primo cliente del mondo che verrà.

Straordinario personaggio, questo Charles Bedaux. Fronte spaziosa e lineamenti sottili, è coetaneo di Frank, un aitante cinquantenne. Anche lui da giovane è sbarcato in America senza un soldo in tasca. I loro destini si sono incrociati spesso. A New York Meier ha imparato a servire, Bedaux a bere smodatamente. Entrambi sono subito diventati esperti nel proprio ambito: Frank come barman, Bedaux come uomo d'affari. In meno di dieci anni, quest'ultimo ha sposato due ereditiere americane e si è fatto interprete delle teorie sull'«organizzazione scientifica del lavoro» – ha scritto un libro sull'argomento, di cui parla volentieri, come parla volentieri delle sue fabbriche sparse un po' ovunque, della cittadinanza americana recentemente acquisita e della sua personale unità di misura, «il Bedaux». Ma ancor di più gli piace sbandierare la sua ammirazione per la Germania nazista.

Frank nota il suo sorriso da vincitore. Imperturbabile, il barman dice: «Il solito, signor Bedaux? Una coppa di Pol Roger?».

«Non questa sera, Frank. Mi prepari piuttosto un Royal Highball, doppio. Bisogna festeggiare la rinascita della Francia, che si è finalmente sbarazzata delle anime decadenti ed effeminate! L'ho sempre sostenuto: se il caos regna in natura, solo l'ordine può salvare l'uomo, null'altro. Non è così, Frank?»

Se il cocktail è un'arte della misura e del rigore, gestire un bar è, al contrario, l'arte del disordine; lasciare che la vita straripi, giocare con i limiti, a volte accettare di superarli, ecco cosa ha fatto davvero il successo di Frank Meier. Ed ecco – anche – la sua ambiguità: quella di una mente disciplinata attratta dall'anticonformismo. Ma Charles Bedaux questo non l'ha mai capito. Con lui, niente straripa, se non la sollecitudine con cui difende i propri interessi. L'arte, gli uomini, la politica, tutto non è altro che scommessa, investimento, plusvalore. C'è solo un argomento su cui Frank e Bedaux sono d'accordo: la Francia ha bisogno di Philippe Pétain. Il magnate dell'industria perché i suoi affari possono trarne esclusivamente vantaggio; il barman perché è stato sottufficiale agli ordini del maresciallo durante la Grande Guerra.

Frank non lo confiderà mai a quel traditore di Charles Bedaux, ma al fronte, sotto il comando di quel grand'uomo coi baffi bianchi, il sergente maggiore Meier è diventato un patriota.

L'uomo d'affari si porta il bicchiere alle labbra, poi lo rimette sul bancone. Sembra che voglia lanciarsi in una nuova filippica, ma uno scoppio di voci e di risate turba la calma che regna all'interno del bar e glielo impedisce.

Sono loro...

È giunto il momento. Frank si aggiusta il colletto e appoggia una mano sulla spalla di Georges. Tocca a lui accoglierli. Le risate si avvicinano in corridoio. Risate da caserma. Per un attimo, Frank si ritrova catapultato a Verdun. Drizza le spalle, ma sente il sudore colargli lungo la schiena. Sotto la giacca, la camicia è fradicia; il freddo penetra nelle ossa.

La prima linea nemica avanza.

«Buonasera, signori. Benvenuti nel bar del Ritz.»

Diario di Frank Meier

Sono un proletario. E un proletario ebreo, perdipiù. Da ragazzino ho sempre voluto salvarmi.

La mia vita è un'evasione.

Sono nato nel Tirolo austriaco il 3 aprile 1884, figlio di lavoratori polacchi in esilio. Per mio padre, la disciplina era la madre di tutte le virtù e l'educazione che mi ha impartito non è stata altro che un lungo corso di subordinazione.

Agli ordini, capo! Una prigione mentale. Sì, capo! La sensazione di morire un po' ogni giorno. Ho capito presto che c'era una forma di stupidità nel suo modo di vivere, nel suo non rimettere mai nulla in discussione. Ho sempre diffidato degli uomini pieni di certezze.

Mio padre è nato a Łódź in mezzo ai pogrom, testimone delle persecuzioni dei suoi, non di rado impiccati da orde di ariani. Alla fine ha bruciato tutto prima di emigrare sulle montagne del Tirolo e mi ha dato un nome di battesimo austriaco, con grande dispiacere di mia madre, che era figlia di un piccolo rabbino di Budapest. Non ha voluto che fossi circonciso e nemmeno che venissi iscritto nei registri della sinagoga: aveva deciso che nessuno dei suoi discendenti sarebbe più stato ebreo. La famiglia si è stabilita a Vienna, nel Favoriten, un quartiere in cui si mescolava tutta la Mitteleuropa senza tante distinzioni. Ricordo il mio vecchio dare in escandescenze quando mia madre voleva ancora celebrare Pesach o si lasciava sfuggire tre parole in yiddish.

Prima di sistemarci a Vienna abbiamo vissuto a Kufstein, un piccolo borgo del Tirolo austriaco in cui i miei genitori non riuscivano a mettere insieme il pranzo con la cena. Mio padre, a quel tempo, lavorava da un ciabattino ben avviato, che aveva una vasta clientela. Era pagato male, ma non aspirava ad aprire la propria bottega e metteva da parte le mance elargite da qualche vecchia befana. Abitavamo nel sottotetto, sopra il negozio. Non dovevamo pagare l'affitto, una bella fortuna. Vedevo mio padre con indosso, dal mattino alla sera, il grande grembiule di cuoio e in mano una spatola, uno strumento per lucidare o un martello. Vigoroso e preciso, mi impressionava quando armeggiava con i suoi strumenti. Da bambino, a Kufstein, avevo fatto di lui il mio eroe. E forse per tutta la vita ho semplicemente imitato i suoi gesti scrupolosi, dietro il bancone del mio bar.

Adoravo mia mamma, la sua tenerezza, i suoi sorrisi, la dolcezza della sua pelle e il suo odore di violetta. Sono cresciuto fra le sue sottane, al riparo dal mondo. Conservo, credo, un ricordo lieve e gioioso di quegli anni. È subito dopo, che tutto si è guastato. Diversi compaesani sono emigrati nei centri industriali e, in pochi mesi, il centro e i dintorni di Kufstein si sono spopolati e la calzoleria Gruber è andata in rovina. Mio padre ha perso il posto nel gennaio 1888. Bisognava fare qualcosa, e in fretta. Allora gli è venuta l'idea di tentare la fortuna a Vienna e di aprire finalmente la sua bottega nella capitale del grande impero danubiano. Inoltre, aveva sentito dire da alcuni clienti che certi proprietari di fabbriche viennesi cercavano manodopera femminile, perché la pagavano meno. Con la rivoluzione industriale, i telai erano diventati meccanici e restavano solo delle leve da maneggiare, un compito facile per delle operaie: mia madre avrebbe presto ottenuto un salario, e lui pure. Avrebbero risparmiato, poi avrebbero affittato uno spazio, dando la buonuscita a qualcuno. Il commercio, la via verso la gloria per chi nasce povero.

E così i miei genitori si sono uniti alla massa di contadini tirolesi che andavano in città per quattro soldi. Si rinunciava al vecchio mondo nella speranza di una vita migliore. Un esodo, di nuovo. Mia madre si è velocemente trovata un lavoro in una fabbrica con dei macchinari all'avanguardia. Aveva un salario da fame e i loro magri risparmi si sono sciolti come neve al sole. Mio padre non ha potuto fare altro che accettare un posto di operaio qualificato in una manifattura di stivali per ufficiali dell'esercito austro-ungarico.

La miseria non voleva abbandonarci e il mio vecchio è crollato. Prostrato dalla fatica, malinconico, irascibile, si è chiuso in se stesso. Un tracollo interiore. Ce l'aveva con mia madre perché non guadagnava abbastanza, ha iniziato a bere, si è fatto violento. Con la morte nel cuore ha rinunciato alla sua bottega e si è messo a rimuginare dalla mattina alla sera, preso da una rabbia sorda, incapace di accettare il fallimento, senza rendersi conto che le sue meschine certezze non avevano mai smesso di remargli contro. Io sono venuto su come ho potuto. Poi, un giorno, ho avuto la strana sensazione che la mia giovinezza lo esasperasse. Mi invidiava un futuro ancora intatto.

A dodici anni, lavoravo dieci ore al giorno in un laboratorio di pettinatura della lana a Vienna. Ero affascinato dai bambini che incontravo al mattino mentre mi recavo al lavoro. Erano distinti, eleganti e insolenti, con le loro camicie bianche inamidate e le loro fette di pane con l'uvetta. Volevo la loro vita, tirarmi fuori dalla miseria, conoscere il calore di una casa borghese. Un desiderio incontenibile. Ho ingannato i miei genitori. Senza dire niente, per due anni ho sottratto una parte del mio salario e ho accumulato una bella sommetta: sognavo il paese della cuccagna, l'America. Ne parlavano tutti. Tentare la fortuna. Il mio vecchio era furioso, mia madre ha pianto tanto, ma sono partito lo stesso, all'alba di un mattino d'autunno. Sono saltato su un vecchio treno merci e ho viaggiato per tre giorni su un vagone per il bestiame, da Vienna a Monaco, e poi da

Monaco a Bruxelles. Alla fine sono arrivato ad Anversa, nelle Fiandre, dove ho dovuto subire una lunga quarantena a causa di una brutta febbre, con l'angoscia di rimanere bloccato a terra. Appena ristabilito, sono riuscito a pagarmi un biglietto di terza classe su un transatlantico della Red Star Line, una splendida nave a vapore, un mastodonte, la promessa di un'imminente dismisura. Il mio desiderio era più chiaro della luce del giorno, stavo andando incontro alla vita.

2

14 giugno 1940

«*Noch einmal, bitte!*»

«*Jawohl, mein Hauptmann.*»

Sono una ventina, hanno gli stivali lucidi e i capelli rasati a zero. Bottoni dorati e uniformi impeccabili. Frank resta dietro il bancone, inizia una guerra di posizione. Bedaux ha cercato di avviare la conversazione, ma i militari l'hanno guardato con distacco e ha dovuto rinunciare. Gli ufficiali tedeschi non sanno ancora chi è Charles Bedaux e non si curano di lui. Ostentano la bellezza dei vincitori e qui si sentono a casa loro.

In un costante brusio, accalcati intorno al bancone, ordinano solo birra. Sembra di essere in uno sciatto locale di Monaco.

D'un tratto si forma un'onda, gli ufficiali si separano per fare spazio a un uomo dall'andatura fiera e dal passo deciso.

«Buonasera, signor Meier» dice, con un accento impeccabile come i suoi galloni. «Sono molto felice di rivederla.»

Come fa a conoscermi questo crucco che pare una marionetta?

«Buonasera, signor colonnello...»

L'ufficiale sorride amabilmente.

«Non si raccapezza, vero?»

«Effettivamente...»

Chi è quest'idiota, sant'Iddio...?

«Hans Speidel. Ero attaché militare all'ambasciata tedesca qui a Parigi, qualche anno fa. A volte passavo dal Ritz a fine giornata...»

«Herr Speidel! Deve perdonarmi, ero soprappensiero.»

«Bah! Sarà per via dell'uniforme.»

«Cosa posso darle? No, aspetti, lo so. Un Golden Clipper.»

Il colonnello Speidel fa un largo sorriso.

«Frank Meier, il barman che sa cosa beve ogni diplomatico di Parigi! La sua reputazione non è immeritata. Non ho mai bevuto un Clipper migliore del suo.»

«Georges, mi prendi il Bacardi e il liquore alla pesca?»

Gli torna tutto alla mente, ora. Un tipo non privo di un certo fascino, questo Speidel, affabile e colto. Si è un po' stempiato e porta gli occhiali, ma è proprio lui.

«Qui nulla è cambiato, Herr Meier» constata il colonnello guardandosi intorno. «Ci si sente sempre a casa.»

Chi avrebbe potuto immaginare che sarebbe tornato dopo quattro anni, e in uniforme grigioverde?

Con grande stupore di Frank, Speidel estrae dalla giacca costellata di medaglie un libro dalla copertina color sughero, che il barman riconosce immediatamente: *The Artistry of Mixing Drinks*. Il suo libro. La vista di quel volumetto in brossura lo riporta a un'epoca non lontana, ma scomparsa di colpo dopo la disfatta. La copertina dorata, promessa di risate e di feste, di abiti eleganti, di discussioni animate, gli appare all'improvviso come una reliquia, un pezzo d'antiquariato. L'America, Scott, i folli anni perduti...

«Ne ho trovata una copia a Stoccarda. L'ho pagata un occhio della testa a un vecchio barone decaduto. Non mi sono mai azzardato a imitare le sue ricette, con grande dispiacere di mia moglie... È un mese che me lo porto dietro. Posso chiederle di farmi una dedica?»

Tutti guardano Frank e Speidel.

Prima serata fra i crucchi ed eccomi qui a firmare autografi...

«Propongo un giro di Royal Highball per tutti, alla salute del Führer.»

Vicino al pianoforte, la pendola di onice bianco segna le otto.

«Herr Meier» dice Speidel appena cessano gli evviva, «devo purtroppo assentarmi, il generale von Bock mi aspetta a cena.»

«La prego, colonnello.»

«Porgerà i miei omaggi alla bella signora Auzello?»

Mi sta mettendo alla prova o ignora davvero come stanno le cose?

Frank esita prima di rispondere in tono discreto: «La signora Auzello è a Nizza, ha seguito suo marito dopo la mobilitazione».

Speidel si riprende, fa un gran sorriso: «Grazie di tutto, Frank. Mi rivedrà presto, voglio sapere tutto della vita parigina. Si prenda cura dei miei uomini!».

«Conti su di me, colonnello.»

Il militare gira sui tacchi.

Frank lo guarda passare senza dire una parola in mezzo al gruppo di ufficiali.

Chi sei, Hans Speidel? Chi sei e cosa vuoi?

Lui che credeva di saper giudicare un uomo già dal primo bicchiere, ora non è più sicuro di niente.

Diario di Frank Meier

Ho lasciato l'Europa il 28 novembre 1898, in preda all'eccitazione e alla paura. Una fuga. Direzione: New York, la città degli affrancati. La nave era piena da scoppiare. I passeggeri cantavano e ballavano, uniti nella gioia di un futuro diverso.

L'equipaggio ha mollato gli ormeggi, la sirena del piroscafo è risuonata e io mi sono sentito invadere da un'improvvisa e immensa tristezza pensando alla mia mamma. L'esilio sociale comporta un'eterna tristezza. Alloggiavo con una colonia di ebrei ucraini. Dormivamo sul ponte più basso, sotto le merci, e tendendo la mano potevamo quasi toccare il mare.

Nel corso della traversata, con tutto quel rollio, ho sentito rinascere in me l'ebbrezza della libertà. Realizzarsi, diventare se stessi, sembrava ancora qualcosa d'irraggiungibile, ma sapevo che la mia vita adulta iniziava insieme al nuovo secolo che si annunciava proficuo, emancipato, allegro. Nessuno poteva prevedere, in quel momento, due guerre e milioni di morti. Eppure avrei dovuto percepirla, questa violenza, annidata dietro le luci della ribalta. In mare aperto, ogni tanto salivo sul ponte con i miei compagni di Odessa per cercare di ottenere qualcosa da mangiare. Quando avevamo un po' di fortuna, i ricchi passeggeri dei ponti superiori ci lanciavano del cibo, che portavamo voracemente nella nostra stiva. I ricchi ci guardavano disgustati, ai loro occhi eravamo solo animali affamati.

Sbarcato a New York, mi sono lasciato il passato alle spalle.

Facendo un lavoretto dopo l'altro, ho conosciuto i bassifondi e i bar del Lower East Side, prima di spingere le porte dell'Hoffman House, fra la Broadway e la 25ª Strada. A quel tempo era uno dei locali più rinomati della città, gestito da un maestro del cocktail: Charley S. Mahoney. Quell'uomo alto e magro mi ha cambiato il destino. Mi ha assunto come apprendista per le feste di Natale del 1902. Ero lanciato, e ho cominciato a salire i gradini di quell'alta borghesia che a lungo mi era parsa proibita.

Un vento di libertà soffiava su New York, l'Hoffman House organizzava feste sontuose, frequentate da artisti, industriali, faccendieri ed ex cercatori d'oro. In realtà, non mi sono lanciato a capofitto in quel bel mondo: ne imparavo i codici e le usanze, ma mi trattenevo ed evitavo di ubriacarmi tutte le sere, al contrario dei miei colleghi, troppo desiderosi di partecipare a una festa che non finiva mai.

Mahoney non ha tardato a notarmi e a prendermi sotto la sua ala protettrice. Il vecchio barman mi ha insegnato i segreti del mestiere: l'attenzione ai particolari, l'arte di servire, una buona parola per ciascuno e disponibilità per tutti. Come gestire gli approvvigionamenti, il gusto per i liquori forti – e la cosa principale: l'arte di mescolarli. Per mesi ho osservato gli ingredienti trasformarsi a contatto l'uno con l'altro e dare vita a cocktail unici. Poi mi sono messo a scrutare il loro effetto sui clienti – certi liquori eccitano, certi placano, certi neutralizzano. Ho capito velocemente che ognuno ha la sua identità di bevitore, e si ubriaca a modo suo, e che può bastare un buon bicchiere al momento giusto per calmare un cliente un po' troppo eccitato.

A Charley Mahoney sono piaciute alcune mie creazioni, al punto che le ha inserite nel menu dell'Hoffman. Il Pompadour… un nome che mia madre adorava ripetere, rum, pineau des Charentes e succo di limone, tre soli ingredienti ma un sapore incredibile. A poco a poco sono diventato a mia volta il burattinaio di serate indiavolate. Ricordo ancora la grande festa di Capodanno del 1904, una delle più belle mai organizzate a New York. Il Perrier-Jouët è colato a fiumi tutta la sera e, qualche minuto prima di mezzanotte, Mahoney ha fatto partire un favoloso fuoco d'artificio dal tetto dell'albergo, sotto lo sguardo ebbro ed estasiato degli ereditieri e delle signore impellicciate. Una sfilza di nababbi e di sirene. Per l'intera serata, nella mia giacca immacolata, ho provato la sensazione vertiginosa di essere vivo e di marciare verso la gloria. In piena notte ho anche baciato Sofia, una giovane e bella immigrata italiana. Un'altra anima in esilio. Bionda come il grano di Toscana. Un sorriso che ti stendeva, una bellezza mozzafiato, non ho mai potuto dimenticarla.

Ma nel 1907, la direzione ha deciso di radere al suolo l'albergo per ricostruire un Hoffman House più bello, più impressionante, più moderno. Durante i lavori hanno dovuto chiudere il bar di Mahoney e sono stato licenziato. Bisognava ricominciare da capo.

«Dovresti tornare in Europa, ragazzo mio» mi ha suggerito una sera il grande Bill Cody. «Faresti una strage!»

Buffalo Bill era appena tornato da una tournée trionfale in Francia con il suo Wild West Show. *Il vecchio cowboy mi parlò della bellezza di Parigi e del frenetico appetito degli europei per tutto ciò che veniva da oltre Atlantico.*

Mi decisi: avevo conosciuto il meglio di New York, ero diventato un perfetto barman, non mi restava che richiudere le valigie e attraversare l'oceano in senso contrario. Non stavo tornando indietro, no, stavo fuggendo prima del crollo, cosa che avrei fatto tutta la vita. E Bill Cody aveva visto giusto. A Parigi tutto aveva assunto una dimensione diversa. L'Europa aveva appena scoperto i cocktail e ci aveva preso rapidamente gusto. La lista degli ingredienti sembrava infinita, ricercare la raffinatezza era un gioco. Conoscevo già tutti i segreti dell'alcol; quanto ai segreti della buona società europea, non che fosse così difficile scoprirli, per uno che era cresciuto sotto l'Impero austro-ungarico, anche se all'ultimo gradino della scala sociale. Su consiglio di Henry Tépé, un discepolo di Mahoney emigrato in Francia, ho aperto il mio primo bar nel giugno del 1907, il Brunswick, in rue des Capucines, vicino all'Opéra, nel centro del quartiere degli affari e degli americani che si erano trasferiti a Parigi. Erano quasi cinquemila quelli che venivano dal Nuovo Mondo.

Dopo qualche mese, la reputazione del mio bar è salita alle stelle. Il giovane vicedirettore dell'hotel Claridge, un certo Claude Auzello, mi mandava tutte le sere la sua clientela americana, quella che non poteva ancora permettersi il Ritz. Gli affari andavano a gonfie vele, quando è scoppiata la prima guerra contro i crucchi. Esaltato dal patriottismo di Claude Auzello, convinto che non c'era nulla di più prezioso della gloria conquistata sul campo di battaglia, mi sono arruolato nella Legione straniera nell'agosto del 1914. Un fantaccino austriaco al servizio della Francia, la terra che l'aveva accolto. La Grande Guerra come una folle avventura, la mente infiammata, un'azione virile, mi dicevo. Invece ho conosciuto le trincee, la pioggia di granate, l'odore della morte, i crucchi e i loro elmetti con la punta. La strizza, la cagarella, i volti sfigurati, la battaglia di Vimy con il generale Pétain, la battaglia di Verdun e la rotazione degli uomini, poi la sopravvivenza nel fango e la tromba per gli scomparsi, gli squilli in onore dei caduti prima di un caotico ritorno alla vita.

Dopo l'agognato armistizio, cos'avrei fatto?

Di nuovo la paura del crollo. Di ritorno alla casella di partenza. La vita che si ferma. E poi, nel dicembre del 1919, ho conosciuto Maria a un banchetto organizzato dall'Associazione nazionale dei combattenti. Maria Hutting, una belga autoritaria, né brutta né bella, una donna rifugio. È rimasta incinta, ci siamo sposati e nel 1921 è nato nostro figlio, Jean-Jacques. Dovevo trovarmi rapidamente un lavoro e in quello stesso anno la provvidenza ha bussato alla mia porta: a marzo sono diventato francese, prima di essere assunto al Ritz in aprile con il compito di aprire un bar dove servire cocktail a una clientela cosmopolita e di classe. La patria riconoscente a un suo soldatino.

Ex combattente, imbarcato sulla nave ammiraglia del lusso

parigino, la mia ascesa proseguiva. Ero sulla porta del Ritz. Ci sono entrato per la prima volta il 6 aprile 1921, avevo trentasette anni. Stavo per diventare il barman del sancta sanctorum.

3

15 giugno 1940

«Eccoci di nuovo alle prese con i crucchi» dice Georges. «Ma questa volta rischiamo meno la pelle.»

È passata mezzanotte e Frank soffre di una violenta emicrania.

Che strana serata!

Gli ufficiali tedeschi hanno continuato a bere come alcolizzati dopo che il loro colonnello se n'è andato – soprattutto acquavite, d'un sorso e a volontà.

Tutto senza pagare, ovviamente. È il prezzo della disfatta.

Gli sembra che siano passate molte vite in poche ore.

«Vai a dormire, Frank» gli dice Georges con lo strofinaccio in mano. Ha l'aria rassegnata.

«Toccherà imparare a conviverci.»

Frank si accende una sigaretta e ne porge una al suo vecchio commilitone.

Si lasciano entrambi cadere sul divano Chesterfield, dove lo sguardo di Frank si perde nell'anello di fumo che sale verso il soffitto, con il suo cornicione di legno scolpito e incrostato di tabacco.

I due rimangono per un po' in silenzio, come se stessero cercando di scacciare i brutti pensieri col fumo delle sigarette. Georges schiaccia il mozzicone nel posacenere di ottone e si alza in piedi.

«Sai una cosa?» dice. «Quando ho visto quei farabutti entrare nel bar, poco fa, ho pensato ai nostri compagni. A tutti quelli che sono morti a Péronne, con le budella fuori. A che scopo? Per veder tornare i crucchi stasera? Mi viene da piangere, Frank.»

Da vent'anni Frank e Georges, come altri milioni di persone, vivono in compagnia dei loro incubi di trincea. Le ferite non si sono mai cicatrizzate. Quella sera, i crucchi vi hanno versato sopra dell'aceto. Brucia.

Dopo essere sceso nel seminterrato per recuperare la sua cartella di cuoio dall'armadietto, Frank saluta il portiere e imbocca la rue Cambon, deserta. Il coprifuoco inizia alle otto di sera, ma i tedeschi gli hanno già fatto avere un *Ausweis*, un lasciapassare speciale. Frank attraversa la città solo con i suoi fantasmi.

Sono quasi le due del mattino quando entra nel suo immobile in rue Henri Rochefort. Si accascia sul letto e cerca di evocare ricordi più piacevoli. New York, Arletty, Hemingway: tutto ciò che possa riportarlo a una vita più felice. Metà nostalgia, un terzo di tristezza, una lacrima di abbandono e un pizzico di speranza, ecco il cocktail della sera.

Diario di Frank Meier

È stato Fitzgerald a suggerirmi l'idea. Era la vigilia di Natale del 1934.

«Scriva un libro, Frank. Avrebbe un successone!»

«Un libro, io? Un libro su cosa?»

«Su di lei, vecchio mio. Ci sveli i suoi segreti!»

Appoggiato al bancone con il suo Dry Martini, Fitzgerald ha insistito. Scrivere un libro è come scavare un solco, è rendersi immortali.

Scott era convinto che la mia reputazione bastasse a pubblicare una raccolta delle mie ricette e dei miei trucchi da barman. Gli editori si sarebbero precipitati a farmi firmare un contratto.

«Diventi il cronista del suo viaggio verso la borghesia» ha aggiunto, «lasci per sempre la sua classe sociale, sia un vero evaso, prenda il volo!»

Le sue parole mi risuonavano ancora nella mente due anni dopo, durante la serata organizzata al Ritz per festeggiare la pubblicazione del mio *libro.* The Artistry of Mixing Drinks, *un vademecum in inglese per gli uomini di mondo. Mille copie, non una di più. Attizzare il desiderio creando la rarità. Nel giro di quindici anni ero diventato un personaggio imprescindibile nel gotha del lusso. Il mio bar era diventato il luogo di ritrovo dell'alta borghesia. Ero l'uomo più temuto dalla buona società parigina. Praticavo l'ospitalità selettiva, duro nelle scelte, solo il fior fiore, e in quell'autunno del 1936 nessun altro bar al mondo vantava una clientela così distinta. Era il feudo dei signori della notte, dei dandy parigini, degli scrittori newyorkesi, dei ricchi ereditieri spensierati e dei diplomatici illuminati. Era la mia opera: il duca di Windsor, Joséphine Baker, Georges Mandel, Gabrielle Chanel, Noël Coward, Sacha Guitry, Jean Cocteau, Winston Churchill, Serge Lifar, Cole Porter, Arletty, Hemingway, o ancora Kermit Roosevelt, il figlio del presidente, ognuno ha avuto la sua copia numerata e con dedica. Quella serata di lancio fu un vertice di eleganza e raffinatezza. Le nozze dell'aristocrazia con la bohème. Una consacrazione. Nel pomeriggio, la ditta Christofle mi aveva fatto recapitare un set completo di shaker, colini, filtri e lunghi cucchiaini d'argento, l'oreficeria dei potenti al servizio del piccolo barman tirolese.*

Dietro il bancone inventavo, gongolavo, svolazzavo. Georges, il mio fedele aiutante, era tirato a lucido, servizio di gran classe. Era tenero e beffardo. In fondo era anche la sua serata, era la serata di tutti i barman. Il fotografo Roger Schall è arrivato con la sua Rolleiflex, Hemingway mi ha scritto un sonetto in alessandrini e Arletty mi chiamava «mio caro Frank». Indossava un tailleur sciancrato giallo e bianco, me lo ricordo come fosse ieri, dei lunghi guanti grigio topo, un cappellino nero in fragile equilibrio sulla fronte, insolente, una collana di oro rosa cesellato: la grande attrice si era agghindata solo per il mio libro e per me. A quell'epoca guidavo già una Bentley, cenavo ogni tanto alla Tour d'Argent, mi concedevo degli abiti da nababbo, ed ecco che tutta la Parigi in vista si era messa elegante in onore di Frank Meier.

Poi è arrivata lei, alle otto e mezzo. Con i suoi occhi scintillanti e il suo spleen, vestita da regina degli zingari, Blanche Auzello ha immediatamente ammaliato l'assemblea, primi fra tutti Hemingway e Fitzgerald. La moglie americana del direttore era raggiante nel suo abito a tubino di velluto viola e nero, con le scarpe décolleté di vernice, le calze a rete e la lunga collana con pendente a forma di libellula in acquamarina.

Ho balbettato un «Buonasera, signora»...

Blanche Auzello mi ha risposto con una distinzione enfatizzata da quell'accento newyorkese che tanto ancora mi piace. Arpionato, ho mollato la barra per qualche istante. Arletty aveva ordinato un Manhattan e si stava spazientendo: «Di' un po', mio caro, arriva col ferry il mio cocktail?».

Ho sorriso. Ho sempre avuto un debole per Arletty. Reciproco, mi pare. Una connivenza di classe, forse.

Come con Claude Auzello. Ci siamo sempre stimati a vicenda, perché entrambi sappiamo quanto ci è costato il viaggio che abbiamo fatto. Con una strizzatina d'occhio, il direttore del Ritz quella sera mi ha regalato una vecchia foto incorniciata del Brunswick che aveva conservato, mi ha fatto venire le lacrime agli occhi. Claude mi ha dato un buffetto sulla spalla con la sua mano rassicurante. Senza dire una parola. Mi piace la dignità di quell'uomo. È stata una serata magica. L'alcol scorreva a fiumi, gratis, tutto a mie spese. Non bisogna mai lesinare con la gloria. Più volte, fra due cocktail da preparare, ho ripensato a quel ragazzino austriaco rannicchiato fra le vacche dentro un vagone gelido in corsa verso Monaco. Ho ripensato a Charley Mahoney, a Sofia, ai compagni morti a Verdun, quell'inferno da cui ancora non so come ho fatto a uscire indenne. Ricordo anche perfettamente che Maria quella sera non è venuta. Non era il suo ambiente, peggio, lei lo disprezzava. «I tuoi cosmopoliti» diceva «succhiano il sangue al nostro povero paese.»

Avrei dovuto capire che prima o poi mi avrebbe lasciato. Meglio così. Maria il giorno dopo ha aderito all'Action française e sei mesi dopo avevamo divorziato. Pazienza, quella serata è stata il culmine della mia gloria. Scott aveva ragione, quel libro sarà la traccia di Frank Meier nel mondo che verrà. La prova della sua esistenza.

4

23 giugno 1940

Al Ritz i tedeschi sono di casa. «In Fritz, c'è il Ritz» sottolinea Georges a ogni occasione.

In meno di una settimana, Parigi si mette al passo con loro. Ieri Pétain ha firmato l'armistizio, e Frank ne sarebbe quasi contento.

Potessero lasciare libertà d'azione al vecchio maresciallo.

Gli orologi sono stati spostati avanti di un'ora per sincronizzarsi con Berlino. Stasera, quindi, il sole cala alle undici e mezzo, più di tre ore dopo il coprifuoco. E mentre le stelle si accendono a una a una, la croce uncinata già sventola su tutti i monumenti.

Paris, Frankreich.

Questa mattina Hans Elmiger, il direttore generale ad interim del Ritz in assenza di Claude Auzello, ha divulgato il nuovo regolamento. Questo svizzero abbastanza insignificante, nipote del proprietario, è l'uomo adatto alla situazione: assolutamente neutrale. L'albergo è stato diviso in due ali distinte: quella che affaccia su place Vendôme è riservata agli alti ufficiali della Wehrmacht e ai gerarchi del Reich, mentre quella che dà su rue Cambon resta aperta al pubblico e potrà ospitare dei civili, con libero accesso al ristorante e al bar. Poco fa, Elmiger ha perfino fatto sistemare un bel cassone di legno nel grande atrio perché gli «ospiti militari», come li chiama, possano depositarvi le loro Lüger.

«Signor Meier! Quattro ufficiali tedeschi in avvicinamento, fra cui il tenente colonnello Soehring.»

È la voce dal dolce accento piemontese di Luciano, il giovane apprendista messo di guardia. Non ha ancora diciassette anni ma ha già capito tutto. Frank prova per lui un affetto che lo sorprende. All'inizio il barman interpretava il ruolo di un lontano tutore in virtù dell'amicizia con la madre, conosciuta in una delle sue vite precedenti a New York. Si sono forse avvicinati per via di quel segreto che li imbarazza, ma li rende anche più abili nel giocare col pericolo? All'anagrafe Luciano si chiama Levi. È circonciso, perdipiù, e dunque a rischio di denuncia. Frank ha stabilito che il ragazzo viene da Lugano, nel Canton Ticino, e non da Livorno, dove se ne potrebbero facilmente ritrovare le tracce. Figlio di commercianti benestanti che l'hanno mandato in Francia perché sfuggisse alle leggi razziali di Mussolini, il giovane è sbarcato a Parigi due anni fa per imparare il mestiere. Il suo candore l'ha spinto a dire tutto a Frank, che per lui è un idolo, e a mettersi sotto la protezione del barman.

Il ragazzo ha imparato a memoria il nome di tutti i crucchi e quando arrivano i graduati della Wehrmacht li saluta per nome, senza mai sbagliarsi.

Luciano è il sorriso del Ritz – più prezioso dei liquori del bar. In giacca bianca e cravatta nera col nodo Windsor, e con quel fisico sottile e slanciato, la sua aria vagamente da canaglia sbanca. Da qualche giorno peraltro, nota Frank divertito, si pettina come lui, con la riga in mezzo e i capelli imbrillantinati sui due lati. Mentre gli altri impiegati sprofondano nell'amarezza, Luciano scherza col fuoco. Anticipa, ama il rischio, è un giocatore. C'è da stupirsi se gli piacciono le corse dei cavalli? Ha trascorso l'intera adolescenza accanto a un ippodromo, a Torino, come aiuto di un artiere. Frank aveva promesso di portarlo a Auteuil una domenica pomeriggio, ma non ne hanno avuto il tempo e adesso è tardi: i tedeschi hanno vietato le corse. Un bel guaio davvero, anche perché Frank, sulle scommesse fatte al bar, prendeva una commissione per potersi garantire il suo stile di vita da nababbo.

Bisognerà escogitare qualcos'altro. Ma cosa?

Alla fine qualcosa si inventerà – si è sempre arrangiato. Per il momento, Frank si rifiuta di vendere la sua Bentley Blower ai tedeschi; quell'automobile è il suo orgoglio di parvenu.

Sono le sei del pomeriggio, la pendola di onice bianco suona l'inizio di una nuova serata al fronte in questa strana guerra. Georges si sistema la giacca prima di andare ad aprire e si passa una mano sui capelli perché siano perfettamente in ordine.

«Sorriso e cortesia, lo spirito di Parigi.»

Bene così, Georges, tieni questa linea.

Ma per quanto tempo?

5

1° luglio 1940

Questo giugno maledetto è finalmente finito!

Nessuno sa cos'abbia in serbo luglio, ma inizia di lunedì, ed è il primo giorno libero per Frank Meier da quando i tedeschi sono entrati a Parigi. Il sole non si fa vedere, siamo ancora vivi, il Ritz sembra salvo.

Tutto si è giocato l'altra sera al bancone. Approfittando del fatto che il colonnello Speidel era venuto a bersi un Golden Clipper prima di cena, Elmiger e il suo assistente, l'ineffabile signor Süss, l'hanno avvertito: senza fondi supplementari, il ministro Goebbels – il cui arrivo è imminente – sarà costretto a bere acqua di seltz.

A Speidel è bastato fare una telefonata al Meurice, dove si è insediato il quartier generale dell'esercito, per risolvere la questione: il generale Streccius ha ordinato alla Banca di Francia di aprire una linea di credito di un milione di franchi per il Ritz. Quando è giunta la conferma ufficiale, Elmiger ha scambiato la sua limonata con un White Horse, doppio e senza ghiaccio.

Poi la calcolatrice si è rimessa in moto.

Frank si è svegliato tardi quel mattino, ha letto il «Paris-soir» del giorno prima bevendo il suo caffè senza zucchero, poi ha rassettato la cucina e riordinato la biancheria. A pranzo si è accontentato di una fetta di pane nero e di un pâté delle Ardenne con un bicchiere di bourgogne, e ora eccolo sul boulevard des Capucines. Nel suo completo di tweed grigio a spina di pesce, ravvivato da una cravatta scozzese verde e rossa, cerca qualche traccia della città di prima, la città di appena un mese fa.

Per la prima volta Frank si sorprende a pensare che forse i tedeschi non se ne andranno mai.

In rue d'Antin, entra dal suo sarto. In aprile, gli aveva ordinato due camicie di popeline su misura. Odorano già di nuovo e di vecchio al tempo stesso. Uno sguardo complice basta a entrambi per condividere l'amarezza. Quasi a volersi scusare di essere rimasto chiuso per alcune settimane, il sarto gli regala un piccolo vaso a stelo, di peltro, che va riempito di acqua prima di infilarlo nel taschino della giacca. Un trucchetto per tenere in vita il fiore all'occhiello. Domani sera Frank vi infilerà un garofano bianco, giusto per stupire i prussiani gallonati.

Stupire i crucchi: finora è l'arma migliore che ho trovato.

Uscendo, cerca con lo sguardo un taxi – un riflesso condizionato – poi decide di tornare a piedi nel XVII arrondissement. La dolcezza dell'estate scaccia a poco a poco i brutti pensieri. Ma appena supera il parc Monceau, un cartello cattura la sua attenzione:

NEGOZIO ARIANO, VIETATO L'INGRESSO AGLI EBREI

Gli corre un brivido lungo la schiena. Lui, Frank Meier, quello che il bel mondo crede di conoscere, il migliore amico dei bevitori più eleganti, rispettato dall'alta società dei cinque continenti, rischia la vita senza ricavarne nemmeno un briciolo di gloria – non lo sa nessuno. Ma nel caso di Luciano la faccenda si complica. Fino a quel momento Frank ha cercato di non pensarci, gli ufficiali della Wehrmacht se ne infischiano di questa faccenda delle origini. *Sono meno ossessionati dei nazisti.* E con il passaporto svizzero che Frank gli ha procurato – la prudenza non è mai troppa – dovrebbe essere più o meno al sicuro. Ma Luciano è giovane, Luciano è un giocatore, il minimo passo falso potrebbe essergli fatale.

Salendo le scale di rue Henri Rochefort, Frank capisce che non sarà mai più tranquillo e che d'ora in avanti dovrà essere prudente per due. Il barman del Ritz e il suo apprendista, due ebrei presi in trappola.

6

11 luglio 1940

Frank si sveglia di soprassalto. Sono le tre di notte.

Trema, le lenzuola sono impregnate di sudore, intriso com'è degli umori freddi dei suoi tormenti nascosti.

Fra poco sarà un mese che i tedeschi sono qui e cosa ho fatto io? Lecco il culo a Speidel nella speranza di non so cosa, sono diventato esattamente quello che volevo evitare. Buonasera, signori! Un Rum Fizz, tenente?

Sorridere ai tedeschi, rode da dentro.

Eppure, ieri sono stati conferiti i pieni poteri a Philippe Pétain.

Fine della Repubblica corrotta. Finalmente il Maresciallo è al comando!

Il giorno prima, l'anziano militare ha parlato alla radio. Gli trema un po' la voce, ma parla chiaro.

Fin dalle prime battute del discorso Frank ha ritrovato il *suo* maresciallo: «La Francia, sola di fronte al proprio destino, troverà un nuovo motivo per temprare il suo coraggio, conservando inalterata la fede nel futuro».

Frank ha conosciuto Pétain quando quest'ultimo era ancora generale. È successo nell'aprile del 1915, sul fronte settentrionale. L'austriaco aveva scelto la Francia, la patria del cuore: l'avevano attaccata e lui si è alzato in piedi – *il senso dell'o-*

nore lo si ha o non lo si ha. E nella primavera del 1915 eccolo agli ordini di Pétain, un comandante diverso da tutti gli altri.

Avevano attaccato i crucchi sulle alture di Arras, il crinale di Vimy. Artiglieria, bombardamenti a tappeto, assalti lampo, il momento giusto, il posto giusto: il 9 maggio la divisione marocchina ha sfondato le linee tedesche – *erano mesi che l'esercito francese aspettava l'apertura di un varco!* Ma i rinforzi tardavano ad arrivare, avanzare da soli sarebbe stato un suicidio. Pétain ha interrotto l'offensiva e la guerra è andata per le lunghe.

«Il nostro piano è quello di restituire alla Francia le forze che ha perduto.»

La voce del Maresciallo alla radio fa riaffiorare i ricordi. Marzo 1916, Verdun, Georges e gli altri, e poi Craonne, la carneficina.

«Diamoci alla Francia! Ha sempre saputo portare il suo popolo alla grandezza.»

Frank si agita nel letto e pensa al nuovo ospite fisso che si appresta ad accogliere al Ritz. Hermann Göring sta per occupare gli appartamenti del primo piano, la suite imperiale.

Göring si sistemerà in place Vendôme dopo qualche lavoro di ristrutturazione, da eseguire nel corso dell'estate – in particolare l'installazione di una gigantesca vasca da bagno. Frank ha svolto le sue indagini senza faticare molto, a dire il vero. Un ufficiale della Luftwaffe stordito dal cognac gli ha confidato a fine serata che «l'uomo di ferro» deve fare dei bagni molto lunghi «per motivi di salute». Non ha voluto dire di più, ma il barman ha capito. Anche Blanche Auzello faceva lunghi bagni per lenire la dipendenza dalla morfina. *Cosa ne è di lei?* Di giorno Frank può mentire a se stesso, ma la notte tutto si rivela. Blanche non lo lascia un istante. Un fantasma. Intoccabile. *Dove si trova in questa babele?*

La chiesa svedese, a pochi passi da casa sua, suona già le cinque.

7

Blanche. La più audace di tutte. Meier l'ha vista per la prima volta al Ritz, nella Galleria delle Meraviglie, un giorno del 1925. E per lui è stata come un'apparizione. Il suo contrario, il suo doppio. Tanto bella e altezzosa quanto lui si sentiva una nullità, tanto sfavillante quanto lui voleva essere discreto. E in fondo, vulnerabile come lui. Il direttore gli aveva già mostrato una foto della moglie, ma nessuna immagine poteva rendere giustizia alla delicatezza del suo incedere: le spalle dritte, la testa sollevata e le gambe lunghe come una sera d'estate. Capelli corvini, carnagione bianca come la neve, labbra ammalianti e una leggerezza sul viso che controbilanciava lo sguardo tenebroso. Una principessa in esilio.

Frank Meier e Claude Auzello si conoscono dal 1909. Non sono mai diventati amici intimi, ma si stimano profondamente. Entrambi sono da annoverare fra i pionieri di quel quartiere dell'Opéra divenuto luogo d'elezione degli americani a Parigi. Entrambi si sono arricchiti ed entrambi sono sopravvissuti alla Grande Guerra. Al ritorno dal fronte, Claude Auzello è diventato vicedirettore, poi direttore generale del Claridge, un albergo di lusso in cui nel 1923 sbarcò, appena arrivata da Manhattan, una giovane attrice americana che sognava una carriera nel cinema, avendo girato qualche film muto. La figlia dell'East Coast e il bel ragazzo del sud non tardarono a sposarsi, un matrimonio che avrebbe messo fine ai sogni di gloria della giovane Blanche.

Qualche mese dopo, Claude Auzello veniva assunto al Ritz come vicedirettore. L'eccellente reputazione aveva giocato in suo favore permettendogli di coronare un sogno che coltivava da tempo – chi, nel settore alberghiero, non sognava il Ritz? D'altra parte, lui mirava anche più in alto. Poco dopo il suo arrivo, aveva chiesto un incontro riservato con Frank. Gli avevano detto che la vedova Ritz diffidava degli ebrei.

Era il marzo 1924, Parigi gelava. I due si erano incontrati al Café de la Paix davanti a un brodo Viandox. Auzello aveva spiegato a Frank che Blanche era nata Rubenstein, figlia di una coppia di ebrei tedeschi emigrati negli Stati Uniti alla fine degli anni Ottanta dell'Ottocento. Auzello temeva che questo potesse nuocere alla sua carriera al Ritz, di cui Marie-Louise teneva saldamente in mano le redini dopo la morte di César. Frank aveva delle conoscenze che forse avrebbero potuto aiutare il nuovo superiore. Pensava, in particolare, a un vecchio cliente del bar, funzionario dell'ambasciata americana, che aveva un conto da saldare; non era stato difficile cancellare l'origine ashkenazita della giovane newyorkese. Una denuncia di smarrimento al commissariato, nuovi documenti d'identità truccati e certificati dal complice con un diverso nome da nubile, che nessuno a Parigi avrebbe potuto verificare. In poche settimane, Blanche Rubenstein era diventata Blanche Ross, nata a Cleveland. Una perfetta piccola cristiana del Midwest. Frank si era accontentato di una commissione del dieci per cento – la stessa che cominciava a pretendere sulle scommesse in cambio delle sue dritte – e Claude Auzello era stato in grado di pensare con serenità alla direzione del Ritz, che ottenne due anni più tardi.

I primi scambi tra Frank e Blanche Auzello si erano limitati a semplici forme di cortesia. Frank sapeva tutto dell'identità di quella giovane donna, e Blanche non ignorava il ruolo che lui aveva avuto nel farle ottenere i nuovi documenti. Finché, una sera del 1931, poco prima di Natale, lei era entrata nel suo bar. Il 1931, l'anno di apertura del Petit Bar di fronte al fratello maggiore, il Café Parisien: luogo riservato alle donne perché potessero, anche loro, consumare bevande alcoliche in uno spazio pubblico. Un'iniziativa inedita nell'alta società europea. Claude Auzello era favorevole, Marie-Louise era contraria. Si era deciso di fare un mese di prova, tenendo la situazione sotto stretta osservazione. Due settimane dopo, il successo superava le più rosee aspettative: le signore andavano pazze per i cocktail di Frank e per quella nuova libertà che non spaventava i loro portafogli. L'albergo rimpinguava le casse impoverite dalla crisi che aveva colpito l'Europa e rinverdiva la sua reputazione di impresa all'avanguardia nel Vecchio Continente. La vedova Ritz aveva dovuto rassegnarsi a tenere aperto il Petit Bar, ma a condizione che rimanesse rigorosamente femminile. Affare fatto. Oro a palate.

La gestione del Petit Bar era stata affidata a Georges Scheuer; Frank vi officiava solo qualche volta – erano i due unici uomini autorizzati a stare in quel consesso di signore ricche ed eleganti.

Senza esitare un istante, Blanche Auzello si era seduta al banco su un alto sgabello con l'aria di una habitué. Indossava un vestito di seta a fiori con un cappellino di feltro blu, quasi uno sberleffo all'inverno imminente. E subito, con aria birichina, «in attesa della mia amica, che è in ritardo», aveva ordinato un Bijou, lasciando Frank di stucco: come faceva a conoscere quel cocktail desueto? Più nessuno al Ritz glielo ordinava, anche se ne aveva serviti centinaia al bar dell'Hoffman. Quel classico d'inizio secolo, inventato dal gran maestro dei barman, Harry Johnson, era stato sotterrato con il Proibizionismo. Il Bijou riuniva i colori di tre pietre preziose: gin per il diamante, vermouth per il rubino, chartreuse per lo smeraldo.

Questa delicata miscela era più che adatta a Blanche Auzello. Ne aveva scolati tre in due ore. L'amica attesa non si era fatta vedere.

Tra due ordinazioni, Frank e Blanche si erano scambiati i loro ricordi di New York. Lei gli aveva raccontato dei fine pomeriggio allo spaccio clandestino del Plaza con l'amica Pearl White, una star del cinema muto. Il loro passatempo preferito consisteva nel lasciarsi sedurre da giovani finanzieri di Wall Street, i quali le invitavano per il weekend nelle loro ville sontuose di Long Island.

Dietro l'aria malinconica, Blanche sprigionava una forza vitale così potente che Frank avrebbe dato qualunque cosa per avere vent'anni di meno e tornare con lei a New York. Lei se n'era accorta? Aveva ordinato un terzo Bijou. Come per suggellare un patto. Leggermente ubriaca, aveva scherzato sulle bacchettone appassite del Midwest. Poi aveva detto in un soffio, appena udibile: «Non la ringrazierò mai abbastanza per quello che ha fatto, Frank; il mio prode Claude non sarebbe mai diventato direttore...», prima di confessare di non essere in grado di posizionare Cleveland su una cartina. Erano scoppiati a ridere entrambi. Ora condividevano un segreto, quello del passaporto falso. Blanche aveva aggiunto sussurrando che era comunque strano dover nascondere agli altri una parte di sé.

Ovviamente ignorava che anche lui era ebreo. Frank era stato sul punto di confessarglielo, ma si era trattenuto. Nove anni più tardi, se ne rallegra ancora. E ricorda il desiderio ardente di baciarla che aveva provato quella sera.

8

24 luglio 1940

«Signor Meier, il direttore l'aspetta nel suo ufficio. Il più in fretta possibile» dice Luciano con voce cavernosa.

Frank non fa domande, gli basta guardare in faccia il ragazzo: è un momento difficile. Si aggiusta il colletto davanti allo specchio e pensa per un attimo a suo figlio.

Ci siamo, la Vecchia ha comunicato l'ordine, vorrà darmi il benservito.

Arriva davanti alla porta dell'ufficio, bussa tre volte con decisione ed entra senza aspettare.

Capisce subito che si è sbagliato. Rannicchiato nella poltrona di pelle, Elmiger non si è nemmeno alzato in piedi. Nervoso, incupito, beve avidamente uno scotch pieno di ghiaccio, avvolto nelle spirali di fumo del suo cigarillo. Il vestito da direttore gli va decisamente troppo largo e la fievole luce della lampada bouillotte con il suo paralume dai fregi dorati non migliora la situazione. Nella penombra, Frank nota finalmente la presenza di Süss in piedi accanto a Elmiger. Rigido, con aria severa, gli occhi azzurri e l'impeccabile ciuffo biondo, il «visconte» Süss scuote impercettibilmente la testa. Una leggera deformazione del labbro superiore gli conferisce un'espressione sarcastica. Con un gesto lento il vice, che non manifesta alcuno stato d'animo, invita Frank a sedersi sulla bergère davanti alla scrivania. Dopo un po' Süss dice: «La signora Ritz sarà di ritorno fra noi lunedì mattina».

Frank incassa il colpo. Elmiger sospira.

«E non è tutto.»

Ah, no?

«Martedì ci raggiungeranno anche Claude e Blanche Auzello» aggiunge Elmiger stancamente. «È evidente che Claude Auzello non può riprendere il suo posto di direttore, poiché non parla tedesco.»

«Di conseguenza, il posto rimane al signor Elmiger» conclude Süss.

Un tuono in due tempi. La Vecchia e gli Auzello, una lite che risale a tempo addietro. Alla vedova del fondatore non è mai andata a genio la moglie del direttore. E come poteva essere altrimenti? Marie-Louise è una donna d'altri tempi. Nata sotto Napoleone III, figlia di albergatori alsaziani e cresciuta in modo spartano, alla morte di César, nel 1918, si è imposta sugli azionisti fino a farsi nominare presidente del consiglio d'amministrazione – un'impresa inaudita. Lo stesso Frank ne conviene: anche Marie-Louise ha saputo essere audace.

Marie-Louise e Blanche. Due esiliate, due donne forti: avrebbero potuto solidarizzare. Invece, si sono odiate fino alla rottura, violenta, definitiva. Era la primavera del 1936. Sulla spinta del Front Populaire, che per la prima volta aveva nominato tre donne sottosegretarie di Stato, Blanche Auzello era riuscita a convincere suo marito che andava abolita la divisione fra maschi e femmine dei bar del Ritz. Marie-Louise era contraria, ovviamente, ma Frank aveva ubbidito volentieri agli ordini del direttore. E così in giugno, per la prima volta nella breve storia degli alberghi di lusso, uomini e donne avevano potuto bere allo stesso bancone.

Quel 15 giugno del 1936, erano quasi le undici di sera quando Marie-Louise Ritz entrò nel bar accompagnata dai suoi due griffoni belgi, con guanti di pizzo nero e una mantellina d'ermellino sulle spalle. Un silenzio di morte calò sui festanti. Eppure, erano assidui frequentatori dell'albergo e mostravano sempre una certa arroganza, a cominciare da Arletty e Guitry. Marie-Louise lanciò uno sguardo carico di disprezzo alla cinquantina di invitati venuti a brindare per l'occasione. La vedova Ritz contro la Parigi in vista. Era un vecchio duello quello che si stava consumando: la tradizione contro l'avanguardia, l'eterna disputa che aveva fatto la gloria dell'hotel dal giorno dell'inaugurazione, quando due France, in pieno affare Dreyfus, si erano ritrovate in place Vendôme. Da una parte, la borghesia conservatrice e antisemita vezzeggiata da Marie-Louise Ritz. Dall'altra, gli artisti e gli intellettuali dreyfusardi che frequentavano il salotto di Sarah Bernhardt, amante del cuoco Auguste Escoffier, il socio di César. Una rivalità fra donne, si dirà. Ed ecco che, quarant'anni dopo, Marie-Louise si ritrovava ad affrontare un'altra donna, molto più popolare di lei.

Blanche Auzello era seduta su un alto sgabello, con un gomito delicatamente appoggiato alla sbarra di ottone del bancone. Nel suo abito lungo di crépon color crema, guardava Marie-Louise che la copriva di parole piene di livore, ma sempre con un vago sorriso sulle labbra. L'imbarazzo si era impadronito della sala. Il mondo dei nottambuli non si sarebbe lasciato insultare senza ribattere. Frank sapeva già che la replica non sarebbe arrivata da Blanche, ma da colei che le stava accanto – la sua misteriosa e inseparabile amica, che si era data da fare insieme a lei perché le donne avessero il diritto di bere con gli uomini: la rutilante Lily Kharmayev. Quella che tutti chiamavano «la Kharmayev» era una bellezza androgina, ex danzatrice di balletto russo divenuta avventuriera della notte, sempre in giacca e pantaloni neri, una donna che andava a testa alta e che sapeva essere insolente. Quando Marie-Louise ebbe finito di scaricare il suo odio, Lily fece tintinnare delle monetine che teneva in tasca e avanzò al centro della scena.

«Signora Beck, lei ha imboccato la strada della tradizione come fosse un pellegrinaggio» dichiarò Lily, ricordandosi in modo assai pertinente del nome di Marie-Louise quando ancora non era sposata e proveniva da un ambiente modesto. «Blanche, da parte sua, ha sempre preferito il brigantaggio.»

La folla di bislacchi entusiasti bevve così rumorosamente che nessuno udì i griffoni della Vedova abbaiare. Allora Blanche Auzello si alzò e con un gesto fece tacere tutti. Con il suo Bijou in mano e un'aria divertita, assestò il colpo fatale: «Viva il Ventesimo secolo!».

Tutto il bar lo ripeté in coro. Livida in volto, la Vedova sconfitta se ne andò senza che nessuno le rivolgesse una parola di conforto. Frank ricorda ancora che Guitry, senza farsi notare, mollò un calcio a uno dei due cani.

Il giorno seguente venne subito convocato un consiglio disciplinare: a Lily Kharmayev venne vietato di soggiornare al Ritz e Blanche Auzello fu costretta a presentare le sue scuse per iscritto. Marie-Louise Ritz fu invece invitata a concedersi un periodo di riposo in Svizzera presso il barone Pfyffer, di cui tutto l'albergo sospettava fosse l'amante da vent'anni. E per non perdere la faccia, venne affiancato a Claude Auzello il nipote devoto del barone, Hans-Franz Elmiger.

Sembrava si fosse trovato un equilibrio.

Che pantano, pensa Frank sprofondato nei ricordi. La coppia Auzello e la Vedova di nuovo riuniti al Ritz, in mezzo ai tedeschi, chi poteva immaginarlo?

Elmiger, Süss e Frank restano in silenzio per un momento. La notizia fluttua nell'aria fra loro all'interno della stanza piena di fumo.

Frank sacrificherebbe volentieri una banconota per sapere cosa questi due svizzeri pensano l'uno dell'altro. Ma Elmiger e Süss non sono che pedine in un gioco più grande di loro. Elmiger spegne il cigarillo nel posacenere, Süss si versa da bere e Frank tace.

Sulla via del ritorno, Meier cerca di rimettere ordine nelle idee. Si era visto sbattuto fuori ed eccolo in bilico. Ma sa che la Vecchia lo licenzierà alla prima occasione. O sarà lui ad andarsene. Oltrepassare il confine e raggiungere suo figlio a Nizza, perché no? Finalmente l'occasione di giocare il ruolo di padre. Jean-Jacques è il suo appuntamento mancato. Frank ha sacrificato tutto al Ritz e alla sua clientela di prestigio, ma ora, in mezzo a tutti quei tedeschi, che senso ha? Mollare il colpo e ricominciare da capo, l'ha già fatto. Ma era più giovane.

Ero io l'apprendista a quell'epoca. Mentre oggi…

Affretta il passo sotto le prime gocce di pioggia. Mentre sbocca in rue Henri Rochefort, tenta di immaginare come sarebbe Parigi senza il Ritz.

Insostenibile.

Approfitta dei crucchi finché puoi. Cerca di essere più cinico, come Georges. Ricorda cosa ti dicevano nella Legione: se sei coraggioso, rischi di essere ucciso; se sei codardo, rischi di essere catturato; se sei in collera, rischi di lasciarti trasportare; se sei suscettibile, rischi di essere umiliato; se compatisci, sarai tormentato. Allora, trova il modo di sgusciare fra le linee, datti da fare, striscia, procedi con cautela, ne sei capace, Frank!

Più che Luciano, e più ancora che Blanche, è il suo bar che deve proteggere. Una questione di dignità, una visione del mondo che non abbandonerà né per i crucchi né per la Vecchia. Non diserterà.

Diario di Frank Meier

La Belle Époque è finita il 14 agosto 1914. Il giorno in cui ho firmato il mio arruolamento nella Legione straniera. Claude Auzello era stato mobilitato il 4 agosto. Dieci giorni dopo diventavo un soldato di fanteria al servizio della Francia contro l'impero di Guglielmo II*, alleato dell'Austria-Ungheria, il mio paese natale. Sono stato incorporato nel 2° reggimento straniero, in linea di principio non tedeschi e non austriaci; in realtà, c'era qualche volontario come me. Mi è stato insegnato a usare il fucile nel campo di Mailly, dipartimento dell'Aube, la regione dello champagne...*

E poi, molto rapidamente, ci siamo trovati in pieno battesimo del fuoco. Un diluvio di acciaio, una ronda di morte. Avevo trent'anni, la festa era finita. Un baratro. Ho conosciuto Georges nelle pianure desolate della Mosa. Quante volte abbiamo creduto di crepare in quella sanguinosa follia? Dieci, cento, mille volte? Ho sentito dei compagni gemere tutta la notte come animali selvatici, soli davanti alla grande mietitrice nella terra di nessuno tra le due linee, con le viscere fra le mani. Ho visto la fifa blu nello sguardo di uomini grandi e grossi che invocavano la mamma. Ci si sbronzava di etere prima dell'assalto, uno strano alcol, e si rimaneva ossessionati dalle grida atroci dei feriti, operati senza il cloroformio che noi avevamo rubato. Quante volte me la sono fatta addosso in trincea, le brache imbevute di diarrea?

La gavetta odorava spesso della mia merda mescolata a quella degli altri. Abbiamo visto i corpi mutilati, bruciati, e abbiamo avuto le narici infestate dalla carne arrostita e dall'odore del sangue secco. Abbiamo visto la sofferenza degli uomini, e poi ci siamo zittiti. Da allora viviamo come possiamo. Ecco la verità. Io ne sono uscito senza un graffio. Niente. Eppure non ero uno scansafatiche. È un miracolo, come se la vita avesse deciso di risparmiarmi perché potessi continuare per la mia strada. Solo lo sfondamento sul crinale di Vimy con Pétain mi è rimasto nel cuore. Una vera batosta rifilata ai crucchi. Una fonte d'orgoglio. La sensazione di essere stato coraggioso.

SECONDA PARTE

Guerra di movimento
agosto-novembre 1940

1

16 agosto 1940

Marie-Louise Ritz è tornata da Lucerna. Dicono che sia *in forma* – cosa che fa prevedere il peggio. Stanotte, durante l'insonnia, il barman ha contato le stagioni: sono quattro anni che non la vede.

Al bar del Ritz, gli ufficiali si sono acquartierati. Il colonnello Speidel non dà sue notizie da dieci giorni, Georges fa dei salamelecchi, Frank si abitua. I due barman dissimulano ed evitano gli argomenti scottanti. A volte, Frank ha la sensazione di interpretare una parte: c'è con il corpo, ma la testa è altrove. Gli capita di far scoprire dei cocktail ad alti ufficiali che stima – spesso i più discreti. Con altri, prova un piacere maligno nel servire loro un bordeaux del 1933: l'anno dell'ascesa di Hitler al potere, il peggior vino del decennio. Ne ha aumentato il prezzo, la scorta si esaurirà presto.

Dall'altra parte della Galleria delle Meraviglie sono tutti riuniti nella sala Vendôme, dove l'ambasciatore nazista a Parigi, Otto Abetz, offre una cena di gala per celebrare la nuova amicizia franco-tedesca. Luciano è stato requisito per l'occasione. Frank è venuto a dare un'occhiata: un vero banchetto di matrimonio in pompa magna! Capesante in casseruola alla crema di zafferano, poi uova di quaglia in camicia al caviale – Frank ne ha rubate due in cucina, *deliziose* – e noci d'agnello alla Edoardo VII con contorno di purè di carciofi e rape novelle candite, il tutto accompagnato da uno Château Ausone del 1900. Per finire, un croccante al calvados con granita all'acquavite di champagne, da gustare con una coppa di Roederer Cristal.

Una reputazione va mantenuta a qualunque costo, Marie-Louise ha saputo dare risalto al suo ritorno.

Frank riconosce alcuni volti fra i tedeschi. Speidel non è passato dal bar ma c'è, impegnato in una discussione con il tenente colonnello Soehring. Per quanto riguarda i francesi, Pierre Laval è venuto con la figlia Josée e il genero, René de Chambrun. Frank apprezza molto Laval. *Parla schietto, è diretto, ed è un pacifista.* Al loro tavolo ci sono l'ammiraglio Darlan in borghese, il moschettiere Jean Borotra e l'avvocato Fernand de Brinon. Il clan del Maresciallo è schierato in ordine di battaglia. Sembrano sereni, perfino un po' arroganti.

Compare Luciano con una bottiglia di bordeaux in mano per servire questi nuovi padroni della Francia. Laval gli sussurra una parola gentile, gli uomini brindano – in fondo, il paese non chiede che questo: la pace, nient'altro.

Tornato dietro al bancone del suo bar, Frank dà una scorsa ai giornali. «Stiamo vivendo delle ore straordinarie; non sappiamo quello che siamo» scrive l'editorialista del «Matin», per il quale la situazione non è così tetra come si era temuto. Frank non può dargli torto.

Mettiamoci con coraggio al lavoro. C'è forse un'altra soluzione?

«Ma diamine, Frank. Voglio sapere cosa combina la signora Auzello!»

La voce secca e nervosa di Süss lo strappa bruscamente ai suoi pensieri. La coppia è tornata già da qualche giorno. Claude è sceso a salutare, cortese e paterno nonostante sia stato messo in disparte. Blanche, invece, non si è fatta vedere. Allora sono iniziati i pettegolezzi. Ieri, nell'atrio, Frank ha sentito un giovane fattorino raccontare al portiere che lei aveva lasciato l'ex direttore per tornare a New York. Süss sarebbe felice di ascoltare questa storia, ma un vero barman non si abbassa mai a diffondere le voci di corridoio. Lui pensa soprattutto: *morfina*.

«Forse la signora Auzello è vittima di un'emicrania» suggerisce il barman. «Non è la prima volta che rimane chiusa in camera per diversi giorni...»

Il vicedirettore arriccia il naso. Non ci crede. E, soprattutto, ha paura. Il visconte intreccia e scioglie nervosamente le mani. Per lui e per la Vedova è diventata un'ossessione: bisogna evitare gli sfoghi di Blanche. Ma come controllarla se non possono nemmeno vederla?

«So che ieri è stata portata una bottiglia di Perrier-Jouët nell'appartamento degli Auzello» dice il visconte con aria tesa. «La prossima volta che ordinano da bere, voglio che se ne occupi lei personalmente. Chiaro?»

«Chiarissimo» risponde Frank. «Conti su di me.»

Süss scola il suo whisky d'un fiato e se ne va di fretta.

Frank chiude il bar, è irritato. La Vecchia e i suoi due svizzeri se lo possono scordare: è fuori discussione che salga dagli Auzello. No, non si muoverà. Non sarà lui a fare il primo passo con Blanche. Se lei vuole vederlo, dovrà scendere. E se cerca della morfina, saprà dove trovarlo. Come quel giorno di giugno dell'anno scorso.

Diario di Frank Meier

Dopo la sortita della Kharmayev contro la Vecchia nel giugno del 1936, Blanche era rimasta in guardia per diversi mesi. La primavera successiva, era tornata sempre più spesso al bar, fino a conquistarsi un posto nel Club degli eleganti, che si riuniva il giovedì sera. Ah, come ammaliava gli uomini, primi fra tutti Hemingway e Fitzgerald. Pure Guitry, il grande misogino, l'aveva adottata.

Dietro al mio bancone, io servivo, incoraggiavo, inventavo.

Come Arletty, Blanche mi chiamava «mio caro», con quel suo vago accento newyorkese. Un'innocente civetteria, pensavo. A volte arrivava sottobraccio alle clienti più volgari, a volte veniva sola, per inanellare un cocktail dopo l'altro, con lo sguardo sempre più spento. Avrei dovuto capire che era in preda alla più nera malinconia. Lily Kharmayev era partita otto mesi prima per andare a combattere Franco con i repubblicani spagnoli e le mancava terribilmente. Lily si era data all'avventura mentre Blanche, intrappolata nel comfort del Ritz, doveva imparare ad ammazzare il tempo. La vita per lei non aveva più senso, non faceva niente e beveva troppo. Occupava le sue lunghe giornate leggendo romanzi. Quelli di Proust sembravano capirla fino in fondo. Aveva imparato a memoria la fine di Un amore di Swann *e pensava, cupamente, agli anni che si possono sprecare amando una persona che non ci piace e che, in fondo, non fa per noi.*

Non ho visto che stava sprofondando.

E poi è arrivato l'8 giugno 1939. Era stata una serata tranquilla. Era rimasta solo lei, al pianoforte. Suonava una Gymnopédie *di Satie dandone un'interpretazione febbrile, come un'acrobata sul filo. Le proposi un infuso di gelsomino. Lei preferì il suo famoso Bijou e mi supplicò di farle compagnia. Come rifiutare? Con la morte nel cuore, preparai il Bijou per lei e, per me, un Boulevardier con molto bourbon, ricordo della mia giovinezza a Manhattan. Quando Blanche venne a sedersi al bancone, la scollatura del suo abito azzurro lasciava apparire il pizzo bianco di un reggiseno che avvolgeva un seno rotondo. Non mi era mai sembrata così bella.*

«Il Ventesimo secolo comincia ad annoiarmi» disse, portandosi il bicchiere alle labbra.

All'improvviso si allungò sopra il bancone, mi afferrò il colletto della camicia e mi tirò verso di lei, con gli occhi chiusi. Le sue labbra sfiorarono le mie, indugiando per un istante.

La sua mano si posò sulla mia. Blanche era già in piedi. Doveva rientrare, si era fatto tardi, sperava di riuscire a prendere sonno. Forse potevo aiutarla.

Avrei dovuto capire subito il prezzo di quel bacio. Pandora mi aveva appena messo davanti il suo vaso, sarebbe bastato che non lo toccassi. Ma la tentazione era troppo forte. Ho risposto che non potevo fare nulla per lei quella sera, ma che le avrei recuperato una dose il giorno dopo. Perché diavolo avevo ceduto così facilmente? Il timore ancestrale di non appagare una donna che si vorrebbe possedere? Eppure, a New York come a Parigi, avevo visto decine di uomini pronti a tutto per degli abbracci che non ci sarebbero mai stati. Un individuo assennato sa queste cose, e un barman esperto più di chiunque altro. Invece, a cinquantacinque anni, sono caduto nella trappola. Era più forte di me. Ero innamorato. Quella donna mi aveva stregato. Quella bellezza che profumava d'infelicità agiva su di me come una calamita. Temevo che sarebbe sparita di colpo, se le avessi rifiutato qualcosa. E poi, condividevamo almeno questo: a causa dell'odio diffuso, eravamo due ebrei imboscati. Blanche non sapeva che ero un ebreuccio dell'Est, ma avevo la netta sensazione di avere un legame segreto con lei. Un'illusione, senza dubbio.

Così sono diventato il fornitore unico dei paradisi artificiali di colei che, giorno e notte, occupava i miei pensieri. Ma la morfina mi costava cara. Prima della fine di luglio, avevo organizzato una doppia contabilità al bar.

Il barman si era trasformato in ladro.

Ironia della sorte, è stata la guerra a salvarmi. Il 3 settembre 1939, Claude Auzello è stato richiamato sotto le armi e mandato come ufficiale istruttore in una caserma nell'entroterra di Nizza. Blanche non ha potuto fare altro che accompagnarlo. Col cuore a pezzi, ho dovuto rifornirla un'ultima volta, quanto le bastava a reggere per alcune settimane. Ci ho speso tutti i soldi che mi erano rimasti. E poi, in giugno, l'arrivo dei tedeschi ha scompigliato i miei calcoli. Chi s'è visto s'è visto, perdite e profitti. Restava il gusto amaro della depravazione – per Blanche, per possederla in qualche modo, ero diventato ciò che avevo sempre aborrito: un bugiardo, un imbroglione, un uomo privo di valori.

Poco prima che lasciasse il Ritz, l'avevo incrociata un'ultima volta nella Galleria delle Meraviglie. Avevo letto nel suo sguardo tutto il disprezzo che provava per me, perché ero stato testimone della sua decadenza. Avrei tanto voluto che le cose fossero andate diversamente. Avrei voluto essere la persona che le offriva parole di conforto, ma Blanche non ha mai chiesto la mia compassione. Anche il suo bacio, a questo punto, ha il gusto amaro della menzogna. Ecco perché, mentre tutti qui si chiedono cosa stia combinando Blanche Auzello rinchiusa nella sua suite, io mi pongo una domanda diversa, che mi fa impazzire: ho davvero voglia di rivederla?

2

25 agosto 1940

«Meier, lei mi sta prendendo in giro!»

«No, signora...»

Aggrappata alla scrivania, Marie-Louise Ritz è fuori di sé. Convocato d'urgenza, Hans Elmiger è appena arrivato. Süss è già lì.

«Le ordino di far tornare gli artisti nel bar e di rispedire sul marciapiede le prostitute che lei fa entrare al Ritz!»

Frank ha una sola certezza: la Vecchia lo detesta.

Aveva di lei l'immagine di una vecchia arpia avvizzita, ed eccola di ritorno come un rettile velenoso. È leggermente dimagrita.

Tocca pensare che questa guerra rinvigorisce.

«Lei non può sapere come è stato faticoso il viaggio da Lucerna. L'anca mi fa soffrire. Due giorni interi per arrivare qui! E almeno due ore, ieri, per superare quella dannata linea di demarcazione: i tedeschi hanno perquisito la nostra automobile da cima a fondo. Questo è un paese umiliato e provo vergogna per la Francia.»

Stavolta Frank è d'accordo con lei.

«Non mi risponde?» grida la Vedova. «Lei è sempre stato un incapace, Meier! E un vigliacco. Lo sanno tutti! Signor

Süss, può ripetere al signor Elmiger ciò che mi ha confidato poco fa?»

Il visconte ubbidisce, ha un'aria risentita: «Ieri sera, avendo sentito un forte vociare dalle parti del bar, sono andato a vedere, per curiosità... e ho trovato un capitano della Wehrmacht sbracato, seduto al piano con una donna sulle ginocchia».

Chi avrebbe detto che sotto quelle fattezze da dandy beneducato si nascondeva uno spione?

Süss non osa precisare che la giovane donna aveva infilato la mano nei pantaloni dell'ufficiale – *una pippa parigina, il regalo di benvenuto della Francia occupata.* Ma il visconte descrive lo spiedino di ufficiali tedeschi irsuti e ubriachi in compagnia di prostitute, con le quali sparivano ad assecondare i rispettivi desideri. Senza dubbio, Süss ne avrà sorpresa una nella toilette, con in bocca il pene di un tedesco. Hans Elmiger ascolta il suo vice con gli occhi sgranati. Quelli di Marie-Louise luccicano al tempo stesso di rabbia e del piacere che sembra provare nel coprire d'insulti il suo barman.

Le si sono arrossate le guance per l'eccitazione.

«È una cosa immonda, Meier. Lei sta diventando il tenutario di un bordello in casa mia. Questo deve cessare immediatamente.»

Frank annuisce, ma non ci crede neanche per un attimo. I tedeschi non vorranno mai privarsi delle loro cocotte di lusso: scarpe di vernice col tacco, calze di seta, profumi raffinati e un pompino a buon mercato. Conoscono le buone maniere ma usano soprattutto quelle dei vincitori. *La Francia se la vogliono prendere brutalmente!*

«Mi ascolti» prosegue la Vecchia raddolcita. «Non la mando via, Meier. A essere sincera, il suo savoir-faire è molto apprezzato dai nostri ospiti tedeschi, come dalla Parigi che conta. Sarei un'idiota se decidessi di fare a meno della sua "arte del cocktail", come la chiamano qui.»

Silenzio. Marie-Louise lo fissa con quei suoi occhi che sembrano bottoni di polacchino. Frank non era mai entrato nell'ufficio di César Ritz. Sobrio, austero, somiglia alla sua proprietaria. Anche il ritratto del fondatore appeso alla parete sembra appannato, il tutto immerso in un odore di cera d'api.

«Le propongo un accordo, Frank. Il ministro Goebbels ha fatto sapere al signor Elmiger e a me, per il tramite del colonnello Speidel, che vorrebbe far ripartire al più presto la vita mondana al Ritz. Ha trovato Parigi lugubre e chiede un cambio di rotta. Due parole d'ordine: vivacità e allegria. Gradirebbe che una clientela di artisti scelti con la massima cura tornasse in place Vendôme. Lei potrebbe aiutarci a recuperare qualcuno dei vecchi frequentatori... Sacha Guitry, Serge Lifar, Jean Cocteau... Mi par di capire che lei intrattiene dei rapporti privilegiati con loro, sbaglio?»

«Mi usano questa cortesia.»

«Diciamo che sarebbe un modo per dimostrarmi la sua lealtà.»

Frank fiuta la trappola. La sfida ha dell'impossibile: il Ritz non potrà più essere quello di una volta, fino a quando il bar sarà pieno di ufficiali tedeschi in uniforme. Non ignora nemmeno che dagli artisti, con il loro costante desiderio di prendersi la scena, ci si può aspettare di tutto.

«Conti su di me» dice Frank. «Cercherò di parlare al più presto con Guitry.»

«Perfetto! Sono sicura che tornerà utile a entrambi, signor Meier... A condizione, naturalmente, che lei sia disposto ad accettare la mia seconda richiesta.»

Sorride in un modo che non lascia presagire nulla di buono.

Süss gongola, Elmiger pazienta con un filo d'ansia.

«Voglio che ristabilisca la separazione dei bar.» Finge di riflettere. «No! Meglio ancora: vieti l'accesso alle signore. Sì, ecco, voglio che lei lo metta in chiaro in un regolamento interno, d'accordo?»

«Sì, signora.»

«E fino a quel momento, il suo bar resta chiuso.»

Un ghigno si disegna sul volto della Vedova, mentre Frank si alza per congedarsi sotto lo sguardo opaco di Süss e di Elmiger.

«Dunque ha finalmente deciso di essere ragionevole, signor Meier. Imbocchiamo la strada della riconciliazione! Non vedo l'ora che il maresciallo Göring si sistemi qui» prosegue la Vecchia, girandosi verso Elmiger. «La sua presenza riporterà un po' d'ordine. A proposito, è tutto pronto, Hans? I lavori per installare la vasca da bagno verranno conclusi in tempo?»

«Venerdì, signora. Mentre i mobili del castello di Versailles saranno consegnati domani.»

«Perfetto. Bisogna anche verificare che tutto il corredo, lenzuola e biancheria per il bagno, abbia le sue iniziali ricamate. Un monogramma rosso e nero. Diamine! Non è pronto niente!»

Frank Meier esce dall'ufficio più esasperato che mai. «Diamine.» Lo diceva sua madre. Era così fiera di conoscere quella parola francese che la pronunciava in tutte le salse. «Diamine, questo strudel è molle! Diamine, come sono sporchi questi *tzitzit*! Diamine, Pesach quest'anno arriva molto presto!» Sua madre che ha tanto amato, una donna traboccante di bontà quanto la vedova Ritz può esserlo di acredine. Gli ripeteva spesso che bisogna temere Dio. Frank diffida molto di più degli uomini – e delle donne. Ora che le corporazioni chiedono il licenziamento degli stranieri e si parla apertamente di uno statuto speciale per gli ebrei, preferisce non pensare a cosa farebbe Marie-Louise Ritz se sapesse che, oltre a essere un vigliacco e un incapace, il suo barman è nato *israelita*.

3

28 agosto 1940

Sono quasi quattro settimane che gli Auzello sono tornati in place Vendôme, e ancora nessuna traccia di Blanche.

Dov'è? Come sta? Cosa fa? Si trova davvero qui?

Frank non ce la fa più, vuole sapere. Ha deciso di passare all'azione, e l'azione comincia da Marie Sénéchal, una delle domestiche della coppia. È stato lui, tre anni fa, a raccomandarla a Claude Auzello perché l'assumesse al Ritz. Conosceva bene sua madre – governante irreprensibile e donna esemplare. Marie si è rivelata leale e seria, devota al suo protettore. Frank le ha dato appuntamento al Café de la Paix, in place de l'Opéra. Un invito a pranzo, *dopo il lavoro*. La ragazza se n'è rallegrata, coi tempi che corrono una semplice frittata con un'insalata verde vale oro. Arrivato in anticipo, in un completo tre pezzi grigio di lana merino, cravatta nera di seta e camicia bianca, il barman in borghese si è seduto a un tavolo in fondo alla sala. È mercoledì, non c'è tanta gente.

«Buongiorno, signor Meier.»

«Ah, Marie, eccoti!»

Con quegli occhi verdi, le lentiggini, i riccioli dorati e l'aria sbarazzina, Marie Sénéchal è il ritratto di sua madre.

«Come va la vita?»

«Non malaccio, signor Meier. Ci si abitua a tutto.»

«Hai fame?»

«Una fame da lupo…»

Vengono fatte le ordinazioni: una terrina di coniglio per entrambi, poi del rombo alla parigina per lui e filetti di sogliola con ostriche e frutti di mare per lei, il tutto annaffiato da una mezza bottiglia di Riquewihr. Marie ostenta un'aria allegra. È contenta che a poco a poco la vita riprenda e decanta i meriti del «vecchio Maresciallo». Gli ha anche scritto una lettera per ringraziarlo. Frank si congratula con lei e ne approfitta per avviare la conversazione: «Allora, cosa ne pensa Claude Auzello di Philippe Pétain?».

«Oh, sa, il signor Auzello non fa che brontolare.»

«Anche contro Pétain?»

«No, detesta soprattutto i crucchi! Ma lo capisco, ha fatto la guerra del '14, come lei.»

«Sì. E tu, Marie, cosa ne pensi dei crucchi?»

«Bah, diciamo che si comportano bene…»

Il cameriere posa le due terrine sul tavolo. Frank si è accorto che la giovane Sénéchal ha tentennato rispondendo alla sua ultima domanda. La donna prende una spessa fetta di pane e divora la sua terrina con gli occhi. Frank la osserva. Dice: «E la signora Auzello, cosa ne pensa, lei, dei tedeschi…?».

Marie esita un'altra volta. Gli sorride e si dedica al cibo. Frank lascia deliberatamente che passi un lungo momento di silenzio.

«Non dovrei dirglielo, ma… La signora Auzello non sta tanto bene.»

Quindi Blanche è davvero segregata nei suoi appartamenti. È qui.

E pensare che ne aveva dubitato. Cresce allora in lui un sentimento che è un misto di eccitazione e di paura. *Non sta tanto bene, cosa vorrà dire?* Prende il suo bicchiere di vino d'Alsazia e beve un sorso. Rimane in silenzio, come prima.

La giovane si sente obbligata a dirgli qualcosa di più, come per dimostrare la sua lealtà: «La signora è molto irascibile. Rimane spesso in camera e a volte si torce nel dolore. Dobbiamo cambiarle spesso le lenzuola, la signora suda molto. Ma non vuole farsi visitare da un dottore».

«E Claude cosa dice?»

«Niente, il povero signor Auzello è sconfortato. Ci ha chiesto la massima discrezione, ma con lei è diverso, posso fidarmi.»

«Grazie, Marie. Stai tranquilla, non dirò niente.»

«Spero che guarisca presto.»

«Anch'io...»

Frank Meier pensa alle crisi e ai sintomi dei soldati dipendenti dall'etere durante la Grande Guerra. Ne è quasi sicuro: *astinenza da morfina.* Subito, pensa alla Vecchia; se Marie-Louise Ritz sapesse come sta Blanche, ne approfitterebbe per sbarazzarsi di lei.

La giovane domestica si tampona delicatamente la bocca con il tovagliolo prima di portare alle labbra il bicchiere di vino bianco. Il Ritz è una scuola di buone maniere.

«Hai notizie di tua madre?»

«Nessuna, è in Bretagna, ma la posta non funziona ancora. Lei ha notizie della sua famiglia?»

«No, ignoro perfino dove si trovi mio figlio...»

Frank è sorpreso nel sentirsi parlare di Jean-Jacques, non gli capita di frequente.

Questa giovane di sicuro non sapeva che avevo un figlio.

Incredula, Marie domanda quanti anni ha.

«Jean-Jacques ne ha diciannove.»

«Toh, come me!»

Frank non ribatte nulla. Si rende conto che non ha mai invitato suo figlio fuori a pranzo.

4

12 settembre 1940

Quando entra da qualche parte, lo fa da regista. Tace, scruta, si muove con grazia e discrezione. Sacha Guitry ha appena varcato la porta dell'Aiglon. Valuta lo spazio, calcola le distanze, fiuta gli umori e annusa l'atmosfera con uno sguardo da indemoniato. Spera di sondare e capire ciò che le persone si dicono nel profondo. Le ascolta, vi si infiltra, le penetra. È il suo segreto. Il maître lo vede e si precipita da lui, il divo è in libera uscita. Guitry punta l'indice in alto serrando la mascella, e bisogna immediatamente tradurre che il maître non è ancora pronto a interpretare il suo ruolo. Guitry quella sera indossa un completo principe di Galles grigio di sartoria, giacca a sei bottoni e spalle napoletane, camicia bianca col colletto inamidato, cravatta lavallière di velluto nero e borsalino di feltro dello stesso colore, tenuto leggermente di sbieco come a parare i colpi. Il naso diritto, le guance cascanti da cinquantenne, l'occhio intelligente, ha la faccia di un colonnello del genio che si spreme le meningi per aprirsi un varco in quella zona grigia. Da dieci giorni, tutte le mattine, nel suo ufficio in avenue Élisée Reclus, il barone dei boulevard ha iniziato a scrivere una nuova commedia. L'avenue Élisée Reclus, un indirizzo che non è mai stato tanto degno del suo nome. Chi potrebbe credere che questo orefice della parola è uno sposino? Geneviève de Séréville è la signora Guitry solo dall'estate scorsa. La sua quarta moglie è una giovane attrice, il quarto atto di una vita dedicata al teatro, e questa volta le prime scene hanno per scenografia l'occupazione tedesca. A cosa porterà tutto questo?

Frank Meier osserva il suo amico come si guarda un primo ballerino, con un misto di ammirazione e d'inquietudine.

È stato Guitry a scegliere per l'appuntamento l'Aiglon, in rue de Berri. A Frank non è mai piaciuto quel ristorante: è tutto finto e di cattivo gusto, dal menu alle dalie viola sui tavoli. Forse è quello che apprezzano i tedeschi: sono tanti stasera a darsi delle arie.

Perché mai Guitry frequenta questo posto?

Il maître, Edmond, ha riconosciuto Frank Meier, che ammazza il tempo torturando la tovaglia. L'omino panciuto attraversa la sala per andare a salutare il barman del Ritz, in modo francamente piuttosto esagerato.

«Allora, dicono che ha chiuso il bar» mormora in tono affettato.

Frank sospetta che ci abbia messo gli occhi sopra, nel caso in cui…

«Solo per qualche giorno. In albergo stanno preparando l'arrivo di una personalità importante. È confidenziale.»

Frank ha già usato questa scusa una decina di volte nell'ultima settimana. Come gli altri, Edmond risponde: «Ah, capisco…».

Se ne vedono tante, in questi giorni.

«Sbaglio o sta aspettando il signor Guitry? Eccolo che arriva.»

Frank annuisce sorridendo.

«Mi lascerei volentieri tentare da un Blue Bird.»

«Il nostro barman andrà nel panico sapendo che è per lei.»

«Il signor Jean lo farà benissimo. Lo saluti da parte mia.»

Il menu del ristorante è già in tedesco.

Dalle parti degli Champs Élysées hanno davvero il senso degli affari.

Frank si ripromette di evitare le trote della Foresta nera e i crauti con foie gras e boudin blanc.

«L'ho sentita maledirmi, Frank.»

Una voce stentorea dall'accento metallico: Sacha Guitry è arrivato. Sorriso in tralice, è l'eleganza in persona.

«Buonasera, Sacha.»

«Se posso permettermi, lei ha il colorito terreo delle brutte giornate, amico mio. Eviti di fare quella faccia, la prego, il giovedì è libero e tutto suo.»

«Le chiedo scusa, è la vicinanza con questi...»

«Lo so» lo interrompe Guitry lanciando un'occhiata intorno. «Ma vado pazzo per la loro testina di vitello con l'insalata di patate.»

Il fascino da truffatore del commediografo è sempre lo stesso. Il bisogno impellente di fare il pavone, come per salvarsi dal baratro. E quelle conversazioni che partono in quarta, argute e falsamente inoffensive.

«Si figuri che questa mattina» prosegue «ho ripensato a ciò che ha detto Chamfort in punto di morte. Siccome non voleva ricevere l'estrema unzione, ha sussurrato a uno dei suoi amici: "Farò finta di non morire". Ingegnoso, no?»

Frank si chiede dove voglia arrivare, poi capisce all'improvviso.

Far finta di non morire.

«Mi dia una coppa di Pol Roger. Sa che Churchill ripete a spron battuto: "Nella vittoria, lo merito. Nella sconfitta, ne ho bisogno"? Una battuta da autentico alcolista.»

Frank alza il bicchiere.

«Lei riesce sempre a farmi sorridere, Sacha. Grazie.»

«Meglio così! Come posso esserle utile?»

Negli ultimi giorni Frank si è chiesto cento volte come

avrebbe affrontato l'argomento. All'ultimo sceglie la via diretta: «In realtà, è molto semplice. Anche se è una richiesta curiosa. Mi piacerebbe, per quanto possibile, che lei tornasse di tanto in tanto al bar del Ritz».

«Perché? Risolleverebbe gli affari?»

«Per certi versi. Al momento siamo chiusi, ma dovremmo riaprire fra poco. La Vedova è tornata all'ovile.»

«Ma guarda.»

Gli occhi di Guitry si illuminano nell'udire la notizia.

«Sì. Mamma Ritz intende rilanciare le serate parigine, piene di spirito e di eleganza. Conta su di lei, tra l'altro. E se riuscisse a convincere anche Cocteau, Lifar o Arletty, sarebbe l'ideale. Si tratta di fare tutti un po' finta di non morire...»

Guitry gongola, gli piace essere citato. Alza il bicchiere.

«Lei è l'oracolo della saggezza, mio caro Frank. Lei è il cuore unito all'intelligenza. Brindiamo al mio ritorno in place Vendôme. Immagino che ci siano dei begli esemplari da studiare, laggiù...»

«Non rimarrà deluso. Daremo ospitalità anche a un coccodrillo antropofago.»

«Ah! Non sarà per caso un grassottello con la giacca coperta di medaglie?» domanda Guitry, con occhio voglioso.

Due ore dopo Frank Meier esce dall'Aiglon col ventre pesante, la mente lucida e la bocca amara.

5

28 settembre 1940

È più di un mese che Frank officia in una chiesa vuota, e quel silenzio è un supplizio. Quasi rimpiange la cagnara dei crucchi. Pensava che, una volta rassicurata sulle intenzioni di Guitry, la vecchia Ritz avrebbe rapidamente riaperto i battenti, ma non ha mosso un dito.

Tutto questo denaro perso, roba da non capirci niente.

«Crede che rimarremo chiusi ancora a lungo, signor Meier?»

Nel corso di quelle ore vuote, resta fortunatamente da concludere l'apprendistato di Luciano. Non si inventano ricette nuove, quando il cuore soffre, ma si possono almeno rivedere i classici.

«Non ne ho idea, figliolo. Domani parlo con Elmiger, vedremo. Nell'attesa, ripassiamo. La ricetta di un American Beauty? Ti ascolto.»

«Innanzitutto, si prende un tumbler» risponde Luciano. «Ci si mette dentro un cucchiaino di crème de menthe bianca e un altro di granatina. Poi si aggiunge il succo di un'arancia spremuta, un mezzo bicchiere di vermouth francese e un altro di brandy. A quel punto si riempie di scaglie di ghiaccio e si scuote con forza lo shaker. Si versa in un bicchiere tenuto in fresco e si decora con frutta di stagione. Giusto?»

«No. Concentrati. Manca qualcosa. Il segreto.»
«Ah, sì! La specialità del signor Meier. Una lacrima di porto rosso sopra.»
«Ecco. E lo servi con una cannuccia e un cucchiaino.»
«Certamente.»
«Adesso, la ricetta del Blue Bird.»
«Il Blue Bird! Verso nello shaker un mezzo bicchiere di gin, un cucchiaino di curaçao e... mi pare che abbiano bussato, signor Meier.»
Anche Frank ha sentito. Eppure è tardi.
«Apritemi, per favore!»
Bussano di nuovo, e d'un tratto riconosce la voce soffocata dietro la porta.
«La prego, Frank. Sono io.»
Frank è paralizzato dietro al bancone. Il ragazzo ha lo sguardo terrorizzato.
«Luciano» sussurra Frank, «fila via dalla porta di servizio, sbrigati.»
«Va bene, signor Meier.»
Domani bisognerà ricordargli che non ha sentito niente.
Blanche si spazientisce dietro la porta.
«Mi apra, sant'Iddio!»
Frank fa un respiro profondo.
Non lasciarti infinocchiare, tieniti a distanza.
«Venga dentro, veloce» dice, aprendo la porta.
Chiude a chiave e la fissa. Sotto il foulard di seta che si è messa sui capelli, ha le occhiaie scavate e il volto sciupato. È esile, ha un'aria fragile. Nell'anno trascorso è molto dimagrita ma, quando i loro sguardi si incontrano, Frank sa che non ha più nessuna voglia di odiarla.

6

«Tiri le tende, abbassi le luci e prepari un Dry Martini per entrambi» farfuglia, spettrale, la moglie del direttore.

Blanche si dirige verso il bancone.

«Qualcuno l'ha vista venire qui?»

«No, certo che no! Mi dia da bere, Frank, la supplico...»

Il barman ha le mani umidicce.

È già ai suoi ordini. Sa che è solo una fonte di guai.

Sa che dovrebbe sbatterla fuori, e che non lo farà.

«Con chi stava parlando?» domanda Blanche.

«Con Luciano, il mio apprendista.»

Lei si guarda intorno preoccupata. Frank la rassicura: sono soli, con i loro ricordi e quella rabbia triste che legge nei suoi occhi. O è timore? Ha già preso la bottiglia di Gordon's.

«Frank, per favore, mi guardi.»

È paura quella che vede nei suoi occhi.

«In albergo, a parte lei e Claude, chi sa che sono ebrea?»

«Nessuno...»

«E il tizio dell'ambasciata che ci aveva dato una mano?»

«È stato trasferito a Londra due anni fa.»

Nessun dubbio: solo lui e Claude sono al corrente dell'imbroglio. Ma Blanche Auzello non sembra rassicurata.

«Sa che gli ebrei devono farsi censire? Ieri i crucchi hanno decretato che tutti gli ebrei devono registrarsi al commissariato del proprio arrondissement prima della fine di ottobre.»

I giornali non l'hanno riportato: parlano solo dell'umiliazione subita dalla flotta di De Gaulle a Dakar e della guerra aerea fra Germania e Inghilterra.

«Ma a che scopo?» domanda Frank inquieto.

«Vogliono marchiarci come il bestiame. Ho un nodo allo stomaco da stamattina, è tremendo.»

«I suoi documenti certificano che lei è cattolica, signora, non ha nulla da temere.»

«E cosa ne so?» ribatte Blanche in tono di sfida. «Magari, lei potrebbe denunciarmi alla Vecchia.»

«Perché dovrei farlo?»

«Non lo so. Per mettersi in mostra? Per proteggersi? Va così, ormai, no? Al diavolo gli altri e ciascuno per sé. Bisogna sopravvivere.»

Pensa davvero quello che dice?

Blanche si stringe il volto fra le mani.

«Oh, Frank! Si metta al mio posto: mi ossessiona, non posso farci niente! Mi sento assediata. Una preda fra gli avvoltoi. E sono stata io a mettermi sotto il giogo dei miei nemici. Sono tre mesi che non prendo niente. Tre mesi di cura, solo acqua.»

Frank aveva visto giusto, era proprio una crisi d'astinenza.

«Ammetta che la sorprende! Non si può dire che mi manchi l'istinto di sopravvivenza. Disintossicata prima di colare a picco. Ho creduto di morire. Sono rimasta a letto al buio per interi giorni e intere notti con delle emicranie atroci. Una totale apatia... A volte mi svegliavo in un bagno di sudore, avevo voglia di strapparmi la pelle degli avambracci.»

«Il signor Auzello ne è al corrente?»

Blanche abbozza un sorriso colmo di tristezza.

«Lui non capisce niente. Pensa che sono terrorizzata di essere qui, che saremmo dovuti restare a Nizza. Crede che sia a causa della vecchia Ritz. Quanto è stupido, a volte...»

Scuote la testa, poi aggiunge con voce improvvisamente più roca: «La notte sono prigioniera dell'insonnia. L'altro ieri, verso le due, sono uscita dall'appartamento – era la prima volta da quando siamo tornati. Ho girato un po' nei corridoi. Non ho incontrato nessuno, a parte la piccola Quiniou, nel suo vestito da cameriera, che spingeva il carrello. Raccoglieva le scarpe dei crucchi, da lucidare durante la notte. E pensare che avrei potuto fare quella vita, cameriera in un albergo di lusso a Manhattan. Sarei stata più infelice? No di certo. Tanto più oggi, in mezzo a questo branco di lupi!».

«Non dica così, signora. Si faccia vedere più spesso, anziché stare rinchiusa in camera. Prenda un po' d'aria, terrà alla larga i fantasmi e i sospetti che la circondano da un mese e mezzo.»

Potesse mai seguire il mio consiglio.

«Non ho ancora messo il naso in città» dice Blanche, mentre Frank versa il vermouth nello shaker. «Claude mi ha riferito, è tutto cambiato. Una città occupata dal nemico, ci sono soldati ubriachi un po' dappertutto. Pare che i crucchi comprino in massa il N°5 per le loro mogli, chissà come puzzerà Berlino! La Chanel sta facendo un sacco di soldi – decisamente, c'è gente a cui la fortuna sorride sempre. Eppure, l'hanno fatta sloggiare dalla sua suite. A quella vipera è stata concessa solo una cameretta mansardata. Ben fatto!»

«Questo le permetterà di fare delle economie.»

La battuta strappa un vago sorriso a Blanche. La tirchieria di Gabrielle Chanel era spesso oggetto del loro sarcasmo.

«Claude l'ha intravista ieri. Era seduta a un tavolino nel giardino d'estate in compagnia di un bell'ufficiale tedesco. Mi chiedo come possa ancora intrallazzare...»

«Il barone von Dincklage» precisa Frank. «Viene soprannominato Spatz.»

Corre voce che Gabrielle Chanel, tornata dalla costa basca in agosto, se lo sia subito preso come amante nella speranza di far liberare suo nipote André, prigioniero in Baviera, dove avrebbe contratto la tubercolosi. Ha giurato di vegliare su di lui quando sua sorella è morta.

«Lei mi è mancato, Frank.»

Cosa non avrebbe dato Frank per sentirsi dire quelle parole prima che scoppiasse la guerra.

«Anche lei mi è mancata» dice in un sussurro, versando lentamente il Martini in due coppe.

«Sa cosa ho sempre pensato? Il suo bar è come il ventre di una madre, ci si sente protetti dagli assalti della vita esterna. I suoi cocktail sono magici, fanno svanire i dispiaceri. Sono gli unici ad avere questo potere.»

Frank si sente invadere dalla passione per Blanche. È travolto da quella donna. È tentato di rivelarle tutto: che anche lui è ebreo e che ha paura, per se stesso, per lei e per Luciano.

La fioca luce del bar li avvolge in un dolce silenzio.

7

30 settembre 1940

«Le ha detto buonasera, è così, signor Elmiger?»

«Sì, signora. Poi è scoppiato a ridere come un forsennato, ha fatto girare il suo bastone da Reichsmarschall come in una parata e si è avvolto i piedi nella vestaglia. Per poco non si è sdraiato lungo disteso...»

«Era ubriaco, immagino.»

«Di più, a mio parere.»

«Cioè?»

«Temo che ieri sera il Reichsmarschall Göring abbia abusato di sostanze psicotrope, tipo la cocaina.»

«Dice sul serio, Hans?»

«Sì, signora. In ogni caso, il signor Süss ne è convinto.»

Frank si metterebbe a ridere, se il volto di Marie-Louise Ritz non fosse così contratto. A volte basta un cliente – e che razza di cliente! – per mettere l'albergo in uno stato di tensione. Eppure, tutto sembra andare per il meglio. Le prostitute troppo vistose sono scomparse. Arletty tuba con il tenente colonnello Soehring e Chanel folleggia sotto i platani con il suo aristocratico prussiano. Clienti d'alto rango frequentano i saloni del Ritz: quattro ministri del Reich, un ministro italiano e il cognato del generale Francisco Franco. Quanto agli alti ufficiali della Wehrmacht, stabiliscono legami ogni giorno più intimi con i residenti di place Vendôme.

Ed ecco che il Capocaccia si mette alla testa del carnevale dei depravati: la Vecchia non l'aveva previsto.

«Mio Dio» sospira la vedova Ritz, «credevo fosse morfinomane.»

«È anche quello» dice Elmiger. «D'altra parte, questo crea un problema di cui vorrei accennarle...»

Tocca al nipote spiegare come, da quando è arrivato, il Reichsmarschall sta nella vasca da bagno tutto il giorno, come gli ha prescritto il suo medico personale, per lenire la dipendenza da morfina. Risultato: consuma quasi tutta l'acqua calda dell'albergo. Alla reception le lamentele si accumulano ma gli alti ufficiali della Wehrmacht fanno finta di non saperne nulla. Avvilito, Elmiger ammette di non sapere come venirne fuori.

A queste parole, gli occhi della vedova Ritz s'illuminano.

«Ebbene» dice, «è venuto il momento che io vada a trovare questo signor Göring. Pare che abbia richiesto la sostituzione della pendola nel suo salottino, la trova troppo rumorosa. Mi farò carico di portargliene un'altra e ne approfitterò per chiarire con lui un paio di questioni...»

Se c'è una cosa che possiamo concedere alla Vedova, è il fatto che ha del fegato. Le avversità non le fanno paura, al contrario: si direbbe che i problemi le piacciono tanto quanto i soprammobili antichi.

«Avverta il suo aiutante di campo e veda a che ora posso salire nei suoi appartamenti» ordina a Elmiger.

Senza ascoltare la risposta, si rivolge a Frank.

«E visto che è qui, Meier, mi viene un'idea. Lei mi accompagnerà.»

«Da Göring? Ne è sicura, signora?»

«La smetta di fare lo smorfioso! E trovi una buona bottiglia di champagne in cantina. Di una grande annata, con una storia da raccontare. Gli faremo questo dono di benvenuto, e lei gliene magnificherà le qualità.»

«Va bene, signora.»

«Perfetto. Adesso, voglio farle un piacere. La sua penitenza termina stasera, caro Meier. Ho accettato di riaprire il bar. La sua squadra torna in azione, può richiamare Georges Scheuer. Non perda tempo. Ah, un'altra cosa...»

Mai concedere nulla senza contropartita: Frank sarebbe rimasto sorpreso di uscirne a buon mercato.

«Il signor Elmiger ha pensato che lei potrebbe inventare delle nuove ricette, in onore dei nostri ospiti. Ne sarebbero lusingati, non crede?»

Frank si gira verso Elmiger.

Imbarazzato, il direttore finge di guardare altrove.

«Si tratta semplicemente di mettere nella lista qualche cocktail col nome di ufficiali tedeschi.»

Frank esita un istante a rispondere che l'ss Manhattan è nella lista dal 1932.

«Oh, eviti di fare quella faccia, Meier» continua seccamente la Vedova. «Ah, un momento. Ha notizie della signora Auzello?»

«Dicono che sia in convalescenza e non in buone condizioni. Gli eventi degli ultimi mesi l'avrebbero duramente provata.»

«Provata? Blanche Auzello? Quell'osso duro!»

La Vedova si rivolge a Elmiger.

«Cosa dicono le cameriere del piano, Hans?»

«Non hanno più accesso al suo appartamento.»

«Come sarebbe?» domanda Marie-Louise infastidita.

«La coppia Auzello ha rinunciato ai servizi di pulizia.»

«Rinunciato? Ma è insensato! Cosa significa?»

Elmiger si limita ad allargare le braccia.

«Che fanno le pulizie da soli» dice Frank con voce malferma.

«Fesserie, Meier» sibila la Vedova prima di girarsi verso i due svizzeri. «Ci sono delle complicità, ne sono certa. Trovi il modo di entrarci, perdiana! Voglio sapere cosa trama alle mie spalle.»

Calma, Frank, non ti agitare.

Fra Göring e la vedova Ritz, chi preferirà? In quel momento, non saprebbe cosa rispondere.

8

Un conto è conoscere un personaggio pubblico attraverso ciò che ne dicono la stampa o i cinegiornali, un conto è conoscerlo in carne e ossa.

Soprattutto quando la carne è così abbondante.

In Hermann Göring nulla corrisponde alla sua reputazione di Capocaccia. Sembra piuttosto un vecchio moscardino con indosso un kimono di mussola su un paio di pantaloni color lavanda e delle ciabatte di pelle ornate di pietre preziose. Gli casca la faccia, gonfia e pastosa. La pella è coperta dal fondotinta e si è profumato con un Guerlain dalle fragranze esotiche. «Sono un uomo del Rinascimento» ha dichiarato, indicando la coiffeuse di legno laccato verde che ha fatto sistemare nella sua suite. Il cantore della virilità nazista adora truccarsi davanti allo specchio con doppie ante.

Ecco un particolare che farà ridere Georges. E Blanche.

Il fatto è che, in questa suite sovraccarica, Frank Meier ha perso la sua lucidità, si sente privo di riferimenti.

Come previsto, hanno brindato con lo champagne. Un Veuve Clicquot del 1913: l'annata servita al giubileo d'argento dell'imperatore Guglielmo II. Una rarità.

Il Reichsmarschall è lusingato, Marie-Louise è al settimo cielo. Un uomo dal volto paffuto e con gli occhiali quadrati s'è introdotto nel salone. Göring l'ha presentato come il suo mercante d'arte, Karl Haberstock. Questo tedesco tracagnotto è venuto a fare un'expertise della pendola di Marie-Louise.

Frank osserva Göring, mentre la Vedova comincia a disfare l'imballaggio. I suoi occhi obliqui divorano la pendola in metallo dorato con il quadrante sormontato da un vaso antico. *Un ingordo.* Haberstock assente con un cenno, la mascella in avanti, e conferma il valore spropositato dell'oggetto: «Un vero gioiello del Settecento».

Göring accarezza le placche di porcellana rosa e chiede se può fare un'offerta.

«Impossibile» risponde Marie-Louise. «Questa pendola è di proprietà del castello di Versailles, è un bene dello stato.»

Göring scoppia a ridere: «Lo stato francese non ha bisogno di soldi?».

«Chiederò informazioni al nostro direttore o al suo vice, il signor Süss» promette Marie-Louise.

Appena sente fare il nome del visconte, Göring le domanda se avrebbe qualcosa in contrario a permettere che il vicedirettore aiuti il suo esperto nella ricerca di opere d'arte da acquistare in giro per Parigi. Marie-Louise non si perde d'animo. Cercava uno spiraglio per non andarsene a mani vuote e l'ha trovato.

«In cambio dei servizi del signor Süss» azzarda, «sarebbe possibile chiederle di fare un solo bagno al giorno?»

Frank e Karl Haberstock fanno entrambi un passo indietro. Il Reichsmarschall tace. Si attorciglia sulla sua chaise longue, congeda con un cenno della mano il mercante d'arte, poi si raddrizza. Inclina il busto all'indietro, facendosi immediatamente austero come un paladino.

«Effettivamente, ho sentito dire...»

Lascia la frase in sospeso e fissa la sua ospite come se cercasse di leggerle nel pensiero.

Frank osserva le manovre di questi due predatori che si studiano in silenzio. Non può impedirsi di ammirare, ancora una volta, il sangue freddo della Vedova. Lo sguardo di Göring è di quelli che ti gelano fino al midollo, ma lei non ha abbassato gli occhi. Il silenzio si prolunga per qualche istante. Göring si alza, fa qualche passo, poi, con voce chiara e pacata, quasi dolce, le chiede se ha già conosciuto il piacere della vendetta. *Touché!* La Vedova sembra colta in contropiede. Possibile che, sotto quell'aria da orco incipriato, Göring sia così perspicace, o ha colpito a caso? Marie-Louise si riprende: «Sa, alla mia età ne abbiamo vissute tante...».

Il Reichsmarschall sorride con aria furbesca prima di distendere nuovamente la sua carcassa di pachiderma sulla dormeuse di velluto. Col volto cereo rivolto al soffitto e le mani sul ventre che pare gonfio di elio, somiglia a una figura giacente in un monumento funebre.

«Hitler è il salvatore!» dichiara, tenendo gli occhi chiusi e alzando bruscamente la voce. «Oggi ne abbiamo avuto la prova. La feccia di sinistra, gli ebrei e i nichilisti si rotolano nella polvere. Non ci si preoccupa mai abbastanza delle conseguenze di un'umiliazione, non le pare?» E prosegue, come parlando a se stesso: «Bisogna annientare i propri nemici se si vuole trionfare, è la condizione indispensabile perché il Terzo Reich possa durare mille anni».

L'orco non dice altro, il suo respiro animalesco si è fatto più lento. I presenti nella stanza esitano. Göring si è addormentato? Frank gli guarda i piedi, appoggiati su una pelle di tigre del Bengala portata dal Capocaccia in persona.

9

1° ottobre 1940

Se Göring ha preso il posto di Churchill a place Vendôme, l'immobile di rue Henri Rochefort è tornato bene o male alla normalità. La custode ha perfino avuto il tempo di dare la cera alla scura scala di quercia. Un dolce profumo offre l'illusione di un mondo scomparso. Al terzo piano, la signorina Le Trocquer ha ricominciato a suonare il piano, questa sera è alle prese con Schumann. La giovane donna padroneggia il *Träumerei* sulla punta delle dita.

I crucchi hanno fatto anche cose buone.

Seduto sul divano nel salotto di casa, Frank è di buon umore. Suo figlio è sano e salvo, non è nemmeno prigioniero. Per festeggiare la notizia, si è concesso due bicchieri di rosso della Côte de Nuits. Una prima cartolina *interzone* è arrivata stamattina, Frank la rilegge per la dodicesima volta. Jean-Jacques è sfuggito alla mobilitazione grazie alla sua miopia. Frank si vergogna un po' di essersi dimenticato che suo figlio è miope. Lo sapeva? Poco importa, suo figlio è sempre a Nizza ed è stato appena assunto nel reparto contabilità del Negresco. È «sereno», scrive.

È una sera tranquilla in rue Henri Rochefort, Frank sa che l'immobile ha perso una buona parte degli inquilini. Ora giudica in modo meno severo chi ha preferito fuggire. Pensa con commozione alla famiglia Birenbaum. Loro non rientreranno – a fine mattinata gli hanno consegnato le chiavi dell'appartamento all'ultimo piano prima di partire per la Spagna, chiedendogli di badare a che i «saccheggiatori» non entrino a rapinare. Sul marciapiede, Jean Birenbaum gli ha sussurrato che tutti gli ebrei francesi dovrebbero fare come loro. «I lupi sono entrati nell'ovile» ha aggiunto. E Frank ha avuto la strana sensazione che lo sguardo del vicino fosse carico di sottintesi. Era un consiglio? Impossibile! *Sono francese da vent'anni, ex combattente, ho fatto Verdun agli ordini di Pétain, non rischio nulla.*

Frank si versa un terzo bicchiere di vino, andrà a letto ubriaco, ed è meglio così.

Diario di Frank Meier

Il Träumerei *mi scuote l'anima ogni volta che lo ascolto. Non cerco di lottare, al contrario. La melodia mi afferra e mi trasporta all'istante verso i miei ricordi di gioventù a Manhattan. Nel bar dell'Hoffman House, Ewald, l'indolente pianista di Düsseldorf, accompagnava regolarmente la chiusura con questo brano di Robert Schumann. Agli ultimi clienti piaceva da morire quest'aria malinconica che addolcisce la notte. Anche a me. Sul suo Steinway, le mani di Ewald coccolavano i nostri dispiaceri di esiliati, e il* Träumerei *mi dava la sensazione di una fugace immortalità. Prima di finire il lavoro, quando bisognava lucidare la sbarra d'ottone che circondava il bordo del bancone, chiedevo spesso a Ewald di suonare ancora il* Träumerei *soltanto per me. Capitava che lo ripetesse sei volte di fila, dandomi l'impressione che non si sarebbe più fermato. Anziché tornare a casa e andare a letto, mi sedevo su una delle sedie di padouk, solo nell'antro di Mahoney, e mi immergevo nella notte di New York attraverso l'immensa finestra, sulla sinistra del bar. Una città allucinante, elettrica e scintillante. Fuori, tutto era illuminato e animato dal balletto dei fari d'automobile. Le insegne dei teatri, dei music-hall e dei grandi alberghi restavano accese tutta la notte. Le tenebre non esistevano più, il Ventesimo secolo si preannunciava magico. Era un dolce sogno. Sul bancone troneggiava un orso nero impagliato che si reggeva sulle zampe posteriori, appoggiato a un lampione dorato, e in quel momento anche il mondo selvatico sembrava addomesticato, pacificato. Appeso alla parete, di fronte al plantigrado, un quadro a olio raffigurava delle ninfe e dei satiri, una tela sulfurea, un invito al piacere… Regnava un'atmosfera di leggerezza e di edonismo. Tutte le sere, i pionieri del progresso venivano a godersi la vita, un mondo spensierato fatto di lustrini, dollari e champagne. L'America somigliava ai suoi edifici, rivolti verso il cielo; il paese intero galoppava incontro al futuro, inevitabilmente radioso e soleggiato. A New York o a Parigi, nessuno poteva intravedere le foreste di lì a poco devastate di Verdun, nessuno poteva pensare che le nazioni occidentali si sarebbero scannate ferocemente tra loro nella nebbia e nel fango delle Ardenne.*

10

2 ottobre 1940

Ubriaco fradicio, il Reichsmarschall.

Göring si è seduto al tavolo di Speidel, che fatica a nascondere un certo disagio dietro gli occhialini tondi. Forse per dimenticare che la *sua* battaglia d'Inghilterra non sta andando bene e che gli Spitfire della RAF stanno mettendo a dura prova le squadriglie della Luftwaffe. Più volte il colonnello Speidel ha lanciato verso il bar degli sguardi sconsolati. Frank si stringe nelle spalle.

Cosa vuoi che faccia?

In tempi normali, sarebbe andato a fare cortesemente un richiamo all'ordine. Ma non sono tempi normali. Quanto a Georges, alle piccole attenzioni da dedicare a Göring, non è di nessun aiuto. Gli ha appena servito di nuovo un Pink Lady: gin, albume, granatina e succo di limone – l'orco ne va pazzo, soprattutto se si calca la mano sull'ultimo goccio di brandy.

Frank si sente prigioniero nel suo bar, con il Capocaccia come carceriere personale. Sotto gli occhi umidi e ammirati di una ventina di ufficiali della Luftwaffe che interpretano meglio che possono la gioia di vivere, il Reichsmarschall è un quintale dilatato di potere e follia.

«Silenzio, signori!» tuona all'improvviso Göring. «Mi è venuta voglia di fare un gioco.»

Nel bar cala il silenzio, come in trincea prima dell'assalto. Göring lancia uno sguardo vitreo ai tavoli intorno, poi guarda verso il bar.

«Ah, Georges, c'è anche lei! È con lei che voglio giocare.»

«Sono al suo servizio, Reichsmarschall.»

«Vedrete, dice molto di chi si ha di fronte. Per cominciare, tirerò fuori dalla tasca una banconota da cento Reichsmark. Eccola. Nuova di zecca. Cento Reichsmark! La domanda è molto semplice, Georges: cosa ne farebbe se fosse sua? A lei decidere: può offrire un giro di birra a questa bella assemblea di ufficiali del Reich riuniti qui stasera...»

Sonoro applauso dei subalterni.

«... oppure, può scegliere una persona in questa stanza e regalarle una bottiglia pregiata. Allora? Cosa sceglie, amico mio?»

Frank fulmina insistentemente con lo sguardo il suo vecchio complice.

Non cadere in questa trappola, Georges! Schivala, ti supplico. Rispondi con un'altra domanda...

Ma Georges è uno che sa farsi valere.

«Senza alcuna esitazione, Reichsmarschall, opto per la seconda possibilità.»

Gli ufficiali privati della birra plaudono comunque il padrone e il suo servo.

Basta che ci sia Göring per trasformare il bar in circo.

«Lei è un uomo coraggioso, Georges. Ecco la risposta di uno spirito temerario! Un tratto del carattere molto caro al nazionalsocialismo. Il coraggio merita di essere ricompensato. Le regalerò i miei cento Reichsmark. In cambio, mio caro Georges, lei ci rivelerà quale di questi stimabili ufficiali intende scegliere. A chi vuole donare questa bottiglia pregiata?»

Georges, senza smettere la sua superbia, si gira verso il bar.

«Dimmi, Frank, cento Reichsmark è il prezzo di un Dom Pérignon del 1927, no?»

Frank annuisce debolmente, abbattuto nel vedere il suo amico, il suo compagno d'armi, stare al gioco.

«Allora, un Dom Pérignon del 1927 alla salute del Reichsmarschall Göring!»

Gli ufficiali applaudono freneticamente. Controvoglia, Frank manda Luciano a prenderne una bottiglia in cantina.

«Viva Georges!» tuona un Göring in trance. «Devo renderle grazie e, siccome sono un signore, le lascio duecento Reichsmark di mancia! *Heil Hitler!*»

«*Heil Hitler!*» rispondono gli altri decisi, facendogli eco.

«*Danke sehr, mein Reichsmarschall*» risponde Georges, inchinando ostentatamente il capo.

«*Bitte sehr.*»

Ciò che Frank temeva sta di fatto accadendo sotto i suoi occhi – l'arma più temibile dei nazisti: l'umiliazione subdola delle persone. L'avidità comparsa negli occhi di Georges, ecco cosa cercano di suscitare.

I nazisti non vedono l'ora di piegare lo spirito dei francesi. Corrompono Parigi di proposito stuzzicando gli istinti più vili. Pétain dovrebbe raddrizzare il timone, e in fretta!

Senza un minimo di lungimiranza, i parigini naufragheranno tutti, gli uni dopo gli altri. E Georges è caduto nella trappola. *Esige la sua parte, come volergliene?* Ma quando lo vede porgere a Luciano una delle banconote della mancia, Frank s'intromette: «Lascia il ragazzo fuori da tutto questo, Georges. Tieniti i tuoi soldi. Luciano, torna in sala, avanti! Vai a stappare lo champagne all'Obercrucco. E occupati del servizio».

Luciano s'inchina ma un lampo di delusione gli attraversa lo sguardo. Frank lo fulmina: «Cosa ti prende, Georges? Non vedi che è una trappola?».

«Hai paura, ecco tutto» brontola Georges. «Credevo che volessi approfittarne anche tu, no?»

«Non così.»

«Fa lo stesso, amico mio, e lasciami stare. Applico la tattica di Süss. Hai visto il visconte, con i suoi abiti da pascià? È elegante, parla bene, piace alle donne. Ci sa fare. Se oggi hai i soldi, sei un re. E poi, potrò mandare qualche pacco a mia madre. Da mangiare, degli indumenti caldi e delle scarpe nuove – con le suole di cuoio, non di legno.»

«Süss è uno che si approfitta della guerra.»

«No» bisbiglia Georges. «Non c'è più nessuna guerra. È finita, Frank. I crucchi a Parigi, la vita è questa ora, e bisogna arrangiarsi. È un mese che mangio fagioli e manzo bollito.»

«Fa' quel che vuoi, amico, ma non coinvolgere il ragazzo nei tuoi intrallazzi.»

Georges chiude la questione prima di tornare verso il tavolo di Göring: «Il ragazzo è cresciuto, deciderà da sé...».

Maledetti crucchi!

E se Georges avesse ragione? Gli scoppia la testa, il sudore gli gela la schiena. Come gli succede spesso quando la mente vacilla, Frank pensa al breviario del Mazzarino che gli aveva prestato un sottufficiale nel pantano delle Argonne. Un libro a cui si era aggrappato come se la sua vita dipendesse da quello, e che ha letto dieci, venti volte in trincea. Ne sa ancora dei brani a memoria. Ma che consiglio gli darebbe il cardinale stasera, nel bel mezzo di quell'agguato? Frank chiude gli occhi. Le parole danzano davanti alle palpebre chiuse: «Trucca il cuore come si trucca un volto, simula e dissimula, non fidarti di nessuno, trattieniti e sii prudente...».

Georges ha torto: la guerra non è finita.

11

3 ottobre 1940

Marie-Louise Ritz indossa una pelliccia di visone. In questo giovedì 3 ottobre, il bar del Ritz deve recuperare i suoi titoli di nobiltà, rinnovare le grandi serate di prima della guerra, quando la Parigi che conta sgomitava per essere presente a questi appuntamenti. È il ritorno della cultura francese al Ritz. Frank non saprebbe dire quale dei due sentimenti domini nella Vecchia: la gioia di ritrovare lo spirito del Ritz o il sollievo di rispondere alle esigenze dei nuovi padroni. Sembra pronta a dimenticare che detesta sia Arletty sia Guitry. C'è anche Süss. Ha ordinato per Marie-Louise una ciliegia duracina candita in un bicchiere di Guignolet senza ghiaccio – la sua bevanda preferita.

La Vedova ha trascorso parte del pomeriggio con Laura Corrigan, una facoltosa cliente di Cleveland che trova straordinariamente stupida, ma che pare sia diventata l'amante di Göring. Vero o falso? La ricca americana non ha lasciato trapelare nulla. Süss promette di informarsi usando le sue conoscenze – domani sera deve vedersi con Karl Haberstock, il mercante d'arte di Göring.

«Credo ci si aspetti da me» ha detto Süss «che presenti a Haberstock degli ex clienti dell'albergo.»

«Ex?»

«I nostri vecchi clienti israeliti.»

Marie-Louise ha sussultato: Süss è forse ebreo? L'interessato ha negato senza batter ciglio, come se fosse un argomento privo di importanza. Frank non ha detto nulla, ma gli capita di leggere i giornali tedeschi che qualche ufficiale lascia al bar, e sa bene che un film intitolato *L'ebreo Süss* spopola da due mesi nelle sale cinematografiche in Germania. Elmiger è stato così furbo da assumere un ebreo come suo vice?

Quando la Vedova domanda a Süss se sa perché a Göring serva il suo aiuto, il visconte si limita a buttare la palla in tribuna. È la legge degli alberghi di lusso: ognuno intrattiene relazioni e nessuno è obbligato a rispondere alle domande, finché gli affari vanno bene.

Mentre Frank prepara un Martini per due ufficiali seduti in fondo alla sala, Luciano annuncia i nuovi arrivi: tre diplomatici dell'Europa centrale che non si vedevano più da mesi. Marie-Louise va ad accoglierli, poi torna al banco per terminare la conversazione.

Da qualche settimana, la Vedova ha un'ossessione: affittare un appartamento a Parigi per i coniugi Auzello, e tenerli così a distanza dal Ritz. L'ingresso nel bar di una decina di ufficiali tedeschi sottrae Frank alla discussione, ma ha avuto il tempo per capire che il barone Pfyffer ha interrotto la relazione con la Vecchia. L'azionista di maggioranza preferisce non compromettersi il futuro: se la situazione dovesse cambiare, Claude Auzello potrebbe rivelarsi molto utile.

«Diamine!» sibila Marie-Louise. «Di che futuro parla, poi? Saremo entrambi morti da un pezzo...»

«Ma anche no» dice Süss con un sorriso. «Comunque sia, come mi ha fatto notare il barone, il Ritz sopravviverà a tutti noi...»

La Vedova sospira esasperata.

«Meier, mi dia un altro Guignolet.»

Mezz'ora più tardi, il bar è quasi pieno. Con discrezione, Georges e Luciano hanno organizzato una perfetta distribuzione dei posti: la Francia da una parte, i tedeschi dall'altra e i diplomatici al centro. In fondo alla sala, sulla sinistra del bar, degli ufficiali prussiani condividono un Moselle Cup a base di frutta, Bénédictine e vino frizzante della Mosella.

Fedele alla promessa, Sacha Guitry ha risposto all'appello; è il ritorno del granduca. Entra tenendo sottobraccio Arletty e con un paio di amici al fianco, Jean Cocteau e Serge Lifar. Frank sente nascere dentro un orgoglio venato di malinconia, la Vecchia giubila. Il barman del Ritz stringe calorosamente la mano del suo cliente portafortuna e lo ringrazia. Lo fa subito sedere a un tavolo non lontano dall'ingresso – Guitry glielo ha chiesto come favore, per poter osservare chi va e chi viene. Arletty avrebbe preferito un posto meno in vista, ma l'hanno convinta che così potrà eclissarsi facilmente, se lo desidera. I diplomatici occupano tre tavoli e si accompagnano a degli aristocratici. L'ambasciatore svizzero è venuto a salutare Marie-Louise; due americani particolarmente loquaci parlano con il console irlandese, mentre il ministro plenipotenziario rumeno è impegnato in una fitta conversazione con Fersen, console scandinavo a Parigi dal 1936. Entrambi, a suo tempo, avevano fatto parte del Club degli eleganti, quello del giovedì sera.

A ogni tavolo si brinda con lo champagne e si studia la nuova lista dei cocktail: questa sera il Ritz invita alla scoperta. I diplomatici si arrischiano a ordinare l'Alexandra – brandy, crème fraîche e anice – o il Frank's Special – vermouth, gin e un'ombra di liquore di pesca. Guitry si dispiace dell'assenza di Göring e suggerisce che lo Special venga ribattezzato *Frank-Reich*, gli altri si godono un Pimm's o un Highball, offerto dalla casa. Il colonnello Speidel, con un Clipper in mano, si apre un varco tra la folla salutando a destra e a manca, fino a raggiungere Marie-Louise, che omaggia di un baciamano.

Charles Bedaux non sa dove mettersi e finisce al bancone con la Vedova e Süss.

La serata sembra decollare e Frank sente il corpo liberarsi: ritrova la fluidità dei gesti, si impegna, sorride, suggerisce. È tornato a essere il padrone del gioco. Dal fonografo escono in sordina le note di un brano di Bach; in sala il livello sonoro si alza a poco a poco, le conversazioni si accendono, i cocktail si susseguono e la gente si mescola.

Alle otto, la maggior parte dei presenti è in piedi come ai bei tempi, Fersen e Cocteau parlano di teatro mentre un'amica di Arletty scherza con un giovane maggiore tedesco assai galante. Molti sono attesi a cena in città. Felice, Marie-Louise esorta gli altri a trasferirsi nel ristorante del Ritz.

Il mondo di prima è tornato. Sono venuti tutti, o quasi. Manca solo Blanche. Meglio così, e non solo per me.

12

5 novembre 1940

«Evitate i quartieri di Parigi che brulicano di ebrei venuti da ogni parte del mondo. Sareste assaliti da un odore nauseabondo. Vedreste bambini sudici e pieni di parassiti muoversi in vicoli bui» si legge nella nuova versione della guida che la Wehrmacht distribuisce ai suoi valorosi soldati.

In ottobre, il governo di Vichy ha promulgato lo «statuto» che definisce la «razza ebraica» e vieta agli ebrei francesi la maggior parte degli impieghi pubblici. Poco dopo, su certe vetrine è comparsa questa scritta: *Jüdisches Geschäft*, negozio ebreo.

Come può il Maresciallo permettere tutto questo? Di sicuro non ha avuto scelta, di sicuro gli è toccato stringere la mano di Adolf Hitler a Montoire.

Leggendo attentamente questo famoso «statuto degli ebrei», Frank ha scoperto che i divieti non si applicano agli ex combattenti della Grande Guerra.

Ecco la zampata di Pétain.

Ogni volta che nel bar viene pronunciata la parola «ebreo», Frank si ricorda che Georges, il suo vecchio compagno di trincea, li tiene entrambi in pugno, lui e Luciano. L'aria ha un fondo malsano.

Maresciallo, salvaci dal baratro!

In questa guerra che ora si chiama pace, Frank Meier si sente sballottato fra due mondi che coesistono e non si incrociano mai: il mondo interno, quello del Ritz, con il suo fasto, le sue comodità e i suoi predatori, e il mondo esterno, quello della fame, del freddo e dell'umiliazione. Non riesce ad abituarsi alla situazione. La rifiuta, perfino. Si aggrappa alla sottile speranza che Pétain potrebbe ancora invertire la rotta, restituire ai francesi l'esistenza dignitosa di cui sono privati da mesi. Ieri, ai giardini delle Tuileries, ha visto un vecchio affamato che cercava inutilmente di catturare uno sfortunato piccione con una rete.

Al Ritz le cose cambiano. Il colonnello Speidel si è bruscamente trasferito al Royal Monceau. Ufficialmente, ha solo ceduto la sua suite a un ufficiale di grado superiore: il generale Otto von Stülpnagel, nominato capo delle forze d'occupazione tedesche in Francia e governatore di Parigi, il grado più alto della Wehrmacht. È un prussiano rigido e gentile al tempo stesso, alto e magro, che porta il monocolo e ha dei bottoni d'oro sull'uniforme. Nessuno sa ancora che giudizio dare di quest'uomo che non sorride mai. Frank sospetta che Speidel abbia cercato di allontanarsi da Göring – come rimproverarglielo? Solo Guitry può rimpiangere di non vedere il Capocaccia quando viene al Ritz.

L'unica persona di cui il nuovo generale tedesco ha potuto apprezzare il coraggio è Claude Auzello. L'ex direttore si trovava nella hall dell'albergo quando Otto von Stülpnagel è arrivato. Elmiger ha voluto fare le presentazioni, ma Auzello si è ostentatamente rifiutato di stringergli la mano, limitandosi a chinare il capo. Elmiger si è liquefatto, Marie-Louise per poco non è soffocata. Il comandante supremo della Wehrmacht non ha fatto una piega e ha tirato dritto. Frank avrebbe voluto applaudire.

Quella sera, accompagnato dal colonnello Speidel, il generale von Stülpnagel si è presentato al bar. L'aristocratico prussiano ha ordinato una coppa di Pol Roger e ha chiesto a Frank cosa ne pensava della presenza dei tedeschi al Ritz.

«E lei, generale, cosa ne pensa dell'assenza dell'esercito francese al Savoy di Berlino?» ha ribattuto Frank, temendo in quell'istante di essersi spinto troppo in là. Ma Speidel è scoppiato a ridere e Stülpnagel ha abbozzato un sorriso.

Frank si irrita mentre ascolta il vecchio annunciatore di Radio-Paris affermare che la vita ha ripreso il suo corso. Radio-Paris mente ai francesi, Parigi mente ai tedeschi, tutti mentono a tutti. Almeno, non mentire a te stesso, si ripromette Frank tirando fuori una nuova giacca bianca dall'armadio. Cerca nel quotidiano di oggi qualcosa con cui distrarsi, senza successo. Accanto alla rubrica di sport del «Matin» c'è una dichiarazione di Göring, il quale assicura che gli attacchi contro l'Inghilterra non cesseranno. Unica fonte di distrazione, questa notizia di cronaca: in boulevard de Sébastopol, un meccanico ha sgozzato l'amante di sua moglie. E accanto, sotto il titolo «Bruxelles prende severi provvedimenti contro gli ebrei», queste quattro righe: «Apprendiamo da fonte sicura che in Belgio è stata appena messa a punto una legge per risolvere la questione ebraica».

Fuori, un cane abbaia triste in lontananza.

TERZA PARTE

Ampliamento del conflitto
maggio-agosto 1941

1

14 maggio 1941

L'inverno è passato, portandosi via il primo Natale in una Parigi occupata.

I giorni si trasformano in settimane, poi in mesi, e a volte si fatica a ricordare com'era la vita di prima.

Al Ritz, i «tre giorni alla settimana senza alcol» decretati dal governo di Vichy non valgono – qui non ci si priva di nulla. L'elegante diplomatico, Fersen, non è più tornato, ma il bar funziona a pieno regime, le mance sono garantite e Göring si è fatto un po' più discreto. L'orco passa meno tempo a Parigi. Da una parte e dall'altra del bancone ci si è abituati.

Frank non ha di che lamentarsi: la Vedova lo lascia tranquillo, e pure Elmiger. Può lavorare tenendo d'occhio Georges. Sono riprese le corse dei cavalli ad Auteuil, e questa è una benedizione. I tedeschi si danno alle scommesse e Frank dispensa le sue dritte come prima, prelevando una commissione sulle vincite. Una vecchia abitudine su cui tutti chiudono un occhio. Ha tirato dentro Georges, gli resta almeno quella complicità. Al generale von Stülpnagel, cavaliere di alto livello e figlio di un colonnello della cavalleria prussiana, non piacciono le scommesse. Ma tollera la cosa.

Stülpnagel scende regolarmente al bar. È un bevitore raffinato, anche se non ha nulla dell'uomo di mondo. Qualche settimana dopo il suo arrivo, ha confuso Cocteau e Guitry. Cocteau si è profondamente offeso – lui che fa tanti sforzi per adeguarsi alla situazione! Sacha Guitry ha immensamente goduto dell'equivoco, e Stülpnagel ha fatto ammenda offrendo discretamente un bicchiere ai due autori il giovedì successivo.

A volte, Frank si sorprende a pensare che con Stülpnagel l'Occupazione potrebbe anche essere accettabile. Poi gli tornano subito in mente Goebbels, Göring, lo statuto degli ebrei, la paura negli occhi di Blanche, le sue insonnie, e si ricrede. Frank pensa a lei giorno e notte. Durante l'inverno l'ha incontrata qualche volta in place Vendôme, affabile e allegra, sembra aver smesso definitivamente con la morfina. È da un mese che non la vede.

Quel mattino, mentre scopriva le prime peonie nel parc Monceau, gli è apparso il volto della bella Auzello. In un'altra vita, chissà, gliene avrebbe offerto un mazzo.

Di sicuro è meglio così.

2

«Signor Meier?»

«Ti ascolto, Luciano.»

«Abbiamo otto bottiglie di Cointreau, tre di Campari, quattro di Glenmorangie e una di Dubonnet.»

È giorno d'inventario. Il giovane apprendista è sceso in cantina per fare il punto.

«Ho preso nota.»

«Ci sono anche due bottiglie di Jack Daniel's, una di Jim Beam, due di Johnnie Walker. E una cassa di Cinzano.»

«Temevo peggio. Non siamo messi male a scorte. Cos'altro?»

«Una cassa di Bacardi, una di White Horse e due di Gordon's. Una di Smirnoff, una di Hennessy, una di Martini.»

Il ragazzo consulta il suo taccuino.

«Due casse di Chivas, una di Rémy Martin. Ma solo due bottiglie di Marie Brizard e una sola di Dewar's.»

«Molto bene. Lunedì mattina facciamo un ordine.»

Il quaderno con l'inventario non è ancora tornato nel cassetto quando risuona alle loro spalle una voce allegra: «Buonasera, signori!».

Frank non ha bisogno di voltarsi. C'è un solo cliente incapace di capire che il bar apre alle sei, non prima.

«Mi spiace, signor Bedaux, non siamo ancora pronti.»

«Oh, chiedo scusa» risponde l'industriale sedendosi al bancone. «Non ho guardato l'ora. Sa la buona notizia? La grande pulizia è iniziata!»

«Di cosa sta parlando?»

«Questo pomeriggio i tedeschi hanno fatto arrestare almeno tremila ebrei in tutta Parigi. Fuori i giudei, finalmente!»

Alle spalle di Frank, Luciano ha lasciato cadere la coppa di cristallo che stava riponendo sullo scaffale.

«Sono desolato, signor Meier.»

«Non è grave, ragazzo. È solo un bicchiere. Vai a prendere la scopa.»

Stronzo di un Bedaux!

Luciano dovrà imparare in fretta qual è il fondamento del nostro mestiere: la flemma, ragazzo mio, la flemma!

«Mi spieghi meglio» riprende Frank, con la voce quasi strozzata.

«Un rastrellamento in città. Perfettamente preparato. Sono stati portati alla palestra Japi per la notte, domani mattina verranno trasferiti al campo di Pithiviers.»

«E chi sono questi ebrei?»

«Stranieri che ci invadono, che ci inquinano! Soprattutto polacchi. Ma anche cechi e austriaci, credo. Dovranno ricostruire le strade distrutte dai bombardamenti. Bell'idea, no? Erano così contenti quando la Francia si è mobilitata due anni fa per salvare gli ebrei tedeschi, e adesso potranno riparare i danni. Gli ebrei che si dicono francesi adesso devono stare attenti. Fra un po' li scoveranno, glielo dico io.»

Un brivido corre lungo gli avambracci del barman. Charles Bedaux esulta, china la testa e, con gli occhi spalancati, dice: «Val bene un bicchierino, non le pare?».

Accanto a Frank, Luciano è livido in volto, ha lo sguardo terrorizzato.

Cambiare argomento, presto.

«Certo, bisogna festeggiare, signor Bedaux. Champagne?»

«Con piacere.»
«Alla sua, signor Bedaux.»
«Al risanamento, Frank!»

Dai locali malfamati di Montmartre al Ritz, i bar di Parigi sono pieni di Charles Bedaux persuasi che il barman sia sempre del loro stesso parere.

«A parte questo, come vanno gli affari, signor Bedaux?»

«Straordinariamente bene, amico mio, grazie. Il riavvicinamento franco-tedesco non è mai stato così fruttuoso. Da quasi sei mesi, ormai, riunisco a pranzo industriali tedeschi e pezzi grossi francesi. Dello stato, eh. Sì, vengono da me, sono il promotore della Nuova Europa. Un sostenitore disinteressato della collaborazione economica, visto che non se ne può fare a meno. Per non dire del signore che vive qui sopra. Frank, lei sta parlando con un amico del Reichsmarschall Göring!» Abbassa la voce: «È sorprendente, questo Göring, non trova? Spesso, mentre parliamo, gioca con la sua collezione di pietre preziose come un ragazzino con le bilie. Ne tira su qualcuna e se la rigira in mano... L'altro ieri mi ha ricevuto nella sua suite mentre faceva il bagno. La vasca è immensa! Mi vuole bene, credo. Mi ha invitato a Carinhall, il suo padiglione di caccia a nord di Berlino. Non vedo l'ora di andarci».

E dire che questo tanghero ambisce a diventare ministro di Vichy!

Ecco un motivo che potrebbe spingere Frank a proteggere il visconte, sul quale circolano mille voci nei corridoi del Ritz. Ma stasera, Frank pensa soprattutto a Luciano. Quando lo ritrova nella dispensa, il giovane è ancora scosso.

«Devo andarmene da Parigi» farfuglia Luciano sul punto di scoppiare in lacrime. «Mi scopriranno, è sicuro. Sono ebreo! Ebreo!»

Frank gli molla un sonoro ceffone. Il giovane indietreggia, stupito. Gli salgono le lacrime agli occhi. Frank è furente.

«Non dire mai più che sei ebreo! Hai capito?»

«Sì, signor Meier» mormora Luciano a testa bassa.

«Qui sei al riparo, ma solo se non sei tu a tradirti. Rifletti, pensa a quello che dai a intendere agli altri. Non te lo dimenticare, questo bar è un teatro di maschere. Cura quella che ti sei scelto e non trascurare nulla.»

La pendola suona le sei.

Con fare paterno, Frank prende il giovane per le spalle.

«Coraggio, non volermene, amico, vai subito a metterti all'ingresso. E accogli chiunque entra con un bel sorriso. Andrà tutto bene.»

Frank rimane solo nella dispensa.

Andrà tutto bene...

Non riesce a valutare la vicinanza del pericolo. Anche se è sicuro che il cielo di colpo si è oscurato. Su di lui e su Luciano. Su Blanche. Sull'intera città.

3

17 maggio 1941

Ci sono i clienti che arrivano in anticipo e quelli che spuntano all'ora in cui si chiude. Volti che non si erano mai visti in place Vendôme, francesi muniti di *Ausweis* che si sottraggono al coprifuoco e si permettono ogni genere di confidenza.

«È stata una buona serata, Frankie?»

«Eccellente, signor Joanovici.»

Non più di sei mesi fa, Joseph Joanovici faceva il rottamaio a Clichy. Sa appena leggere, ma da quando ha iniziato a vendere ghisa e acciaio ai tedeschi, gli escono i soldi dalle orecchie e ha messo su un'aria arrogante. Ormai ha libero accesso al Ritz e vuole sapere tutti i pettegolezzi, come se fosse al bar dell'angolo.

«Ho sentito dire che la Chanel aveva un filarino tra gli ufficiali tedeschi, le dice qualcosa? Un bel ragazzo, a quanto pare...»

Secondo la governante, Gabrielle Chanel dividerebbe addirittura il letto fra due amanti, entrambi prussiani.

«Non so di chi lei stia parlando, signor Joanovici.»

«Sarà mia moglie a rimanere delusa. Adora i pettegolezzi.»

«Sono desolato...»

«Pazienza. Tenga, questo è per lei.»

«Grazie infinite, signor Joanovici.»
«E chiuda subito quando esco, mi piace essere l'ultimo cliente.»
«Faremo come dice, signor Joanovici. Buonanotte.»
«Grazie, Frank, anche a lei.»
Rimasto solo, sfinito ed esasperato da questo villanzone, Frank si mette a riordinare. Ha riaperto la porta, c'è tanfo di tabacco.
Per fortuna Georges non c'era...
È andato a stare da sua madre per qualche giorno.
Può fargli solo bene.
Che il suo vecchio complice si attacchi a nuovi ricchi come Joanovici è l'assillo di Frank. Fin qui Georges si è tenuto a distanza – non si cambia in sei mesi un uomo che ha vent'anni di servizio.
Ma un giorno potrebbe lasciarsi tentare...
«Buonasera, Frank.»
Frank sussulta. Quella voce dolce e roca e quella camminata da felino appartengono a Blanche Auzello.
«Buonasera, signora Auzello.»
Vestita di nero, con un velo di cipria, più selvatica e fiera che mai con i suoi occhi da gatto abissino, è affascinante.
«Ho bisogno di un Dry Martini» dice.
«Entri e chiuda la porta a chiave.»
Blanche si avvicina al bar e si siede delicatamente su uno degli alti sgabelli.
«Sono prostrata, Frank... Ha saputo la notizia? Arrestano gli ebrei, li rinchiudono come bestiame prima di portarli non so dove... Dicono: "Sono i crucchi", ma non è vero, è la polizia francese incaricata dell'operazione. Se ho capito bene, hanno preso solo uomini. Lei sa dove li hanno portati?»
«In un campo a Pithiviers, a sud di Parigi. Pare che ne abbiano presi più di tremila. Forse cinquemila.»
«Ma è come una cittadina! In che condizioni sono, laggiù?

Cosa ne sarà di loro? E nessuno dice niente! Tutti tacciono e stanno rintanati sotto lo stivale dei crucchi.»

Frank pensa a quell'articolo del «Matin» che fa dell'ironia sulle condizioni in cui vengono tenuti prigionieri questi ebrei stranieri: «Una minestra gratis per tutti e una partita a carte prima di andare a dormire, non vorranno mica lamentarsi! Vengono trattati meglio dei prigionieri francesi in Germania».

«Cosa dice suo marito?» domanda.

«Claude pensa che Pétain non abbandonerà mai gli ebrei francesi. E che io sono protetta dal matrimonio.»

Versate gin e vermouth in un bicchiere pieno di ghiaccio…

«Ha ragione.»

«No, sono solo chiacchiere! Un ebreo è un ebreo agli occhi di Hitler, non importa la sua nazionalità! Ecco la verità! E il vostro Maresciallo vede la Francia con gli stessi occhi.»

Mescolate con un cucchiaio.

A che scopo cercare di convincere Blanche della moralità del Maresciallo?

Versate in un bicchiere da Martini con un colino da cocktail. Aggiungete due olive con uno stuzzicadenti.

«Ecco il suo Dry Martini.»

«Grazie.»

Blanche sospira, guarda nel vuoto. Poi sul suo volto compare un sorriso. Quel sorriso colmo di tristezza che Frank conosce fin troppo bene.

«Venerdì sera, Claude mi ha trascinato al cinema. Abbiamo visto una commedia musicale tedesca sulla vita di Čajkovskij, una vera scemenza. Ma ho visto il cinegiornale prima del film. Una propaganda ridicola, e siccome in sala era buio, Claude si è messo a fischiare, e io ho fatto lo stesso. Non forte, chiaramente, quanto bastava a divertirsi un po'. Il pubblico ha ridacchiato con noi. Tornerò al cinema solo a questo scopo!»

«Riconosco il signor Auzello in tutto questo» commenta Frank, sorridendo.

«Oggi mi ha insegnato un'espressione che circola in città: "la peste nera". Come dirlo meglio? Siamo di fronte a una pandemia. L'infezione galoppa e mi opprime sempre più.»

Frank si riempie il bicchiere di Martini.

«Di tutto quello di cui dispongo qui, il Martini è ancora ciò che di meglio c'è per allontanare la paura...»

«Ha ragione, Frank. Brindiamo.»

Frank incrocia l'intenso sguardo di Blanche. Una gioia adolescenziale lo pervade. Ma dietro il sorriso del barman, cresce l'inquietudine. Mentre cullano le loro angosce, altri come Joanovici o Süss muovono le pedine. La situazione esige un cinismo smisurato ma avrà il coraggio necessario? E quanto tempo saranno in grado di reggere senza rovinarsi l'anima per sempre?

4

24 maggio 1941

Sono figlio di un doppio esilio. Esiliato dal mio paese natale. Esiliato dal mio ambiente sociale. Ecco quel che Frank avrebbe voluto confidare quella sera al colonnello Speidel, che ha invece voglia di parlare di sé. Da quando si è trasferito al Royal Monceau, viene a trovarlo raramente; quando succede, tuttavia, fra loro si innesca sempre uno scambio quasi amichevole. Il colonnello è appena tornato da un'abbondante cena alla Tour d'Argent in compagnia di Ernst Jünger, e sorseggia una grappa alla pera per sciogliere la chateaubriand lardellata al pepe rosso. È tardi, sono soli e il colonnello è leggermente brillo.

Quello che ci vuole perché si passi alle confidenze.

Speidel ha cominciato raccontando che frequenta un luogo che lo incanta: il salotto di Florence Gould, una prosperosa quarantenne franco-americana, intellettuale e innamorata della letteratura. Lei e il marito, un magnate delle ferrovie, sono noti al Ritz. Ma lui è di salute cagionevole e si riposa sulla Riviera, mentre Madame ha eletto domicilio al Bristol.

«È molto più di un salotto mondano, vede? È semmai un luogo eccezionale d'intesa franco-tedesca» insiste Speidel nel vedere l'espressione dubbiosa di Frank.

Gli incontri hanno luogo tutti i giovedì a pranzo. Si gusta

un astice di Roscoff o una razza al burro nero, accompagnati da un Pol Roger millesimato e dalla Parigi più in vista: Léautaud, Jouhandeau, Giraudoux o Louis-Ferdinand Céline, pittori come Marie Laurencin, o ancora il capitano Jünger, che dicono sia l'amante della signora Gould. Si rievoca la bellezza dei grandi giardini d'Europa, la letteratura russa, i templi di Angkor, ma anche l'angoscia della morte...

«Si parla di tutto, insomma» dice Speidel entusiasta.

Frank annuisce, ma non è affatto impressionato. Somiglia molto al suo defunto Club del giovedì. Impossibile spiegare a Speidel che le persone più erudite, quelle che facevano la gioia del ritrovo degli eleganti, non hanno più diritto di cittadinanza al Ritz, e neppure in casa Gould – pensa a Alfred Döblin, Heinrich Mann e Walter Benjamin, tutti e tre tedeschi e tutti e tre costretti alla fuga.

Mentre Frank si concede una deviazione nelle pieghe dei propri ricordi, Speidel ha finito la sua grappa e ha cambiato argomento. Questa sera ha una gran voglia di parlare di Ernst Jünger e di festeggiare quello che ritiene un successo personale: ha convinto il generale von Stülpnagel a ingaggiare lo scrittore di grido. «Un eroe della Prima guerra mondiale, i cui romanzi rifulgono ben al di là delle frontiere tedesche!» Jünger è solo capitano, ma lascia una forte impressione dovunque vada. Se n'è reso conto pure Frank, quando Stülpnagel l'ha accolto al bar la settimana scorsa. Jünger è magnetico. Indossa l'uniforme con rara eleganza, è un uomo d'immensa cultura, il suo sorriso è enigmatico e la sua presenza nel mondo ha qualcosa di dolce e al tempo stesso di trascinante. È arrivato portando con sé l'edizione originale di un trattato sugli insetti dell'Europa occidentale, un dono per Stülpnagel. «Una città occupata, generale, pullula d'insetti!» gli ha detto. Disorientato, Stülpnagel ha promesso di leggerlo subito, confessando che lo distrarrebbe dai *Krimis*, i romanzi polizieschi molto in voga al di là del Reno. Frank ha soffocato un sorriso: anche a lui capita di leggerne, gli è piaciuto molto *Meurtre à cinq sous*, che esplora i bassifondi di Berlino. «Mi chiedo come questo libro sia potuto sfuggire alla censura nazionalsocialista» ha commentato Stülpnagel. Jünger e il generale sono scoppiati a ridere contemporaneamente.

Anche la vita culturale è ripresa. I teatri sono esauriti, Sacha Guitry gioca con la censura, Léo Marjane canta *Je suis seule ce soir* per le mogli dei prigionieri. Anche la moda ha ritrovato diritto di cittadinanza. Animato dalla seconda grappa, Speidel fatica a nascondere un'eccitazione quasi infantile evocando una serata a cui l'ha invitato la signora Ritz: la presentazione della collezione autunnale di Lucien Lelong, affiancato da due giovani stilisti, Christian Dior e Pierre Balmain. Frank si compiace nel notare che ricorda il nome dei nuovi sarti francesi. «È per mia moglie» si difende il colonnello Speidel. Aspetta soprattutto la cena che seguirà la sfilata. Ha capito che sarà presente Arletty. Speidel è affascinato dalle attrici – e dalle celebrità in generale.

Al terzo bicchiere, offerto dalla casa, il colonnello rivela i maneggi di Gabrielle Chanel per riprendersi la proprietà esclusiva dei suoi profumi. Ha scritto una lettera a Xavier Vallat, il commissario generale per le questioni ebraiche, e ha sollecitato un incontro per il tramite del suo amante, il barone von Dincklage.

«La signorina Chanel si considera depredata dai suoi soci ebrei, i fratelli Wertheimer, esiliati in America. Possiedono ancora il novanta per cento dell'azienda che hanno messo in piedi tutti e tre all'inizio degli anni Venti.»

Speidel si è limitato ad ascoltarla educatamente prima di trasmettere il dossier – le questioni economiche non sono di sua competenza, e non condivide l'ossessione dei nazisti per gli ebrei. Ma ha conservato la lettera. Come ne ha conservate centinaia d'altre.

«Sono comunque sbalordito dalla propensione dei francesi

alla delazione» dice. «Riceviamo millecinquecento lettere al giorno. Il mio datore di lavoro è ebreo, il mio vicino di casa è ebreo, mio suocero vende burro al mercato nero. Va oltre ogni immaginazione. Devo, tuttavia, riconoscere che ci facilita enormemente il compito...»

Frank pensa a tutte quelle lettere di corvi ammantate di valore civico. Una di esse potrebbe un giorno fare il suo nome e quello di Luciano? O quello di Blanche? Certo.

Per scacciare l'imbarazzo che si è creato, il colonnello Speidel guarda le fotografie appese alla parete. Si ferma davanti al ritratto di Scott Fitzgerald e chiede a chi appartiene quello sguardo così profondo. Frank esita. Se confessa che si tratta di uno scrittore americano, Speidel gli ordinerà di rimuoverlo?

«Un vecchio amico del bar, è stato stroncato da una crisi cardiaca in dicembre.»

Rimasto solo dietro al bancone, Frank si ritrova alle prese con uno spleen fin lì tenuto a bada dall'arrivo della primavera.

«Sono vent'anni che cerchi di superare la tristezza dell'esilio inventando cocktail degni della grandezza di Vienna» gli diceva Scott.

Scott è morto. Scott Fitzgerald. Il mio amico, il bevitore di gin che ho tanto amato. È morto lontano dal Ritz, in quell'America che mi sembra così distante, come un continente alla deriva dove la guerra non esiste.

La sua scomparsa è la scomparsa delle feste e dei giorni felici.

Gli vengono le lacrime agli occhi. Frank sogna una Parigi libera dai tedeschi, allora Hemingway potrebbe tornare al Ritz e constatare che non è cambiato nulla. Hemingway, «Papa», l'altro americano, l'idolo di Georges. Il barman sussulta, è uno di quei momenti in cui il futuro sembra rischiararsi prima che tutto si confonda di nuovo. Fitzgerald avrebbe trovato le parole per incoraggiarlo. Ma quelle parole sono morte con il mondo di ieri.

Che il tuo spirito allegro e malinconico riposi in pace, vecchio Scott.

E Frank alza il bicchiere.

Diario di Frank Meier

Rue de Vaugirard 58, di fronte ai giardini del Luxembourg. Parigi, VI *arrondissement. L'indirizzo di Scott. Hemingway abitava lì vicino, al n. 6 di rue Férou. Un piccolo, grazioso quartiere molto apprezzato dagli americani in cerca di autenticità. Edifici e viali più antichi del paese da cui venivano, cosa che dava loro il capogiro.*

«Gli americani a Parigi, è ciò che di meglio ha fatto l'America» diceva spesso Scott. Era il maggio del 1928, Scott e Zelda si erano appena sistemati nel loro nuovo appartamento. Dappertutto si respirava la felicità. La spensieratezza le stava alle calcagna. Quella sera avevano organizzato una festa per l'inaugurazione della nuova casa e mi avevano proposto di esercitare i miei talenti per i loro invitati. Non potevo rifiutare nulla a Scott. Ero arrivato poco prima delle sei con tutta l'attrezzatura. Fitzgerald mi ha aperto in vestaglia, sotto la quale indossava una camicia bianca, una cravatta nera e una giacca di tweed. Mi ha portato in sala, poi è andato a finire di scrivere una lettera. Si è seduto alla scrivania, un mobile di quercia ornato di fioriture in bronzo dorato con un sottomano di pelle macchiato d'inchiostro, un pezzo firmato Henry van de Velde. Gli calzava come un guanto. Il grande scrittore alla scrivania, un po' come me dietro al bancone. Nell'attesa che finisse, mi ha dato da leggere «Le Matin». Mi sono seduto su una poltrona di pelle logora e ho dato una

scorsa al giornale. Ricordo che si parlava di elezioni in Germania. Il blocco repubblicano aveva vinto a mani basse, ma il partito nazionalsocialista aveva conquistato dodici seggi. Era la prima volta che Hitler riusciva a far eleggere dei deputati al Reichstag. Ecco perché me lo ricordo. Ne avevo accennato a Scott e lui era scoppiato a ridere, considerava quell'Adolf Hitler un autentico buffone. Era convinto che la violenza dei nazisti avrebbe sempre ispirato un profondo disgusto alla borghesia conservatrice: «Frank, la Germania è un paese molto civile...».

Un grado di civiltà che faceva senz'altro eco a quella festa primaverile in rue de Vaugirard. Zelda aveva messo un po' ovunque dei tavolini di mogano cubano, adorni di rose bianche e nontiscordardimé. Le coppe da champagne di Baccarat erano finemente cesellate di motivi geometrici, molto moderni, e i bicchieri da cocktail, pure di cristallo, avevano un bordino dorato. Un'elegante decorazione floreale in diverse tonalità di blu ornava i piatti Art nouveau di porcellana. Jazz americano, luci soffuse e volute di fumo di sigaretta: si respirava un'atmosfera newyorkese nel cuore di Parigi. Ero come un pesce nell'acqua dietro le mie bottiglie, il mio shaker e la mia frutta fresca. I Fitzgerald trasformavano la loro ricchezza in incantesimo.

Zelda si è presentata in lamé argento. Mistinguett indossava una tunica di crêpe verde guarnita di perle bianche e coccarde. Sara Murphy, in bianco con ricami di seta multicolore, rivaleggiava in eleganza. Joséphine Baker aveva optato per un incantevole vestito nero a frange ricamato con dei coralli e sormontato da un colletto di ermellino. Kiki de Montparnasse danzava in Flapper Charleston beige con frange e lustrini. Gli uomini avevano tutti preferito abiti chiari e ostentavano una virile sicurezza. Erano tanti: Hemingway, Gerald Murphy, Cocteau, Picasso, Matisse, Man Ray e *Brancusi.*

Hemingway voleva farmi provare ogni genere di miscela: Papa voleva a tutti i costi che inventassimo un cocktail, che avrebbe chiamato Vaugirard in onore di quella serata. Sembravano tutti soddisfatti di loro stessi, senza essere per questo degli snob. Si divertivano con un nonnulla, anche quando Frances Scott, una bambina di sette o otto anni, si scolò un gin fizz, che aveva scambiato per limonata. La piccola era ubriaca e io mi sentivo in tremendo imbarazzo, ma ero il solo. Gli ospiti ridevano nel vedere la bambina barcollare per la sala.

Verso mezzanotte, Zelda ha tentato di saltare dal balcone, come si tuffava dall'alto delle rocce al termine di serate piuttosto alcoliche sulla Riviera, ed è stata necessaria tutta l'autorevolezza di Hemingway per farla desistere. Scott, ugualmente ubriaco e affascinato da una giovane ballerina, prosperosa modella del pittore Jules Pascin, non si è accorto di nulla. Furente, Zelda allora ha trascinato la banda al completo al Dingo Bar, in rue Delambre, a Montparnasse. Sono rimasto solo con Scott. Voleva un ultimo drink. Accasciato su un divano, mi ha raccontato come, nelle notti insonni, gli piaceva inventarsi altre vite, sognando di essere ora un famoso calciatore, ora un grande capitano di cavalleria. È un gioco a cui mi sono sempre prestato. Scott mi somigliava, è per questo che gli volevo molto bene. Abbiamo passato la vita a inventare storie nel cuore della notte per sfuggire all'angoscia delle disillusioni. Prima che potessi servirgli il suo Dry Martini, si è addormentato, ubriaco fradicio. Ho fatto un po' d'ordine in sala, come se fosse il mio bar, per senso del dovere, poi ho accompagnato Scott a letto. Sono tornato a casa a piedi, dolce era la notte.

5

11 giugno 1941

«Signori, sarò breve, dobbiamo affrontare un problema di grande importanza...»

Marie-Louise ha convocato Frank alla riunione che tiene tutti i mercoledì mattina con Elmiger e Süss. Quei momenti sono soprattutto sinonimo di caffè. Vero caffè, una merce sempre più rara. Marie-Louise lo serve in tazzine di biscuit. La Vecchia ostenta l'aria grave che in lei è diventata una seconda natura, e ci si può chiedere se non goda intimamente ogni volta che la situazione si complica.

«Ho il forte sospetto che la signora Auzello sia ebrea di nascita.»

Una lama tagliente penetra nelle viscere di Frank.

«Se è davvero così» prosegue Marie-Louise, «Blanche Auzello si è sottratta al censimento obbligatorio.» Si gira verso Süss e aggiunge: «Non dobbiamo avere paura di misurarci con la verità, abbiamo di fronte una situazione assai critica. Potremmo essere accusati di complicità».

Frank ha la gola secca e la lingua impastata.

Perché ha convocato anche me? Cosa sa esattamente?

In tono risentito, la Vedova aggiunge che avrebbe gradito sentire Blanche dare personalmente delle spiegazioni, ma costei si rifiuta di rivolgerle la parola, mentre Claude Auzello è a Juan-les-Pins dal suo amico Frank Gould.

«Ho quindi incaricato il signor Süss di indagare con discrezione. Spero che potrete entrambi aiutarlo per venire a capo di questa faccenda il più in fretta possibile.»

Dal tono usato dalla Vedova, Frank capisce che l'indagine è già in corso. Il suo cuore batte all'impazzata, potrebbe scoppiargli la testa da un momento all'altro. Marie-Louise sospetta qualcosa? Probabilmente no – avrebbe descritto la situazione in un altro modo.

«Devo ammettere, innanzitutto, che per ora non sono riuscito a verificare» dice il visconte, sollevando gli occhialini sulla fronte. «L'informazione ci arriva da una domestica assunta dieci giorni fa che pare abbia conosciuto Blanche al suo arrivo in Francia. A quell'epoca lavorava al Claridge, dove Claude Auzello era vicedirettore. Questa donna assicura di aver visto arrivare una giovane newyorkese di nome Rubenstein, la quale non nascondeva l'ambizione di farsi strada nel mondo del cinema a Parigi. Blanche Auzello sarebbe quindi un'israelita che usa il matrimonio come copertura.»

«Signor Meier, lei che li conosce da tempo» interviene la Vedova, «ci illumini.»

Il primo colpo di avvertimento è stato sparato.

«Ho sempre sentito la signora Auzello dire che aveva ricevuto un'educazione cattolica. Credo addirittura che suo padre fosse diacono a Cleveland. Potete immaginare quanto sia sorpreso...»

Marie-Louise osserva il suo barman, sospettosa. Frank non osa incrociare lo sguardo inquisitore di Süss. Il padre di Blanche un uomo di chiesa, gli è venuta così – per istinto di difesa. La Vecchia o il visconte non tarderanno a chiedere conferma agli Auzello...

Pensavi di essere il più furbo e ti sei messo in pericolo per niente!

«Lungi da me l'idea di denunciare la signora Auzello!» dichiara la Vedova, mettendosi una mano sul cuore. «È contro la mia morale. E poi non ho niente contro gli ebrei, ma se l'informazione fosse vera, sarebbe impensabile tenere i coniugi sotto il nostro tetto.»

Elmiger non ha ancora detto una parola. Evidentemente, non è stato messo al corrente delle indagini del suo vice e la fronte corrugata lascia intendere che non apprezza minimamente il fatto di essere stato scavalcato. Si gira verso Süss con una severità che Frank non gli conosce.

«Quella domestica è venuta da lei di propria iniziativa?»

Il visconte conferma, irrigidendosi.

Per la prima volta il duo svizzero sembra incrinarsi.

«Perché questa domanda, Hans?» chiede Marie-Louise con aria tesa.

Il nipote lascia scorrere un attimo di silenzio, di quelli che a volte precedono un atto di coraggio.

«Non ero al corrente di questa storia, ma devo dire che già da qualche settimana mi preoccupa lo spirito di delazione che sembra essersi introdotto nel nostro albergo» dice Elmiger.

Marie-Louise lo fissa stupefatta.

«La presenza di ufficiali tedeschi al Ritz, signora, porta con sé mance inusuali e, nell'attuale clima di vendetta sociale, molti nostri dipendenti sembrano disposti... diciamo ad accumulare la maggior quantità possibile di denaro. Mi perdoni se glielo dico in modo così crudo, ma è un fatto: a ogni piano del nostro bell'albergo regna un'atmosfera deprecabile.»

«Mi sembra che lei esageri, Hans. I nostri dipendenti sono sempre stati esposti al denaro. Suo zio loda questa tendenza alla precauzione, ma a me pare che lei sia eccessivamente timoroso. Basta un niente a preoccuparla...»

«Non credo, signora. Se ho il coraggio di esprimerle apertamente il mio pensiero, è solo nell'interesse del Ritz. È urgente soffocare sul nascere questa concupiscenza. L'ambiente potrebbe farsi deleterio. Il signor Süss potrà confermarglielo. Penso soprattutto al personale addetto alla ristorazione, dove temiamo un conflitto esplosivo.»

La Vedova si gira verso Süss, che si è chiuso in se stesso come un'ostrica. Elmiger, al contrario, se ne sta più impettito del solito. Soddisfatto di aver spezzato l'armatura, il suo volto ha guadagnato in autorevolezza. *Come un rigurgito di dignità*, pensa Frank con disprezzo. Non è sorpreso da ciò che sta ascoltando: il richiamo del denaro che minaccia il buon andamento del servizio è ciò che vive ogni sera con Georges al bar. Ma un direttore consapevole di quello che succede è un avvenimento.

«La situazione si è aggravata per via delle visite sempre più frequenti di delinquenti parigini che si arricchiscono al mercato nero» prosegue Elmiger. «Lei, signora, forse non se n'è resa conto, ma il denaro scorre a fiumi dalle tasche di questi nuovi ricchi e provoca desideri insaziabili.»

Marie-Louise ascolta attentamente. I «nuovi ricchi»: Elmiger ha trovato le parole che la fanno tremare.

«Ne abbiamo avuto un esempio non più tardi di ieri. Uno dei camerieri del ristorante è stato avvicinato da un certo Lafont, noto collaborazionista. Questo individuo gli ha proposto una somma cospicua perché gli comunichi ogni giorno il nome degli ufficiali tedeschi che hanno prenotato un tavolo a pranzo in albergo…»

Frank capisce al volo l'intrallazzo. Prenotare un tavolo vicino a quello di Göring o di Speidel, un colpo di fortuna per un mascalzone.

«L'ho saputo» prosegue Elmiger sospirando, «perché il giovane cameriere è stato denunciato da un collega invidioso…»

«Voglio la testa di questo moccioso, subito!» grida Marie-Louise.

«Gliela darei volentieri, signora, ma non sarebbe meglio evitarci dei fastidi con quel Lafont, che ha legami stretti con la Gestapo?»

Il direttore lancia al suo barman un'occhiata in cerca di sostegno. O di respiro. D'istinto, Frank interviene: «Se posso permettermi, condivido in pieno il parere del direttore. Conosco questo Lafont, da qualche settimana frequenta regolarmente il Ritz. Somiglia ai ragazzi che lavorano qui. Parla la lingua della strada come loro. È un proletario che si fa chiamare "padrone"; a loro piace, è una cosa che adorano. Al bar, si pavoneggia e oltraggia il suo mondo come se fosse a casa sua». A questo punto, Frank assesta il colpo di grazia alla Vedova: «È una specie di Gavroche, signora, un orfano che ha preso una brutta piega. Un malvivente il cui successo presso i gerarchi nazisti affascina i nostri dipendenti».

«Se i nostri dipendenti iniziano a collaborare in modo eccessivo» insiste Elmiger, «perderemo la scommessa di tenerci fuori dal conflitto. E non è tutto...»

Il pavido Elmiger che indossa le vesti del direttore nel momento peggiore della tempesta, chi l'avrebbe detto?

Marie-Louise sprofonda un po' di più nella poltrona Luigi XV; Süss ha le mani giunte e preme gli indici sulle labbra, come per impedirsi di aprire bocca.

«Devo anche segnalarle che una delle nostre cameriere ha una relazione intima con un ufficiale tedesco che alloggia al Ritz.»

«Sta scherzando?» esclama la Vecchia esasperata.

«La signora Delmas, la responsabile delle cameriere ai piani, asserisce purtroppo che la signorina Anna Jaouen sarebbe diventata l'amante del capitano Sommer, stanza 208. Se è vero, mi sembra imperativo far comprendere alle donne di servizio che questo genere di comportamento non è assolutamente tollerato al Ritz. Il nostro regolamento è molto chiaro in proposito, e non applicare una sanzione severa verrebbe interpretato come pura e semplice complicità. Ho quindi convocato la signorina Jaouen a mezzogiorno nel mio ufficio e vorrei essere autorizzato a sospenderla dal lavoro perché se ne vada al più presto.»

La guerra cambia le persone. Sconcertata, Marie-Louise guarda fuori dalla finestra e d'un tratto si preoccupa della salute cagionevole dei suoi amati tigli, le cui foglie scolorite si vanno coprendo di macchie grigie.

Anche loro sono contaminati dall'occupante.

Usciti dall'appartamento della Vedova, il direttore e il barman si fermano in corridoio.

«Vede, Meier» dice Elmiger con un tono di benevolenza inusuale, «nel profondo sono un uomo ligio al dovere. A ben pensarci, una volta calata la notte il cielo diventa sempre più chiaro e si distinguono le stelle.»

6

Ma cosa combina, porca miseria?

Sono le quattro meno dieci e non c'è un minuto da perdere. Frank si spazientisce negli spogliatoi del personale. Il tanfo di sudore gli pizzica le narici, anche se sono anestetizzate dalle sigarette che fuma, una dopo l'altra, da stamattina.

Per la centesima volta il barman infila la mano in tasca, dove c'è la busta che potrebbe cambiare tutto. Dopo che si è separato da Elmiger, si è precipitato nella dispensa per scrivere un messaggio a Blanche, rivelarle il pericolo che corre e insistere sulla bugia che ha improvvisato poco prima a proposito di suo padre, diacono a Cleveland.

Se si attiene a questa versione che nessuno può verificare, forse c'è una via d'uscita.

Ma deve farle avere il messaggio prima che Süss la interroghi. Impensabile salire in camera degli Auzello, nemmeno adducendo a pretesto che è stato ordinato dello champagne: il rischio di essere notato è troppo grande. Ma Frank ha un asso nella manica: Marie Sénéchal, una delle domestiche della coppia Auzello. Claude e Blanche l'apprezzano, e lui sa che la giovane lo avviserà se qualcosa non va.

Frank ha controllato sul foglio dei turni, Marie prende servizio alle sedici. Fra cinque minuti.

Ma cosa fa, insomma?

Finalmente la porta si apre, la luce si accende.

Nascosto dietro uno scaffale di legno, Frank verifica che sia proprio lei, poi esce dal nascondiglio. La giovane Sénéchal sussulta.

«Signor Meier?!»

«Buonasera Marie» sussurra il barman. «Sono qui per te.»

La paura prende il posto della sorpresa sul volto della cameriera.

«Sto per essere licenziata?»

«No, per niente! Perché ti viene in mente una cosa simile?»

«Oggi è successa una cosa spaventosa...»

Frank viene preso dal panico.

«Che cosa? Parla!»

«Hanno sbattuto fuori Anna... L'hanno accusata di essere l'amante di un ufficiale tedesco.»

«Sì, lo so» mormora Frank sollevato.

«No! No, lei non sa...»

La giovane scoppia in lacrime.

«Non è Anna la colpevole... sono io!»

«Come sarebbe?»

«Sono io a essermi innamorata di un crucco, non lei.»

Frank cerca di mettere ordine nella mente. Da stamattina va tutto troppo in fretta.

«Vieni» dice, prendendola per un braccio, «non restiamo qui. Andiamo nella dispensa, lì non c'è nessuno.»

Marie Sénéchal cammina davanti a lui e Frank vede che le tremano le spalle.

«Allora, cos'è questa storia?» domanda a bassa voce appena arrivano in dispensa.

«È una vendetta della signora Delmas. L'altro giorno Anna ha detto che sarebbe andata a lamentarsi in direzione di un ufficiale tedesco che aveva cercato di palpeggiarla una sera in cui erano tutti ubriachi; la Delmas le ha ordinato di tacere, Anna le ha dato della ruffiana e della carogna. Sono mesi, comunque, che si detestano: la Delmas si mette in tasca delle mance che spettano a noi, e Anna non la sopporta più. Io e le altre le abbiamo detto di lasciar perdere. Chi se ne frega se un ubriaco cerca di palpeggiarci. Dal momento che lavoriamo al Ritz, siamo al riparo. Avrebbe dovuto tacere, quella stupida. E adesso si ritrova in mezzo alla strada. Prego il Signore che possa trovare al più presto un lavoro. I posti buoni sono così rari a Parigi.»

«Ma tu? Chi è questo tedesco?»

«Karl Sommer. È capitano. È l'aiutante di campo del generale von Stülpnagel. Muoio dalla paura che licenzino anche me...»

«Mio Dio...»

Marie si nasconde il volto con le mani. Il suo pianto raddoppia d'intensità.

«Devi mettere subito fine a questa storia» le ordina Frank seccamente.

«No, non posso!»

«Perché?»

«Non sono una sgualdrina, signor Meier. Karl mi piace davvero. Ed è gentile con me...»

Frank fa un respiro profondo e dice in tono severo: «Ascoltami bene, figlia mia. Devi essere estremamente prudente, d'accordo? Nessuno deve sapere cosa combini con quell'uomo. Nessuno! Altrimenti, rischi il posto».

«Sì, signor Meier.»

«Devo chiederti una cosa. È urgente e molto importante.»

«Sì, signor Meier.»

«Vorrei che tu consegnassi questo biglietto alla signora Auzello, già stasera. Ti vuol bene, si fiderà. E voglio che tu glielo consegni di persona. Nessuno deve sapere che ti ho affidato questo messaggio, chiaro?»

«Chiarissimo, signor Meier.»

«Conto su di te, Marie. È fondamentale che la signora Auzello abbia questa busta oggi stesso, d'accordo?»

«Ho capito.»

«Coraggio, vai!»

«Va bene, signor Meier» dice la giovane girandosi.

A quel punto Frank ha una specie di illuminazione: «Aspetta un momento! Dimmi, ti occupi anche della stanza di Stülpnagel?».

«Sì...»

«Sai se è qui in questo momento? Non lo si vede più.»

«Sono otto giorni che è malato. Hanno fatto venire un dottore, non gli scende la febbre. Io e le altre ragazze ci diamo il turno di pomeriggio per vegliarlo. È strano come, in casi simili, si vedono le persone in modo diverso. In genere è rigido come un manico di scopa, con i capelli sempre in ordine. Adesso non è rasato, ha i capelli arruffati, ha un colorito giallastro e delira un po'. È ossessionato da una vecchia arpia morta in sanatorio. Sì, proprio così, glielo assicuro! Di colpo, lo trovo quasi simpatico.»

«Parli con lui qualche volta?»

«Ci salutiamo, niente di più. Oggi si è perfino addormentato. Oh, e poi, a lei posso confessarlo: ne ho approfittato per sbirciare tra le sue cose. Non per nulla è un militare, dovrebbe vedere come è tutto in ordine nei suoi armadi! Un foglio di carta da pacco sotto ogni pila di indumenti, un vero maniaco. Sulla scrivania ci sono un sacco di libri, ma siccome è tutta roba in tedesco non ci capisco niente – tranne un libro sugli insetti, è l'unico con delle illustrazioni. Ha la stessa penna stilografica del mio Karl. Una Kaweco, la fanno in Germania e costa un occhio della testa. In bagno c'è un flacone di profumo Guerlain. Come da Karl, ma io preferisco quello del mio capitano. È più buono... Ho sistemato la biancheria da bagno con le iniziali e l'ho sentito tossire. Allora sono tornata subito al suo capezzale, il generale era un po' nel pallone ma mi ha fatto un bel sorriso. Forse si ricorderà di me se ho qualche guaio con la direzione o con la Delmas...»

«Forse, sì. Nel frattempo, fa' molta attenzione, Marie. Tieni tutto per te, proteggiti! E fila a consegnare la busta alla signora Auzello.»

«Si fidi di me, signor Meier, ci vado subito.»

«Il mio capitano...» Si vede già sposata.

7

21 giugno 1941

Blanche ha ricevuto il messaggio in tempo e ha potuto confermare a Süss che suo padre era diacono, e Süss ha avuto la faccia tosta, avallato dalla Vecchia, di convocarla nel suo ufficio. Marie Sénéchal ha raccontato tutto a Frank di nascosto.

Stülpnagel si è ristabilito, il Ritz ha perso due tigli ma ha ritrovato un po' di serenità con la partenza di Göring. L'orco è tornato a Berlino. Al bar, la sfida principale di Frank consiste ormai nel contenere Lafont, i suoi complici e le sue contesse. È diventato quasi un gioco, al quale partecipano una manciata di diplomatici all'antica e qualche elegante di una volta, gente che viene, certe sere, a godersi un'atmosfera da prima della guerra – come se all'improvviso l'intero bar manifestasse ai campioni del mercato nero che il loro sporco denaro non è gradito. Frank percepisce che Georges è attratto dal cameratismo virile e dagli abiti pacchiani di Lafont, anche se un fondo di rispetto per il Ritz ancora lo trattiene. Oggi, a inizio serata, è stata anche ottenuta una piccola vittoria. Henri Lafont e Joseph Joanovici uscivano da un incontro nel salone dell'albergo e hanno infilato la testa nel bar, fermandosi per un attimo sulla soglia come se esitassero a entrare – riflesso condizionato di un vecchio complesso d'inferiorità. Frank e Luciano stavano preparando un'ordinazione. Imperturbabili, non hanno neppure sollevato lo sguardo. Benché in imbarazzo, nemmeno Georges ha detto nulla, mentre gli altri clienti hanno continuato a conversare come niente fosse. I due cialtroni se ne sono andati facendo una smorfia di disprezzo.

All'ora di chiusura, Frank fischietta immaginando Marie-Louise costretta a scusarsi umilmente con i coniugi Auzello dopo il messaggio inviperito che Claude, furioso per «questa indagine odiosa» di Süss nei confronti di sua moglie, ha fatto avere ieri mattina al barone Pfyffer. «Sono quasi venuti alle mani» dice emozionata la piccola Marie. Frank va in brodo di giuggiole. Ma quando, passata mezzanotte, arriva il signor Süss con un'espressione glaciale sul volto, capisce immediatamente che la schiarita è finita.

Il visconte si siede in fondo al bancone; non è lì per bere.

«Sono sicuro che ci metteremo d'accordo, Herr Meier» dice a mo' di introduzione.

Frank non risponde.

«Herr Meier», mi parla come fossi tedesco.

L'altro prosegue: «Immagino che lei ne sia già al corrente, mi sono fatto strapazzare da Auzello. Quell'asino ha iniziato a sbraitare e mi ha messo davanti al naso il loro certificato di matrimonio, come fosse un talismano. Un documento molto ben fatto – inattaccabile oserei dire. La signorina Ross, nata a Cleveland, perfetto. Ma un particolare ha catturato la mia attenzione. Perché diavolo il documento è datato 1931, quando il matrimonio è stato celebrato nel 1925?».

A Frank corre un brivido gelido lungo la schiena.

«Siccome mi ha incuriosito, ieri mattina ho chiesto di vedere il passaporto della signora Auzello. Ho addotto a pretesto il fatto che ormai la Gestapo esige un documento d'identità per ogni persona che alloggia in albergo. E indovini un po'? Anche quello è datato 1931. Che coincidenza, non le pare? Mi ero preso cura di annotare il nome del diplomatico americano che aveva firmato il certificato di matrimonio...»

Perfido, Süss fa una pausa. Frank aspetta il seguito ma sa già di aver perso. Il visconte espone la vicenda lentamente, assaporando ogni passaggio della sua indagine. Spiega come è riuscito a identificare il diplomatico americano «in servizio a Londra», come è venuto a sapere che costui è oppresso dai debiti di gioco e come, in cambio di un nonnulla e senza nemmeno spostarsi dal Ritz, ha potuto ottenere ciò che voleva. «Do ut des.» A questo punto Süss sa tutto: Blanche è ebrea, Claude ha mentito e Frank è complice.

«Avrà notato che non ho ancora detto nulla alla signora Ritz» prosegue. «Non ho niente contro la signora Auzello, sia chiaro. Diciamo che preferirei tenere per me questa notizia, considerarla un'assicurazione e negoziare con lei, Frank, la tranquillità di tutti.»

Frank è bianco come un cencio, accusa il colpo. Süss gli racconta che, su consiglio di Karl Haberstock, nel corso dell'inverno ha incontrato un vecchio chirurgo ashkenazita amante dell'arte e proprietario di una delle più belle collezioni private di Parigi.

«Un incontro cruciale, un vero biglietto d'ingresso fra i notabili ebrei.»

Solo che, da qualche tempo, Süss è come sopraffatto dalla sua nuova missione al servizio degli scagnozzi di Göring. Oltre alle molte responsabilità che ha per via del ruolo che ricopre al Ritz, la Vedova lo spinge in continuazione a soddisfare gli appetiti dei mercanti d'arte tedeschi. «È la salvezza del Ritz» ripete sempre, contro il parere di Elmiger.

«Purtroppo Göring è un vampiro» dice in tono confidenziale. «Ha lasciato Parigi ma ha dato degli ordini. Non è mai sazio. Accumula, rapina, saccheggia... A ben pensarci, non mi dispiacerebbe uno dei suoi cocktail. Un Pompadour?»

Sgomento, Frank non ha ancora capito dove il visconte voglia arrivare. Si mette a preparare il cocktail ma non perde una parola del suo racconto. Quadri, sculture, arazzi, pianoforti, violoncelli, pendole, incunaboli: i nazisti stanno spogliando gli ebrei di Parigi dei loro beni. Per Süss, il lavoro aumenta. E più ancora da quando, il mese scorso, il vecchio chirurgo gli ha presentato il suo notaio, che ormai fa da procacciatore di clienti.

«Un tipo molle e grassottello, con le sopracciglia folte. È pieno di tic, suda ed è sporco come un maiale. Lei non lo farebbe mai entrare nel suo bar, Frank. Ma io devo andare a trovarlo tutti i martedì, in un appartamento che non viene mai arieggiato, dove quell'essere ripugnante alleva conigli fra un disegno di Renoir e uno studio di Frans Hals. Ma non è possibile scavalcarlo...»

Il procacciatore trattiene fino al dieci per cento sulle vendite. Se si riuscisse a far sparire quell'orribile notaio, spiega Süss, lui e le famiglie ebree potrebbero dividersi la sua parte senza farne parola ai tedeschi. Tuttavia, niente da fare: i suoi clienti ebrei esigono tutti di passare da lui, che non è nemmeno ebreo. Süss alla fine è riuscito a scoprire perché.

«Si figuri che, oltre a fare da intermediario, questo individuo procura alle famiglie ebree dei passaporti falsi d'eccellente fattura. Con questi documenti, i miei clienti possono raggiungere Marsiglia o Lisbona, e poi fuggire negli Stati Uniti.»

Ammutolito, Frank porge il Pompadour a Süss, che alza il bicchiere per ringraziare. Il visconte ne beve un sorso e riprende: «E così, mio caro Frank, mi sono detto che se mantenessi il silenzio sulle origini di Blanche Auzello, lei potrebbe procurarmi dei documenti falsi, dei lasciapassare o dei certificati di nascita, visto che ha tutta l'aria di essersi assicurato dei contatti preziosi in materia. Sbaglio?».

Frank si guarda bene, per il momento, dall'annuire.

Cosa ne sa Süss delle sue amicizie nell'ambiente diplomatico? Sa che, prima della guerra, era il barman abituale alle feste organizzate da sua eccellenza William C. Bullit all'ambasciata americana, in avenue Gabriel? Sa che Fersen e Fitzgerald sono diventati amici grazie a lui, o che il console del Portogallo l'ha invitato al matrimonio della figlia a Estoril? Sa che Frank ha insegnato i rudimenti dell'arte di preparare cocktail all'attaché militare della delegazione rumena?

Comunque sia, Süss appare molto sicuro di sé. Ha previsto ogni cosa.

«E siccome lei ha preso l'abitudine di scambiare con discrezione dei documenti con delle preziose dritte sulle corse dei cavalli, i tedeschi non si accorgeranno di nulla.»

Süss ha davvero gli occhi dappertutto.

Scosso, Frank si versa del whisky e beve un sorso in silenzio. Fra i due sembra possibile un accordo.

«Sa una cosa?» dice il visconte dopo qualche secondo. «Göring sarebbe pronto a offrire una fortuna per uno schizzo di Cranach il Vecchio. È il suo pittore preferito. Quello che, cito il Reichsmarschall, meglio rappresenta "il genio germanico"... Gli capita anche di acquistare un Picasso o un Monet e di tenerli nel suo magazzino al Jeu de Paume, ma è per avere la possibilità di scambiarli in seguito con un quadro di un grande maestro del Cinquecento. Li chiama i suoi "ostaggi"...»

Cranach contro Picasso, classico contro moderno, ecco l'altro campo di battaglia di questa guerra, in cui Süss è un mercenario senza scrupoli. Con lo sguardo fisso, il visconte mormora che non discute gli ordini, la sua è una caccia d'appostamento.

«Io la copro nella questione Blanche Auzello, lei mi procura dei documenti falsi e io le riconosco una commissione. Le lascio due giorni per decidere. Buonanotte, Frank.»

Il barman è frastornato. Accettare quell'offerta, chiara e concreta, o diffidare, considerato lo spirito del tempo? Cogliere la mano tesa di Süss o seguire i passi prudenti di Elmiger?

Ho davvero scelta? Süss oserebbe denunciare Blanche?

Solo con la sua insonnia, Frank non sa. Tutto corre più in fretta, mentre il suo cervello sembra rallentare. Il sole sta già spuntando quando, finalmente, si addormenta.

8

22 giugno 1941

Nel bar del Ritz, Frank è il padrone, ma appena se ne allontana, riappare il figlio del tessitore ebreo di Łódź, il figlio delle montagne del Tirolo e il misero adolescente perso nella Vienna della Belle Époque. Un piede in ognuno di quei mondi, non più là, ma nemmeno completamente qui. Chi è in quel pomeriggio, in quell'anticamera d'ambasciata dove aspetta da più di un quarto d'ora? Il giovane intimorito o l'uomo di mondo che è diventato? Il barman rinomato e invidiato o il cavalier servente della donna di un altro? Tutti insieme, ovviamente. Al mattino ha contattato gli uffici di Fersen e, benché sia domenica, il diplomatico svedese gli ha subito concesso di incontrarlo. Non si vedono da quella serata di ottobre in cui si era tentato di rilanciare la vita mondana del Ritz – serata che Fersen non aveva apprezzato. Poco importa, i due si stimano e condividono una profonda sensibilità per le umane debolezze.

Il ritratto di Bernadotte, re di Svezia, è appeso al muro del palazzo che ospita l'ambasciata svedese. I soffitti lussuosi, le modanature, tutto lì dentro esprime la stabilità, la continuità, la Storia al di là dei suoi sussulti. Lì Frank può valutare meglio che altrove il cammino percorso. E pensa alla distanza irriducibile che lo separa da chi è nato sotto una buona stella.

Göring, Stülpnagel, Speidel, il barone Pfyffer o Fersen, sono tutti nobili o alto borghesi. Una guerra può anche rimescolare le carte, loro rimarranno sempre al vertice, mentre quelli come me, gli Scheuer, i Süss e perfino i Lafont, si dibattono come possono aspettando la caduta. Lo stesso César Ritz era fatto di questo legno fragile.

César Ritz si è elevato molto al disopra della sua condizione, è stato adulato – eppure tutto rimaneva nelle mani dei banchieri. E se César ha sperato di fondare una dinastia, in realtà questa dinastia è destinata al fallimento. Per anni Marie-Louise ha nascosto la vecchiaia del marito allo scopo di far crescere gli affari, ma fra non molto morirà e dovrà lasciare in eredità il Ritz al solo figlio che le resta, Charley, il quale venderà l'albergo perché preferisce la pesca con la mosca.

Frank tiene ancora in mano il suo destino. Süss gli ha lasciato quarantott'ore, gliene rimangono trentasei e non ha ancora deciso. Potrebbe non fare niente: il visconte forse bluffa, oppure Claude Auzello troverà il modo di ridurlo al silenzio. Al tempo stesso, il denaro promesso da Süss potrebbe essergli utile in futuro. Ciò detto, chi conosce nel mercato dell'arte?

«Signor Meier?»

Un funzionario lo accompagna fino all'ampio ufficio del diplomatico che dà su un giardino alberato. Su una console di palissandro Fersen ha messo una bilancia in miniatura. Delle corone svedesi tengono i piatti allineati. Un equilibrio perfetto.

«Mi perdoni se l'ho fatta aspettare, caro amico, è una giornata piuttosto piena d'impegni...»

È una frase di rito, ma il tono è sincero. Frank sa già di aver bussato alla porta giusta. Spiega la situazione con mezze parole. Fersen afferra senza fare domande e, per metterlo a suo agio, procede per ipotesi. Fra gentiluomini ci si capisce.

Il diplomatico svedese conosce bene le zone grigie dei documenti falsificati così come il diritto internazionale, e per persone affidabili è pronto a muovere certe leve. Ovviamente, non se ne farà carico di persona, «ma si possono trovare delle soluzioni...».

La conversazione s'interrompe per un attimo e Frank lancia un'occhiata alla bilancia.

«Soldi?» dice Fersen con un sorriso. «Sì, certe leve si azionano solo con dei marchi. Ma, fra noi, non mi abbasserei a farne una condizione. In ogni caso, se ho capito bene, lei è ancora nella fase esplorativa del suo... progetto.»

«Esattamente.»

«Se per caso potessi esserle d'aiuto, lo farò con piacere. So che, a quel punto, lei terrebbe molto a ringraziarmi – questo va tutto a suo onore. E sono sicuro che, all'occorrenza, troveremo un accordo equo e ragionevole...»

Di colpo, Frank si rende conto dell'enormità della sua richiesta – e del favore che Fersen intende fargli.

«Dovrebbe venire al Ritz, ogni tanto» dice alzandosi in piedi. «Il generale von Stülpnagel si fa vedere spesso, potrebbe venire a sapere delle cose interessanti...»

Fersen sorride, gli sta già porgendo la mano.

«Mio caro Frank, so quanto sono preziose le conversazioni nel suo bar. Ma, vede, per quanto riguarda la politica, grande o piccola che sia, dispongo fortunatamente di altri canali...»

Dietro il leggero accento scandinavo, Frank ritrova l'elegante ironia dei giovedì sera, quella che incute soggezione senza mai umiliare l'interlocutore.

Quando esce dall'ambasciata si sente al tempo stesso sgravato da un peso immenso e carico delle decisioni che deve ancora prendere. Tornando al Ritz fa il bilancio, esita, ripercorre i rischi.

Lo coglie un senso di vertigine. Parlare e riflettere non basta più, ora occorre togliersi i guanti bianchi e sporcarsi le mani. Qualunque cosa decida prima di domattina, entrerà in un mondo nuovo. Un mondo in cui sarà più solo che mai.

Sbucando in rue Cambon, guarda l'orologio. Gli restano trentacinque ore.

9

23 giugno 1941

Arrivato in anticipo nel pomeriggio, Frank se ne sta appoggiato coi gomiti al bancone e scorre i giornali del giorno prima aspettando Georges. Devono mettere a punto un piano d'azione per assicurare la fornitura di vini e liquori nelle prossime settimane. Per le rivendite di alcolici la situazione si sta facendo difficile e da parecchi giorni «Le Matin» e «Paris-soir» ne parlano in prima pagina. S'invoca una regolamentazione urgente per il vino, che comincia a scarseggiare, e ci si augura che la recente carta per il razionamento dei tabacchi possa mettere fine al contrabbando e alle frodi.

Il bar è aperto da poco e già si presenta Charles Bedaux, con aria trionfante. L'industriale franco-americano indica con disprezzo i giornali sul bancone.

«Dimentichi quella roba. Siamo pronti per il gran finale! Ci pensa? Quattro milioni di soldati che corrono per Hitler attraverso la pianura russa: la più grande invasione militare di tutti i tempi, la guerra totale per annientare il nemico dell'Europa! Anche Churchill dovrebbe aiutarci a schiacciare i Soviet e, una volta risolta la questione, troveremo sempre il modo per fare la pace. Mi dia un Whisky Sour, Frank. Sa che Joe Louis ha steso Billy Conn al Polo Grounds di New York? Avrei dato non so cosa per essere a bordo ring. So che i nazisti detestano Joe perché è negro, ma io adoro la sua boxe. L'ha mai visto? Ha un gancio da urlo. Quando picchia, nessuno può schivarlo. È quello che succederà ai rossi, vedrà. La Germania metterà i russi al tappeto in poche settimane.»

Vuota il bicchiere d'un fiato e lancia a Frank un'occhiata torbida, quasi amichevole.

«Si ricordi di questo, Frank, detto fra noi: la Wehrmacht è Joe Louis. Distrugge l'avversario. Lei è scettico – non dica niente, lo so! Ma a partire da stasera, mi creda, più nulla sarà come prima. Non le resta che scommettere sul campione giusto. Le sono sempre piaciute le scommesse, no? Eccone una colossale che investe l'avvenire del mondo, e insieme il nostro. Si fidi di me, tutti i giorni ho modo di constatare la potenza fenomenale della Germania, nulla potrà resisterle. Ci pensi bene, vecchio farabutto!»

Frank Meier non ha mai apprezzato il comunismo, al contrario. Lui si è costruito da sé il suo destino di parvenu e diffida delle lotte collettive, vede i bolscevichi come dei guastafeste, dei putschisti che aspirano a distruggere la società. Sull'esempio di Pétain, disprezza i comunisti. *Antifrancesi*. All'improvviso, di fronte a questa cavalcata tedesca contro i russi, si rende conto di avere gli stessi avversari dei nazisti.

«In ogni caso» prosegue Bedaux, «questa operazione ci è già entrata in testa e modifica i rapporti di forza. Finalmente diventerò consulente tecnico del governo di Vichy: Fernand de Brinon me l'ha annunciato di persona poco fa.»

L'invasione dell'URSS viene confermata dal gruppetto di ufficiali della Wehrmacht scesi al bar. Non verrà molta gente stasera. Georges e Luciano sono delusi: le mance saranno scarse. Nel frattempo, Bedaux ordina un altro Whisky Sour e si confida apertamente con Frank. Parla di quel «maledetto passaporto americano» che gli costa ancora qualche sospetto a Vichy, di sua moglie che lo esaspera, del seno di Blanche

Auzello che lo eccita sempre più e di Gabrielle Chanel, che gli ha di nuovo chiesto di aiutarla nella crociata contro i suoi soci ebrei.

Il bar è deserto, Frank ha rimandato a casa Georges e Luciano, mentre Bedaux chiede un ultimo giro. Colto da un'improvvisa ispirazione, Frank abbonda con il Jack Daniel's. È il «bicchiere dei segreti»; appena pochi minuti dopo che l'ha sorseggiato, Bedaux gli rivela un'informazione importantissima: «Con tutto quello che è successo, avevo trascurato il signor Süss, che ho intravisto ieri nella hall dell'albergo. Quel poveretto sembra sopraffatto dalle incombenze. Corre come un furetto per tutta Parigi e ho sentito dire che non è più tanto benvoluto nell'entourage di Göring. Haberstock mi ha confidato che la Gestapo si sta interessando al passato di Süss, quando stava a Vienna. La polizia nazista s'interroga sui motivi che l'hanno spinto a venire a Parigi, tre anni fa. È stata una fuga? È forse antinazista, ebreo o comunista? Mi creda, si sente odore di disgrazia per questo leccapiedi di lusso».

Devo credere a questa storia?

All'improvviso Frank sente crescere dentro di sé il desiderio di accettare la proposta del visconte. Stasera è l'istinto a parlare: se Bedaux lo detesta, Süss non dev'essere poi così pessimo.

Ora sa cosa deve fare. Proteggerà Blanche e metterà da parte del denaro per difendersi da tutti i Bedaux che circolano intorno al maresciallo Pétain. Il visconte ha ragione: bisogna valutare a chi ci si appoggia. E Frank ha relazioni fragili. Speidel resta un militare che ubbidisce agli ordini; Georges si muove su una corda tesa fra morale e tentazioni; quanto a Claude Auzello, resta in camera a rimuginare, quando non va in cucina a occuparsi di marmellate o di melanzane.

Meglio i rimorsi che i rimpianti, si dice in tono conclusivo. E se la decisione presa non gli porterà né fierezza, né consolazione, può almeno sperare che lo lascerà dormire un po' stanotte. *Il rimorso sarà quello di avere agito. Il rimpianto, l'aver fallito.*

10

15 luglio 1941

L'operazione Barbarossa è l'eroina dell'estate. Dal 23 giugno la stampa non parla d'altro che dei successi della Wehrmacht e della disfatta di Stalin, di cui oggi si dice che abbia lasciato Mosca. La penuria di viveri è passata in secondo piano.

Eppure, il vino manca, perfino a Bordeaux e a Béziers.

Al Ritz, Hermann Göring è ossessionato dal fronte orientale. È venuto a trascorrere il fine settimana in place Vendôme. «L'URSS crollerà in meno di quattro mesi» ripete a chi vuole ascoltarlo. Elmiger, da parte sua, tenta di riprendere il controllo del personale del ristorante e del servizio ai piani; ha licenziato qualcuno e sovrintende alla formazione delle nuove reclute, lasciando a Süss solo l'amministrazione.

Al bar, il ritmo è rallentato. La clientela abituale si è trasferita nei suoi quartieri estivi in riva al mare. Normandia e Bretagna sono ancora vietate, ma poco importa. Sono in tanti ad avere ottenuto un lasciapassare per le coste del Mediterraneo.

Frank è rimasto a Parigi. E non dorme meglio. Un forte mal di denti l'ha tenuto sveglio un'intera settimana, ma ora è subentrata la paura. In tre settimane ha già consegnato a Süss due falsi passaporti e tre salvacondotti.

Ha messo a punto i dettagli con Fersen alla fine di giugno

in un bar di Saint-Lazare in cui nessuno avrebbe potuto riconoscerli. Gli costerà qualche centinaio di marchi per ogni documento, soldi che andranno interamente nelle tasche del falsario. Per il momento, ha dovuto anticipare tutto e non osa chiedere nulla a Süss. Fersen gli ha assicurato che non prende alcuna commissione, Frank gli crede e pensa di ringraziarlo regalandogli del cognac Denis Mounié o del bordeaux Château Cheval Blanc, di cui è stato privato per troppo tempo. Nemmeno i diplomatici hanno le possibilità del Ritz per quanto riguarda gli approvvigionamenti...

I due si ritrovano una domenica mattina sì e una no nel giardino dell'ambasciata di Svezia. Il barman va in giro con una valigia assai poco diplomatica piena di banconote, che nessuno ha ancora perquisito. In cambio, i documenti falsi gli vengono recapitati in bar che, per qualche Reichsmark, fanno da buca delle lettere. «È fondamentale che non ci vedano insieme» ha detto Fersen, il quale, comunque, una sera è venuto di persona al Ritz per salutare Stülpnagel. A fine serata, inseriti nei programmi delle corse di cavalli, c'erano due salvacondotti consolari per la zona non occupata. *Se il ritmo non accelera*, pensa Frank, *non dovrebbero esserci problemi*. Ma continua a sudare e quasi non ce la fa più a mentire di continuo a Speidel e a Stülpnagel, che sono diventati dei frequentatori assidui del bar e non esitano più a sedersi al bancone, come stasera.

«Dove si trova Saint-Brieuc, Herr Meier?»

«In Bretagna, colonnello.»

«Ah! Aveva ragione lei, generale.»

I due hanno condiviso una cena a base di capesante di Saint-Brieuc flambé all'armagnac, accompagnate da un sylvaner Saint-Hippolyte del 1937, e sono venuti al bar per sorseggiare una grappa alla pera. La dolce vita degli ufficiali della Wehrmacht a Parigi. Mentre prepara due Bee's Knees per

Laura Corrigan e una sua amica, che si sono sedute in fondo alla sala, Frank tende l'orecchio.

«Göring non è più qui, ma ha dato indicazioni ai saccheggiatori» dice Stülpnagel. «Una banda di farabutti usciti dalle nostre file ha trasformato Parigi in un self-service e il partito nazista li copre.»

Il colonnello scrolla le spalle come per dire: cosa possiamo farci?

«Pretendere un tributo mi pare del tutto normale, Speidel. La Francia ci aveva strangolato con il trattato di Versailles, e oggi tocca a lei fare i conti con la disfatta. Ma se diventiamo dei farabutti, aumentiamo il rischio che i civili si ribellino e mettiamo in pericolo la sicurezza delle nostre truppe. All'umiliazione quotidiana si unisce una rabbia sorda. Ricorda la parata per celebrare il nostro ingresso a Parigi, il mese scorso? Molte parigine portavano un nastro nero sui capelli. Jünger mi ha spiegato perché: lo facevano per portare il lutto, sotto i nostri occhi! Il capitano lo trovava divertente, ma a me non ha fatto per niente ridere.»

«Herr Meier, può servirmene un'altra, per favore?»

Per Stülpnagel e Speidel è un punto d'onore rivolgersi a Frank in francese, ma hanno forse dimenticato che il tedesco è la sua lingua madre e che capisce tutto quello che dicono? A meno che non siano semplicemente brilli. Stülpnagel spiega che, di recente, ha dovuto ordinare di lasciare le luci accese nei cinema durante i notiziari tedeschi: approfittando del buio, il pubblico non si tratteneva e fischiava.

«L'umore dei parigini ci è sempre più ostile, non trova? Dovremmo mollare un po' le redini. Cosa farebbe, Speidel, al mio posto?»

Il colonnello si rifugia dietro l'indagine sulle lotte di potere fra lo stato maggiore della Wehrmacht e gli emissari del partito nazista che ha affidato a Jünger e di cui aspetta con impazienza le conclusioni.

Stülpnagel, da parte sua, non vuole aspettare. Una conversazione con Jünger gli è bastata: bisogna frenare al più presto l'ingordigia dei nazisti. Altrimenti l'esasperazione non potrà che crescere nella popolazione e l'esercito sarà costretto a provvedere, innescando una spirale di violenza ineluttabile.

«Jünger mi ha molto parlato dell'incapacità dell'aristocrazia e della vecchia borghesia tedesca di contenere i nazisti, che hanno elevato la violenza a modello di vita...»

Eccola, la vera guerra, pensa Frank. *Una guerra che si combatte in tutti i campi, e dentro ognuno di noi.* Le parole di Süss, appena tornato da una festa principesca in casa di Lafont, gli riecheggiano nella mente: «Questa crudeltà è insita nell'uomo».

«L'alta società tedesca è stata più che utile a Hitler per salire al potere, è lei che l'ha fatto nominare Cancelliere, ma presto è diventata ingombrante» continua Stülpnagel. «Jünger è convinto che, se abbiamo tante difficoltà a contrastare il sistema dei gerarchi nazisti, è perché la nostra educazione si scontra con il loro sadismo sfrenato. In fondo, a Parigi io sono il garante di una certa moderazione e se, per disgrazia, dovessimo perdere questa battaglia contro le SS, un regime di piombo si abbatterebbe all'istante sulla Francia occupata...»

Perplesso, Speidel finisce la sua grappa e rimane silenzioso. Evidentemente, ciò che ha ascoltato lo turba.

«Anche il capitano Jünger la pensa così sulla Germania?» domanda.

«Non ho osato chiederglielo. Quella conversazione sul partito nazista sarebbe bastata a metterci in una posizione spiacevole se fosse arrivata alle orecchie della Gestapo, non mi è parso il caso di insistere. Qualcuno sostiene che Jünger è un protetto del Führer. Non ne so assolutamente nulla, Speidel.»

Frank non si raccapezza. I tedeschi danno l'impressione di essere un branco di lupi molto ordinato, un blocco incrollabile. In realtà sono ai ferri corti, pronti a divorarsi l'un l'altro.

I due hanno ordinato un'altra grappa; Frank si chiede se alla fine si accorgeranno di lui, ma Stülpnagel riparte alla grande. Sono tre giorni che quella discussione con Jünger lo ossessiona, confessa. Qualcosa sta cambiando in Francia e il desiderio di tornare in Germania lo tormenta ogni giorno di più.

«Qual è il nostro progetto qui, Speidel? A cosa serviamo davvero, da un anno a questa parte?»

«Vedo che il nostro provocatore letterario ha un effetto deleterio su di lei, generale» risponde Speidel abbozzando un sorriso.

Ci sono uomini che calamitano una conversazione senza essere nemmeno presenti. Lunedì sera, durante un ricevimento al Ritz offerto da Otto Abetz per celebrare i suoi dieci anni di adesione al Partito nazionalsocialista tedesco dei lavoratori, Ernst Jünger ha affascinato il pubblico parlando degli insetti – più specificamente delle Eumeninae, piccole vespe di rara eleganza che sembrano portare con sé giustizia e castigo al tempo stesso.

«Jünger sostiene che si impara molto sugli uomini osservando gli insetti» dice Speidel. «Ammetto di non avere capito proprio tutto, generale, ma almeno una cosa mi è chiara, ed è che il capitano è molto popolare in tutti i circoli tedeschi di Parigi.»

«Certo, è davvero piacevole stare al Ritz, ma voglio essere onesto con lei, Speidel, e alla fine confesso di vedere con gli occhi di Jünger: siamo uno sciame di calabroni avidi e vanitosi.»

A questo punto tace e fissa il fondo del bicchiere vuoto.

È l'ora in cui la verità sgorga dall'acquavite.

11

27 agosto 1941

Ieri Frank ha ricevuto una lettera di Jean-Jacques, che comincia a essere stanco di leggere le notizie sull'avanzata dei tedeschi a est e sulla guerra con l'Inghilterra che prosegue in Medioriente. Suo figlio la chiude con queste parole: «Vogliamo vivere, qui e ora». Ma per il momento, pensa Frank, *qui e ora* si arrestano gli oppositori. *Qui e ora* si uccide. *Qui e ora* i muri di Parigi si coprono di manifesti della prossima mostra al palais Berlitz: *Gli ebrei e la Francia.*

«Chi è ancora lucido cerca il modo di scappare via» dice una voce severa.

Come fa sempre, Blanche è comparsa sulla porta nell'attimo in cui Frank stava per chiudere. Indossa un cappotto di panno blu foderato di pelliccia e col colletto di astrakan nero, e sfoggia un sorriso cupo e sublime. Il pallido volto è ravvivato da uno chignon tenuto fermo da uno spillone di corno scolpito, ornato d'oro e diamanti. In un primo momento Frank è colto da un moto di gioia, ma poi capisce. Ad attirarlo in lei, al di là della bellezza, è tutto ciò che, se ci pensa onestamente, sembra mancargli in questi tempi cupi: l'audacia, e una certa franchezza. Una postura davanti alle prove cui sono sottoposti che Frank le invidia. L'atteggiamento che lui stesso aveva avuto sul crinale di Vimy, nella primavera del 1915. Blanche è tornata a vivere, ogni tanto esce; Frank è felice di constatare che sta meglio. Stasera è venuta a parlargli di un vecchio ebreo del Marais, un amico di Lily Kharmayev, un uomo magro e calvo che ha conosciuto nel pomeriggio al Café de la Paix. L'anziano signore non ha voluto che Blanche andasse da lui, si vergogna profondamente della miseria in cui è sprofondato il quartiere dove vive. Abita in rue des Écouffes, a Saint-Paul. A meno di mezz'ora di strada dal Ritz.

Blanche è ancora scossa da quell'incontro.

«Si chiama Joachim Ruderman, ha sessantatré anni. Vive da solo ed è pronto a tutto per raggiungere sua sorella minore, emigrata a Chicago da quindici anni. Non è mai uscito dall'Europa. Ma questa volta sente l'odio per gli ebrei arrivare da ogni dove, lasciato libero come un animale selvatico. Ha la sensazione che stia per esplodere una catastrofe e vorrebbe morire in pace. Il signor Ruderman mi ha raccontato che un uomo fuggito da Zboriv è venuto a nascondersi nel suo immobile dieci giorni fa. Una sera, tutti gli inquilini si sono riuniti in casa degli Ackermann intorno a quel contadino ucraino, che ha descritto nei dettagli gli orrori a cui ha assistito durante l'estate. I tedeschi sono entrati a Zboriv il 2 luglio; tre giorni dopo avevano massacrato tutti gli ebrei che vivevano in città. Le SS li hanno prima costretti a scavarsi la tomba, poi li hanno fucilati a uno a uno dopo aver ordinato loro di sdraiarsi nella fossa l'uno in senso opposto all'altro. Almeno seicento persone. Nessuno ha emesso un grido o supplicato: sapevano che non sarebbero sfuggiti alla morte. Il contadino ha detto che era stato precettato dalle SS per scortare gli ebrei fino alle fosse, da cui sono usciti per ore i rantoli delle vittime agonizzanti sotto la massa dei corpi aggrovigliati. Ha visto un bambino di sei anni strisciare a quattro zampe sui cadaveri fino a quello di sua madre; a quel punto si è messo a piangere, finché un sottufficiale delle SS in maniche di camicia e con una bottiglia di schnapps in mano gli ha sparato in testa, circondato dagli applausi divertiti del plotone d'esecuzione.»

Come si può credere a una cosa simile? Magari quell'ucraino è uno squallido mitomane. Frank ne ha conosciuti nelle trincee della Somme, tizi che inventavano ogni genere di orrori per il piacere di spaventare gli altri. Magari, invece, quel contadino è stato mandato dai tedeschi per terrorizzare gli ebrei dell'Ovest – ormai è così difficile distinguere il vero dal falso.

E se quel Ruderman avesse inventato tutto per giustificare la sua fuga?

«So che sembra quasi incredibile» dice Blanche col volto bagnato di lacrime. «Ma gli occhi di quell'uomo, Frank! Non mentiva, ne sono sicura. Mi chiedevo se...»

Frank la interrompe con un gesto d'infinita dolcezza. Ha capito. In questo momento, tutti sognano di avere un passaporto falso.

«Si rifiuta di rimanere ancora in Francia» continua Blanche, «teme il peggio. Ho pensato di chiedere a Laura Corrigan, per via dei suoi intrallazzi amorosi con i nazisti, ma la odio a tal punto... Non ci parliamo più. Oh, Frank, la supplico. Lei mi ha dato una mano a restare qui, non potrebbe aiutare quell'uomo ad andarsene? La supplico, se avesse il modo di...»

Frank esita. Nessuno deve sapere, a parte Süss, che è in grado di procurare dei documenti falsi. Ma incrocia lo sguardo di Blanche e si scioglie davanti alla sua bontà d'animo.

«Vedrò cosa posso fare» promette.

Frank sa già cosa farà. Otterrà da Fersen un passaporto falso per questo Ruderman, e lo pagherà di tasca propria. Süss gli ha finalmente dato quanto gli doveva, una bella somma, da questo punto di vista non ha di che lamentarsi. Gli tremano le gambe quando Blanche si china in avanti per baciarlo sulla guancia.

«Lei è così forte, signora» dice.

E di nuovo lei scoppia a piangere. Frank è sopraffatto dalla sensibilità di Blanche. Per la prima volta osa sfiorarle la mano. Gli è tornato il coraggio. Blanche lo guarda intensamente. Gli prende la mano e se la porta al volto. Una mano abituata ad afferrare delle bottiglie, a maneggiare dei liquori, posata maldestramente sulla guancia di Blanche. Frank esita. Non sa cosa fare. Sente sul palmo il calore e la dolcezza della sua pelle inondata di lacrime.

Subissato dall'emozione, vorrebbe accarezzarle i capelli, infilarle le dita nello chignon leggermente sfatto. Gli scoppia la testa. *Ascolta il tuo desiderio!* Vorrebbe baciarla, confortarla, stringerla fra le braccia. *Cosa aspetti, sant'Iddio? Sii audace!* All'improvviso, un rumore sordo e ripetuto li fa sobbalzare. Blanche si raddrizza. Probabilmente sono crollate delle cassette vuote in cantina. Guardingo, Frank si è voltato. Crollano altre cassette.

«C'è qualcuno?»

La voce severa del barman nasconde l'inquietudine.

«Chi va là?»

Quando la porta della cantina si apre cigolando, Blanche caccia un grido di spavento. Si è alzata e ha fatto un passo indietro, trattenendo il respiro. Meier si tiene pronto ad agire, con i muscoli tesi. Ha preso lo scalpello per rompere il ghiaccio nel lavandino. *Un crucco?*

Nello spiraglio buio della porta appare il volto livido di Luciano. Frank si rilassa, è sollevato. Si appoggia al bancone.

«Cosa ci fai qui, ragazzino! È tardi!»

«Avevo dimenticato il coltellino, signor Meier. Stavate parlando e non ho osato disturbarvi.»

«Ci stavi spiando, di' la verità!» esclama Blanche.

«Nient'affatto, signora.»

Il giovane arrossisce, prova evidente che ha sentito tutto.

«Va bene, adesso fila a dormire!» ordina Frank.

Avvilito, il giovane li saluta senza guardarli, si mette la giacca e sparisce nella hall.

«Si rende conto che adesso il suo apprendista penserà che siamo amanti?»

«Non si preoccupi, signora, mi faccio garante della sua lealtà. Luciano è come un figlio. Non dirà nulla. Glielo prometto.»

Frank per un istante pensa di confidarle che Luciano è ebreo, ma si trattiene. Non bisogna mai infrangere la regola.

Dovrò comunque parlare a quattr'occhi con lui domani sera.

Scossa da quanto è appena avvenuto, e turbata da quanto stava per succedere fra loro poco prima, Blanche preferisce tornare nei suoi appartamenti. Si rimette il cappotto e si avvia verso la porta.

Se si gira un'ultima volta prima di uscire dal bar, un giorno troverò il coraggio di baciarla.

Sulla soglia, Blanche si ferma.

«Buonanotte, Frank.»

«Buonanotte, signora...»

La sente allontanarsi nel corridoio al ritmo dei tacchi sul marmo. Frank si passa una mano sulla testa, beato e inquieto al tempo stesso.

Si è girata, è un segno del destino.

Blanche e Luciano, le due persone che più gli stanno a cuore, sono due ebrei circondati da una muta di cani rabbiosi. Il timore di essere stato spiato, il rischio di essere denunciato, la sorte degli ebrei a Zboriv. Tutto si mescola nella sua mente. La morte si avvicina. Frank si accende una sigaretta.

QUARTA PARTE

Guerra di logoramento
febbraio-luglio 1942

1

20 febbraio 1942

I sommergibili tedeschi affondano petroliere nel mar delle Antille. Il Giappone ha appena invaso Singapore, indebolendo l'Inghilterra. Gli Stati Uniti sono entrati in guerra nel Pacifico. «La guerra è ormai mondiale» titola «Le Matin». A Parigi se ne infischiano, è inverno e hanno altre preoccupazioni. Di notte fa un freddo da spaccare le pietre. E da spaccare anche il cranio di quell'anziana donna, morta ieri mattina scivolando su una lastra di ghiaccio in boulevard de Sébastopol. I gatti scompaiono a poco a poco dalle strade, ma non è per il freddo. È la carestia. I giornali possono mettere in guardia quanto vogliono sulle malattie che i felini trasmettono dopo aver mangiato dei topi, non serve a nulla.

Alla mensa dei poveri mangiano pâté di gatto.

Mentre Parigi sprofonda nel gelo e nella fame, il bar lavora a pieno ritmo. Non c'è sera in cui il Ritz non faccia il tutto esaurito, o quasi. Si sta al caldo, si beve, si ride, si brinda, si sfarfalleggia. Süss, che nasconde sempre meno la sua ironia disperata, quando raggiunge Frank dopo l'orario di chiusura, ha soprannominato l'albergo «il bunker del glamour».

Se, da un lato, Frank continua a rifornirlo di documenti

falsi, dall'altro è sempre più difficile far uscire le numerose bottiglie che regala a Fersen senza che qualcuno se ne accorga. Al loro posto, il diplomatico gli chiede del nutrimento spirituale: Zweig, Freud, Kessel... l'elenco degli autori proibiti si allunga e Fersen è un forte lettore. Hanno già aiutato una trentina di ebrei a fuggire. Per Frank, sono soldi guadagnati. E davanti allo specchio, al mattino, a volte si chiede se non sia un profittatore. Non sempre è sicuro della risposta.

Georges Scheuer, inconsapevole di ciò che si sta tramando dentro al bar, ha adottato il culto del corpo dei vincitori e fa ginnastica. La Vedova approva; Frank si limita a sospirare.

«Signor Meier» dice Luciano, «sta arrivando il generale von Stülpnagel.»

In dicembre, il generale scendeva diverse volte alla settimana – la belva veniva a estinguere la sua sete di buona educazione e a dimenticare le fatiche della giornata. Ora si fa vedere più di rado: sono più di dieci giorni che non veniva.

Frank sta per accoglierlo al bancone quando il generale indica con un cenno il suo tavolo preferito, in fondo al bar.

«*Guten Abend, Herr Meier*. Un Royal Highball, per favore, e... una coppia di champagne per lei, se vuole sedersi un attimo con me. Dopodomani lascio Parigi. Sono venuto a salutarla e a ringraziarla. Ho chiesto di essere sollevato dal mio incarico» aggiunge Stülpnagel, notando l'aria sospettosa del barman.

«E per quale motivo, generale?»

«È diventato troppo difficile prendere certe decisioni. Preferisco passare la mano a un generale più giovane, più disposto ad assolvere un compito così pesante. Si figuri che sarà un mio cugino a darmi il cambio. Anche lui uno Stülpnagel. Vedrà, nel cambio ci guadagnerete: Carl-Heinrich è più socievole di me. È un uomo focoso.»

«Mi dispiace molto che lei se ne vada.»

«Questo mi lusinga.»

Brindare sembra fuori luogo. Frank si limita ad alzare il bicchiere. «Allora… salute e prosperità?»

«Grazie, Frank. Alla sua, e che la provvidenza vegli su di lei.»

Frank prova una stretta al cuore, ma subito si pente di rammaricarsi per la partenza dell'uomo che, a Natale, ha fatto fucilare cento ebrei.

Era troppo difficile prendere certe decisioni? Eppure le ha prese!

Si trincera dietro al bancone e osserva Speidel, che ha raggiunto Stülpnagel al tavolo. *Dimissioni, capirai!* Semmai, tutto porta a credere che si tratti di un brusco pensionamento – e questo rivela le crepe dell'oscuro palazzo che è ormai diventato lo stato maggiore tedesco, dove regnano violenza e punizioni. Un peso immenso si abbatte sulle spalle di Frank. Gli ci è voluto così tanto per capire come andavano le cose e adattarsi, ed ecco che deve ricominciare tutto da capo.

Sedurre e ammansire il focoso cugino, ne avrò la forza?

Si rende conto all'improvviso di avere dimenticato l'oliva del Dry Martini che sta preparando.

2

28 febbraio 1942

Luciano stava tranquillamente seduto su un fusto di birra in cantina a scolpire dei tappi di sughero col suo coltellino svizzero quando Frank gli ha chiesto di filare in cucina a dare una mano.

Ordine di Elmiger.

Il ragazzo non credeva ai suoi occhi, davanti a quei cinquanta chili di carne congelata. Pezzi duri come il granito, conservati in casse di zinco piene di lastre di ghiaccio. Dei soldati tedeschi e un ufficiale del servizio sanitario hanno ordinato al capocuoco di prepararli per la cena. Luciano alla fine ha capito che la Wehrmacht stava facendo degli esperimenti di congelamento dei viveri destinati al fronte orientale.

Il visconte è arrivato prima dell'apertura, anche lui congelato e bianco come un lenzuolo. Dopo essersi assicurato che Georges e Luciano non erano ancora arrivati, si è seduto al bancone. Aveva un'aria scombussolata. In un primo momento, Frank ha pensato all'imminente ritorno di Göring. A meno che Süss non avesse delle novità riguardanti il sudicio notaio a cui stanno sottraendo il business. Sono sei mesi che Frank teme di vederlo arrivare a reclamare ciò che gli è dovuto…

«Sono appena stato da Picasso» dice finalmente il visconte dopo avere ordinato un cognac.

Da una settimana, il vicedirettore non dorme quasi più. Deve preparare il ritorno del Reichsmarschall scovando a qualunque costo altre opere d'arte. Un Manet e un Velázquez sono già finiti nel lotto. E un paio di giorni fa, in una di quelle gallerie che organizzano ancora delle mostre clandestine, ha confiscato una tela di Utrillo.

Picasso si è fatto vedere di rado da quando sono arrivati i tedeschi. Alla fine ha accettato un incontro per il tramite di Jean Cocteau. Il maestro gli ha aperto, racconta Süss, avvolto in un giaccone beige di montone. Con quei suoi occhi rotondi, ha scrutato in silenzio il visitatore senza rispondere al saluto e «godendosi l'imbarazzo che provocava» precisa Süss, prima di dichiararsi lusingato di accogliere nella sua modesta dimora «il messo del Grande Guardaboschi»... Era ben consapevole dei motivi della visita di Süss nel suo atelier in rue des Grands-Augustins. «Faccia come a casa sua» ha detto l'artista spostandosi per lasciare entrare il visitatore, «dato che dappertutto, ormai, sembra essere casa vostra.»

«Mi sarebbe piaciuto avere la battuta pronta» aggiunge Süss, «se non altro per guadagnarmi un po' della sua stima. Ma non mi è venuto in mente nulla.»

Picasso si è subito eclissato.

«Mi sono ritrovato solo con le sue tele» prosegue Süss, e a quel punto... Potrebbe darmi dell'altro cognac? Una mezza dose, ho parecchio lavoro da sbrigare. È stata una rivelazione, Frank. Non so dire se fossi inquieto o meravigliato davanti alla forza della sua pittura. C'erano decine di quadri appesi alla parete, sovrapposti o ammassati, e tutto mi scoppiava in faccia. C'erano tutti gli orrori della guerra. L'alterazione delle forme, i volti decostruiti, la brutalità dei colori, qualcosa d'insostenibile. Ho capito perché quel ciccione di Göring non può visceralmente sopportare Picasso: in verità, lo teme, come si teme il diavolo.»

Per la «riserva di ostaggi» che il Reichsmarschall conserva al Jeu de Paume, Süss ha scelto due quadri: una donna sdraiata sul divano, una piccola tela che ha nascosto a casa sua, e un olio più grande raffigurante una donna che piange.

«Bisogna pur potersi arricchire mentre si viene in aiuto dell'umanità devastata che ho visto nelle opere di Picasso, no? Io... Oh, Georges, buonasera.»

Süss vuota il bicchiere e lascia che il personale proceda all'apertura del bar. Mentre si prepara ad accogliere in silenzio le altre eminenze grigie del collaborazionismo, Frank ripensa a ciò che ha appena ascoltato.

Chi avrebbe mai detto che pure il visconte poteva essere sfiorato dal dubbio?

Si direbbe che questo animale a sangue freddo adesso aspiri a conciliare affari e morale, ciò che potrebbe dare un po' di sollievo ai suoi molari doloranti. Ma qualcosa gli dice che non ha finito di digrignare i denti durante la notte...

3

4 marzo 1942

Un'ora intera di bombardamenti. Billancourt, Neuilly e Clamart sprofondate nel lutto e nel terrore. La guerra ha fatto il suo ingresso in città, ha picchiato duro e con insistenza. Gli inglesi hanno bombardato a tappeto gli stabilimenti della Renault durante la notte, causando seicento morti e millecinquecento feriti.

Una vera carneficina.

Quella sera, al bar del Ritz non si parla d'altro. I più mondani, sotto choc, si sono riuniti come per istinto. Il bisogno di parlare in un posto rassicurante e la stessa domanda sulla bocca di tutti: come mai i tedeschi hanno lasciato che gli aerei britannici arrivassero così vicino a Parigi?

«Magari la prossima volta toccherà a place Vendôme» dice Laura Corrigan con un perfido sorriso. «Dopotutto, sarebbe un bel bersaglio, no?»

«Stia zitta, non ci tiri addosso le disgrazie!» la rimbrotta Florence Gould esasperata. «Dev'esserci una spiegazione, ne parlerò con Speidel o con Jünger.»

Florence Gould si sistema la stola di seta marezzata e manda giù il fondo della sua coppa di champagne come si inghiotte un antidepressivo. Accanto a lei, Barbara Hutton resta in silenzio, non ha ancora toccato il suo brandy. Il volto sottile, aureolato da uno chignon biondo, è livido e assolutamente immobile. Somiglia a una statua di cera. Serge Lifar, invece, si è scolato due whisky giapponesi in dieci minuti e ne ha appena chiesto un terzo. Solo Guitry trova ancora la forza d'animo per nascondere lo smarrimento: «Miei cari amici, se la grande mietitrice decide di partecipare alla festa, i nostri nervi verranno sottoposti a una dura prova. Meglio pensare alla morte di mattina, perché la sera è davvero troppo triste...».

Frank osserva la dinamica della paura che si scatena sotto i suoi occhi. All'inizio della guerra, i più privilegiati si credevano al sicuro. Il denaro, le giuste frequentazioni, il lusso: non erano forse protetti da tutto? Ma le bombe sono un'altra cosa. Un ex combattente di trincea conosce questa pioggia di ferro e non la può dimenticare. Sa che un bombardamento è una lotteria. *Un colpo di sfortuna ed è tutto finito.* E quel fischio costante che può fare impazzire... A mezzogiorno, il maresciallo Pétain ha dichiarato alla radio che piangeva con Parigi. Al Ritz, nessuno si è commosso. *Cosa fa il suo governo per proteggere la città dai cannoni?* Se Charles Bedaux fosse qui, glielo chiederebbero di sicuro, ma se n'è andato ieri a Vichy, dove la sua nomina è «imminente» già da alcuni mesi...

La serata si trascina in varie discussioni quando, d'un tratto, risuona una voce che non si sentiva da più di sei anni.

«Signore e signori, buonasera!»

L'intero bar s'irrigidisce, come se le due donne che sono appena entrate fossero scese col paracadute da un aereo britannico.

Frank è il primo a riprendersi: «Miss Kharmayev, signora Auzello, benvenute».

Lily Kharmayev è tornata. Con lo chignon stretto sotto al berretto di lana infeltrita, è vestita da uomo – tailleur-pantalone blu, mocassini di pelle, camicia bianca e cravatta di velluto nero a pois. Con la sua aria di sfida e la sigaretta in bocca, somiglia a Marlene Dietrich. Accanto a lei, Blanche Auzello sfodera il suo sguardo d'acciaio. Il colorito di porcellana contrasta con il nero del suo tailleur sciancrato. È dall'inizio della guerra che Blanche non si mostra in pubblico.

«Buonasera, Frank» dice sorridendo. «Lily ci ha fatto la sorpresa di arrivare all'improvviso. Che gioia!»

«Assolutamente. Come sta, signorina Kharmayev?»

«Non lo so, Frank. Sto fra la disperazione e la rabbia, cosa mi suggerisce?»

«Ci vuole assolutamente un classico. Raccomanderei un Dry Martini.»

Alle spalle di Blanche e Lily il bar inizia a vuotarsi.

Tutti sanno che Lily Kharmayev è persona non grata. Beffarda, l'ex ballerina russa rivolge qualche saluto ai fuggitivi. Solo Guitry le risponde. Bacia perfino la mano a entrambe, ma anche lui preferisce andarsene.

«Vedo che nulla è cambiato qui» nota Lily Kharmayev divertita. «È sempre la vigliaccheria a vincere. Una bella sfilza di codardi al servizio del miglior offerente...»

«Adesso capisci perché non volevo venire da sola» dice Blanche.

«Capisco, mia cara. E lei, Frank? Non ha paura nel vedermi qui?»

I Martini sono pronti.

«Perché dovrei avere paura, signorina?»

«Perché la Vecchia verrà a sapere che sono venuta a bere qualcosa» dice Lily Kharmayev divertita. «Lei potrebbe avere dei guai per non avermi sbattuto fuori.»

«Per il momento, va tutto bene» risponde Frank tranquillo.

«Lei è un gentiluomo, Frank. Alla sua!»

Un gentiluomo che si caccia nei guai con le sue mani. Come potrebbe, la vedova Ritz, sopportare questo affronto? Se non mette la Kharmayev alla porta, è solo perché non può rifiutare nulla a Blanche. Ma resta vigile e fa un cenno a Luciano, che si apposta subito all'ingresso: se Süss o Elmiger arrivano di punto in bianco, non verrà preso alla sprovvista.

Nel frattempo, la Kharmayev si è scolata il Martini e il suo sguardo si perde nel vuoto. Di colpo, non c'è più nulla di provocatorio in lei.

«Visto che siamo fra noi, ne approfitto per ringraziarla di avere accettato di aiutare il signor Ruderman» aggiunge subito in tono grave. «Peccato che...»

Non finisce la frase.

Come tutti i parigini, Frank sa che diverse centinaia di notabili ebrei sono stati arrestati prima di Natale: Ruderman ha esitato e tardato troppo, è stato preso nella retata con altri magistrati in pensione.

«Sa del campo d'internamento di Compiègne?» gli domanda Blanche.

«Ne ho sentito parlare, sì.»

«Sono ebrei francesi, Frank. E le condizioni in cui vengono tenuti sono terribili! Raccontagli quello che sai, Lily.»

«Joachim Ruderman è riuscito a farmi avere una lettera. Rischia la vita per averla fatta uscire dal campo. Quello che mi scrive è spaventoso. Le baracche erano state previste per quindici persone, ma sono almeno in trenta. Dormono ammassati su lettiere di ferro e paglioricci infestati di parassiti. Le finestre hanno tutte i vetri rotti, giorno e notte vi soffia attraverso un vento gelido e molti si sono ammalati. Non viene praticamente distribuito da mangiare. I loro corpi sono scarnificati e coperti di piaghe a causa dei pidocchi. I lavandini sono immondi e di notte usano come orinatoi delle vasche di pietra. In tre mesi hanno avuto diritto solo a una doccia. Le bestie vengono trattate meglio...»

«Si rende conto, Frank?» esclama Blanche indignata. «E perché nessuno dice niente? Non parliamo del vostro Pétain... Eppure sono cittadini francesi, diamine!»

«Lo so, signora...»

Per il momento, Frank preferisce non pensare al Maresciallo. La sua ammirazione per quell'uomo vacilla sempre più. Si chiede soprattutto come abbia fatto Lily ad avere quella lettera, quando Süss assicura che perfino le famiglie ebree più fortunate lamentano di non avere notizie dei propri cari incarcerati a Compiègne,

Avrà una solida rete di gente che l'aiuta.

Da quando è tornata a Parigi?

E per quale motivo? Che Lily Kharmayev sia una bolscevica?

Domani tutto l'albergo saprà che le due donne stasera erano al bar. Sembrava tutto abbastanza tranquillo ed ecco che Blanche offre alla Vedova il pretesto per chiederne la testa. Frank pensa pure a Claude Auzello. Se i tedeschi tollerano i suoi umori corrucciati e le sue irritazioni patriottiche è perché lui e Blanche sono inoffensivi all'interno del Ritz. *Ma la Kharmayev è tutta un'altra storia.* Asciuga delle flûte Baccarat per occupare le mani e placare l'angoscia che gli sale in corpo.

«Ha avuto sentore di quella storia, Frank?» domanda Blanche.

«Chiedo scusa, signora, di quale storia parla?»

«Di Joan Fontaine e Olivia de Havilland. Sono sorelle, lo sapeva?»

«Lo ignoravo.»

Blanche continua, in tono confidenziale: «La settimana scorsa, a Los Angeles, erano entrambe in lizza per l'Oscar come migliore attrice. Joan Fontaine ha vinto la statuetta e ha ostentatamente rifiutato le congratulazioni della sorella. A Hollywood non si parla d'altro!».

«Blanche, la famiglia è una prigione» dichiara l'ex ballerina russa. «Bisogna trovare la forza di fuggirne, di rompere i legami.»

«Preferisco non pensarci, ho già abbastanza preoccupazioni» ribatte Blanche sospirando. «Povera Havilland. La vita è crudele. Comunque, è da tanto che non vado al cinema e mi manca. Pare che le sale siano strapiene. Siccome sono riscaldate, attirano un sacco di gente.»

«Andiamoci domani pomeriggio. Vorrei vedere *L'Âge d'or* con Elvira Popescu. Una commedia che distrugge i nuovi ricchi, così mi hanno detto.»

«Un film su di noi, in qualche modo...»

«Parrebbe. Frank, ci prepara un secondo giro?»

«Con piacere, signorina Kharmayev...»

Testimone impotente del fascino che Lily esercita sulla piccola Blanche Rubenstein divenuta Blanche Auzello, Frank prepara altri due Dry Marini. La sensibilità che si disgrega davanti alla sicurezza, la fragilità attratta dalla forza, la malinconia risucchiata nel profondo dell'anima.

Le osserva ridere entrambe, come se fossero ancora felici.

4

10 marzo 1942

Nell'anticamera della signora Ritz, Frank legge i giornali americani appoggiati su un tavolino di cristallo. Descrivono nei dettagli il processo che si celebra in quel preciso momento a Riom, a sud di Vichy. «Pétain vuol fare condannare i responsabili della disfatta». Davanti alla Corte suprema di giustizia sfilano Édouard Daladier, il generale Maurice Gamelin e Léon Blum. Il giornalista del «New York Times» riferisce che Blum è davvero brillante davanti ai giudici, al punto da rivoltare il pubblico contro il regime. L'ex presidente del Consiglio, grazie alla qualità della sua difesa e alla vibrante sincerità del suo patriottismo, fa sorgere dei dubbi sulle scelte politiche di Philippe Pétain.

La Vedova gli interrompe la lettura, è pronta a riceverlo. Turbato dall'ammirazione che il giornalista americano manifesta nei confronti di Blum, si alza e la raggiunge nel suo ufficio.

«Si accomodi, Frank. Vuole un cioccolatino?»

«No grazie, signora.»

«Dovrebbe assaggiarli, sono squisiti. Non ha una bella cera...»

Dall'inizio della guerra, l'incertezza è una delle più subdole fonti di esaurimento. Frank si era aspettato di essere convocato il giorno dopo la turbolenta visita di Lily Kharmayev, e invece non è successo nulla per un'intera settimana. Finché nel pomeriggio, subito prima dell'apertura, ecco che lo manda a chiamare urgentemente e lo accoglie con una cordialità che non gli ha più riservato dall'estate del 1936.

Questa donna è decisamente più brava di Churchill nel disorientare chi le sta intorno.

Frank affronta per primo l'argomento Kharmayev per dimostrare che non gioca a fare il finto tonto. Lei spazza via le sue spiegazioni con un cenno della mano.

«So perfettamente cosa è successo, Meier. Stia attento e vigili, mi fido di lei.»

La Vedova ha lo sguardo astuto e una punta di diffidenza nella voce.

Cosa sta succedendo?

«Ho saputo oggi pomeriggio da Fernand de Brinon che lo stato maggiore tedesco avrebbe scelto noi per il ricevimento che seguirà l'inaugurazione della mostra Breker, a metà maggio. Conosce Breker?»

«Un pittore...?»

«Suvvia, Meier, bisogna che si svaghi, ogni tanto. È un grandissimo scultore, uno straordinario scalpellino. Non si parlerà d'altro, in primavera! Presto lo vedrà al bar, si è installato qui da tre giorni. E mi piacerebbe che lei pensasse velocemente a un cocktail speciale per quel gala, una di quelle creazioni di cui lei solo conosce il segreto. Qualcosa d'inedito, capace di emozionare, come le opere di Breker.»

La Vedova gli mostra un opuscolo in cui sono riprodotte enormi sculture di uomini moderni in stile classico. Hanno lo sguardo fiero dei ragazzini, il ventre piatto e i bicipiti sporgenti dei giovani debosciati.

«César diceva sempre che non bisogna trascurare alcun dettaglio quando si vuole lasciare un'impronta nella memoria delle persone. Quindi, mi prepari due o tre ricette, verrò ad assaggiarle al bar. Diciamo che, per lei, sarà l'occasione di dare il suo contributo e di farci dimenticare la sua mansuetudine nei confronti di certe clienti...»

Felice e orgogliosa di organizzare quel ricevimento quanto di avere rimesso Frank al suo posto, si strofina le mani come un cardinale.

«A proposito delle nostre clienti» aggiunge, «sa che Gabrielle Chanel è finalmente riuscita a far liberare il suo piccolo André?»

In place Vendôme lo sanno tutti, ma Frank non vuole guastare il piacere alla Vedova.

«Aveva le lacrime agli occhi per la gioia. Voglio approfittarne per darle un'occasione di rilanciarsi, così magari ci regalerà una nuova collezione da far sfilare al Ritz, con tutto il tralalà! Potrebbe accennarne al suo amico Guitry, cosa ne pensa? Forse lui sarebbe in grado di convincerla a riprendere in mano il metro e le forbici...»

L'opportunismo di questa donna non ha limiti, è tutta qui la sua forza.

Frank ne parlerà a Guitry, sa di non avere scelta. Sa anche che Guitry si limiterà a una bella risata.

«Mi chiedo cosa la Chanel abbia dato ai tedeschi in cambio della liberazione del nipote...»

Al bar, negli ultimi giorni, gli ufficiali della Wehrmacht sostengono che Gabrielle Chanel abbia fatto un enorme favore a un importante gerarca nazista durante un recente viaggio a Berlino. Frank non ne sa di più, ma sospetta anche lui che il ritorno di André Palasse a Parigi non sia avvenuto gratuitamente. Marie-Louise non si trattiene e aggiunge: «Pensa che sarà così abile da togliere il suo profumo dalle mani dei fratelli Wertheimer?».

La cattiveria della Vedova lo fa ridacchiare suo malgrado.

Marie-Louise sorride a trentadue denti.

«Una risata di Frank Meier?! Be'... E dire che stamattina ho già avuto diritto a un sorriso di Claude Auzello. È decisamente una giornata da segnare sul calendario. Le dirò, ho trovato il modo di rendere ancora utile il mio ex direttore: Claude avrà in carico l'approvvigionamento della cucina. Quell'uomo straordinario sfrutterà la sua rete di agricoltori, grossisti di pesce, viticoltori, e via dicendo! Tutta la Francia lavora perché al Ritz non manchi niente.»

Frank capisce finalmente le ragioni della magnanimità della Vedova nei confronti di Lily Kharmayev.

Il barman si accende una sigaretta attraversando la Galleria delle Meraviglie. Ogni volta si rimprovera perché fuma troppo: il gusto e l'olfatto ne risentono, rovina il suo strumento di lavoro, ma senza tabacco gli sembrerebbe di impazzire. Per fortuna al Ritz può comprare quante sigarette vuole. Come fanno tutti quelli che, all'esterno, se le vedono razionare ormai da due anni?

E il prezzo del trinciato è aumentato ancora…

5

Frank sperava in un finale di serata tranquillo, ma verso le dieci arriva la sorpresa preannunciata dalla Vecchia: Arno Breker, con quella sua aria da intellettuale pretenzioso, accompagnato dalla moglie, una greca scura di capelli e longilinea, e da Ernst Jünger.

Abito tre pezzi scozzese di tweed, pochette immacolata e sguardo seduttore: la classe del capitano Jünger è innegabile. Accanto a lui, Breker sembra non avere altro da ostentare che la sua vanità. Frank ha lasciato a Luciano il compito di preparare i Bloody Mary. Ma lo scultore tedesco e sua moglie non esitano a rimandarli indietro. Esigono che siano preparati dal «barman in persona».

Odiosi.

L'ambiente, in compenso, è il più adatto a loro.

Breker, decisamente a suo agio, parla a voce sempre più alta. Evoca il fronte orientale e le voci di massacri di ebrei che si fanno sempre più insistenti. Jünger dice che «certi macellai in Ucraina e in Bielorussia avrebbero sterminato interi villaggi», poi racconta una strana storia. Dei soldati russi, agonizzanti in una foresta da ore, chiedevano aiuto. Una compagnia tedesca li trova e si appresta a farli prigionieri quando i russi aprono il fuoco proprio su quelli che avrebbero potuto alleviare le loro sofferenze.

«Un fatto che ci rivela come siamo passati allo stadio animale nel fare la guerra» conclude lo scrittore tedesco. «Quando è ferita, una bestia allo stato brado comincia sempre col mordere chi viene a portarle soccorso.»

Quando Frank si avvicina nuovamente al tavolo, qualche minuto dopo, Jünger è stranamente loquace. Sta raccontando ai coniugi Breker la serata che ha trascorso il giorno prima alla Comédie-Française, dov'era in scena *Le donne sapienti* di Molière. Frank sospetta che si stia rivolgendo anche a lui, come se volesse segretamente includerlo in una conversazione con persone che lo annoiano.

«Mi ha colpito vedere come l'intero pubblico, francese e tedesco, reagiva nello stesso modo alle arguzie di Molière. Ditemi» chiede rivolto ai Breker, «siamo davvero obbligati a odiarci?»

Breker e la moglie sono senza parole. Frank, da parte sua, sorride allo scrittore e silenziosamente lo ringrazia per avere ridato un po' di dignità a questa guerra.

6

6 aprile 1942

Ieri gli inglesi hanno distrutto uno stabilimento di lavorazione della gomma ad Asnières. Quanti morti? Nessuno lo sa: sui giornali si citano solo le perdite sovietiche sul fronte orientale, si promettono per l'estate borse della spesa più piene e si celebra la vittoria di Émile Idée sulla pista del Velodromo d'inverno. L'arzillo edicolante dell'Étoile ha lo sguardo triste. In ginocchio, Parigi guarda passare i militari tedeschi in licenza carichi di regali per le loro famiglie al di là del Reno.

È il suo giorno libero e Frank ha appuntamento al Bagatelle, dove Speidel l'ha invitato a cena. Con l'*Ausweis* in tasca e il posto di lavoro al Ritz, è al riparo dai guai, ma non dagli scrupoli. Che lo raggiungono all'altezza della porte Dauphine, quando pensa a tutti quelli che hanno la pancia vuota e vivono nella rassegnazione.

Se fossi in loro, troverei detestabile uno come me, medita, mentre il cielo si copre di nuvole. Eppure, quel posto al Ritz, lo deve solo a se stesso. I suoi privilegi se li è conquistati.

Speidel non ha niente di meglio da fare che invitare a cena il barman del Ritz? Certo, me l'aveva promesso nel 1940, ma è il genere di promesse che si mantengono quando tutte le notti minacciano di cadere le bombe?

Il maître del Bagatelle lo accoglie con calore. La sala è già piena e Speidel si è messo in fondo, in un'alcova. Quel posto è il luogo di ritrovo fisso del cinema francese. Vi si trova il fior fiore: Jacqueline Delubac, Fernand Gravey, Danielle Darrieux, Junie Astor, Viviane Romance, André Luguet, Suzy Delair, Pierre Fresnay. La clientela è più francese che al Ritz – si potrebbe quasi dimenticare l'Occupazione, se non fosse per quella tavolata di ufficiali della Wehrmacht che consumano una magnum di Pommery dopo l'altra. Speidel si alza in piedi quando lo vede entrare.

«Frank! Come sta?»

L'uniforme è impeccabile, come sempre, la mano è ferma e il sorriso garbato. Frank nota che si è rasato da poco – probabilmente è passato dal barbiere a fine giornata. Eppure, sotto questa patina di cortesia, il colonnello sembra preoccupato.

«Un sobrio champagne può essere di suo gradimento, Frank?»

«Certamente.»

Con aria solenne, il colonnello ordina una bottiglia di Krug 1911.

Il barman coglie il messaggio. L'annata accentua le emozioni, è la sua virtù. E il 1911 è una grande annata.

«Ha visto il doppio arcobaleno poco fa, quando ha smesso di piovere?» domanda Speidel. «Era sublime. Adesso senta questo.»

Estrae dalla tasca una busta, da cui tira fuori un fiore reciso.

«È un crocus del mio giardino a Mannheim. Sei giorni di viaggio chiuso in una busta e ancora esala il suo profumo di primavera.»

Frank se lo porta al naso.

Il colonnello ha ragione, c'è della magia in quel profumo ancora percepibile.

«Me lo ha mandato mia moglie. Temo che frequentare il capitano Jünger mi giochi dei brutti scherzi, ora faccio attenzione al profumo di lillà, sono sensibile al fruscio del vento fra i tigli del Ritz...»

Arriva la bottiglia di Krug del 1911. *A cosa vorrà brindare?* Sono due anni che il colonnello è a Parigi e Frank deve ammettere che Speidel gli ha reso notevolmente più facile la vita. Ha oliato certi ingranaggi, ammansito la Vedova e ridato slancio al bar; il lasciapassare senza restrizioni lo deve a Speidel. È diventato una specie di protettore – e senza mai chiedere nulla in cambio.

«Alla sua salute, Frank!»

«*Prost!*»

Croustade con le ostriche e costata di manzo Salers per Speidel, accompagnata da cuori di carciofo al sidro. Frank ha optato per le uova in camicia con asparagi e pilaf di granchio al curry. La tavolata di ufficiali si fa sempre più rumorosa, mentre quella del cinema francese finge di scoppiare a ridere e alza il bicchiere per partecipare alla festa. È un baccano ideale per le confidenze, nessuno potrà ascoltarli. Il colonnello afferra il bicchiere senza portarlo alle labbra.

«Mio caro, non la farò lunga, come dite. Lascio anch'io Parigi, mercoledì. Sono stato trasferito sul fronte orientale.»

È per questo, allora.

A Frank è passata la voglia di sorseggiare il suo Krug. Non prova né gioia né tristezza, ma un'irrefrenabile inquietudine si è impadronita di lui. In trincea, un rancio più abbondante annunciava l'imminente assalto, tanto che era impossibile godersi la fetta di lardo supplementare senza pensare al futuro bagno di sangue. Avrebbe dovuto immaginare che quello champagne millesimato era di cattivo augurio.

Al tavolo degli ufficiali hanno iniziato a cantare con brio, è il momento. Frank si butta: «Qual è il suo stato d'animo, colonnello?».

«Berlino ha intenzione di moltiplicare le esecuzioni di ostaggi civili in Francia. Lei sa cosa ne penso, ma lo sa anche il mio stato maggiore. È senz'altro questo il motivo del mio trasferimento in Russia.»

«Pensa che all'Est sarà diverso?»

«Ho finito per considerare questo imprevisto come un modo per confrontarmi con le vere ragioni di questa guerra. Dobbiamo rompere il fronte giudaico-bolscevico, amico mio, è il sacerdozio del nostro secolo.»

Lo pensa veramente?

Meier si limita ad annuire. Il colonnello continua: «Non lascio Parigi senza rimpianti, ma mi fa piacere andare a verificare sul fronte russo come stanno davvero le cose. Scaldarmi ancora una volta al fuoco del combattimento, dare un senso ai miei galloni. E figurare fra i liberatori».

«È la vocazione di un soldato» commenta Frank. «Ma, mi dica, colonnello, ha sentito certe voci su quel che succede nell'Est?»

«Voci... Si riferisce ai "grandi mattatoi"?»

«Sì.»

«Quindi è giunto anche alle sue orecchie...»

«Nel bar di un grande albergo si sentono cose di ogni genere.»

Speidel s'irrigidisce, è colto da un improvviso nervosismo. «Sono tutte frottole» dice. «Come si può credere che i nostri capi possano incoraggiare simili atrocità?»

7

8 aprile 1942

Ma dove diavolo è Luciano?

È stata una serata tranquilla e Frank lo cerca per chiedergli di asciugare qualche bicchiere e di lucidare il bancone prima di chiudere. Alla fine lo trova in cantina, di nuovo seduto a gambe incrociate su un fusto di birra di quercia, concentratissimo. Sorpreso, il ragazzo nasconde alla bell'e meglio il tappo di sughero che tiene nella mano sinistra e infila il coltellino sotto la coscia.

«Cosa stai combinando?»

«Niente.»

«Cosa nascondi?»

«Non è niente, gliel'ho detto.»

«Basta, Luciano! Fammi vedere la mano.»

Confuso, il giovane apre lentamente le dita. Frank afferra il tappo di champagne e, alla luce della lampadina, scopre stupefatto una caricatura del colonnello Speidel scolpita nel sughero. Luciano gli ha fatto una faccia da gufo, ravvivata da un paio di occhialini rotondi realizzati con il fil di ferro della gabbietta.

«Come se il nostro bar avesse bisogno di sciocchezze del genere! Vuoi la nostra rovina, sant'Iddio? Fammi vedere il tuo armadietto.»

Frank lo sospettava, il suo apprendista ci nasconde un'intera collezione. Otto von Stülpnagel come un bufalo, Ernst Jünger come una cavalletta, il tenente colonnello Soehring come un'antilope con le corna e Günther von Dicklage come un passero. Non crede ai suoi occhi e deve ammettere che la caricatura del capitano Jünger è di una somiglianza straordinaria: dietro quella cavalletta magrolina appare un esteta vagamente altero. Frank s'infila quel serraglio nella tasca della giacca.

«Adesso butto via tutto. Sei proprio uno stupido, te ne rendi conto?» Commosso all'improvviso dalla tristezza di Luciano, si raddolcisce: «Sai cosa potrebbe succedere se uno solo di quegli ufficiali scoprisse le tue prodezze? Hai del talento, non c'è dubbio, ma stai scherzando col fuoco!».

Il ragazzo si mette a piangere e lo ringrazia fra i singhiozzi. Frank lo prende per il collo con tenerezza e propone di andare a chiudere bottega. Luciano prende coraggio: «Signor Meier? Non ho mai osato chiederglielo, ma...».

«Ma cosa, figliolo?»

«Perché lei mi tiene con sé? Potrebbe fare a meno di me, basta Georges e le costerebbe meno...»

Imbarazzato, Frank sistema le bottiglie vuote in una cassa di legno. Luciano lo guarda.

«Ecco... sai che conosco tua madre da tanto tempo. Eravamo due giovani dipendenti di un albergo di lusso a New York. Un austriaco e un'italiana, entrambi un po' sperduti lontano da casa. Ci siamo confortati a vicenda come potevamo, Sofia è stata molto importante per me. Quando siamo tornati in Europa, ci siamo scritti tutti gli anni a Natale. Lei mi ha annunciato il suo matrimonio con tuo padre, a Livorno, un bel matrimonio. Ha potuto smettere di lavorare. Poi mi ha annunciato la tua nascita. Quando sono state votate le leggi razziali di Mussolini, più di tre anni fa, Sofia ha visto all'improvviso girare il vento. Aveva ragione. Non sapeva che futuro darti, allora mi ha scritto per chiedermi se potevo prenderti al Ritz come apprendista. Le ho risposto di sì. Ti tengo qui, Luciano, perché ho preso un impegno con tua madre. E poi mi sei diventato preziosissimo.»

Luciano pende dalle labbra di Frank. Riflette e azzarda: «Ma lei, signor Meier, è ebreo?».

«No.»

«Pensa che io sia in pericolo?»

«Finché resti con me, non rischi niente. Non dimenticare che il tuo passaporto ti protegge. Sei svizzero, come César Ritz, ecco la verità. Siamo d'accordo?»

Reprimendo le lacrime, guarda Luciano che svuota i posacenere e pensa a Jean-Jacques, all'amore che non ha mai saputo dargli.

Si sente qualcuno che fischietta. Incuriosito, il ragazzo dà un'occhiata in corridoio.

«Signor Meier...»

«Sì, Luciano.»

«Sta arrivando il capitano Jünger.»

«Accidenti! È solo?»

«Sì.»

«Presto, vieni al bancone.»

«Herr Meier, è troppo tardi per un ultimo bicchiere?»

«Ma la prego, capitano, è un piacere.»

Un piacere, e molto di più. Con la partenza del colonnello Speidel, coltivare delle buone relazioni con Jünger diventa una necessità.

«Ho cenato al Lapérouse con Cocteau e Drieu. Una cena molto ricca e mi sento pesante. Mi rimetto alle sue cure. Cosa bere per sciogliere tutto quel cibo e dormire come un ghiro?»

«Ho quello che fa per lei. Un calvados con delle scaglie di ghiaccio: il *trou normand*, non hanno mai inventato nulla di meglio.»

Frank Meier è stranamente intimidito, Jünger è uno dei pochi che il suo istinto di barman non è riuscito a capire bene. Si rende conto che ha sempre visto il capitano in compagnia di altri militari. È la prima volta che lo vede da solo. Porge lo scalpello per rompere il ghiaccio a Luciano, prende dallo scaffale un calvados Pays d'Auge e cerca di far fronte alla situazione.

«Allora» chiede, «come sta il buon vecchio Cocteau?»

«È di pessimo umore! Si irrita perché continuano a sabotare la rappresentazione delle sue commedie. Certi guastafeste liberano dei topi sotto le poltrone del pubblico, e così si diffonde il panico e più nessuno vuole andare a teatro.»

«Povero Cocteau, i parigini sono degli ingrati.»

«Cosa si può rimproverargli di più che a Guitry?» domanda Jünger.

«Non lo so, capitano. Le commedie di Guitry hanno un grande successo senza mai essere scombussolate da gente dispettosa. Guitry è popolare, ma non Cocteau, forse perché la gente si fa delle domande... sulle sue abitudini.»

Jünger prende il suo digestivo, si morde il labbro inferiore e gira leggermente la testa verso Luciano. Dietro al bancone, l'apprendista lo fissa intensamente rigirandosi il coltellino svizzero fra le dita. Frank gli lancia un'occhiataccia: *Non ti provare a scolpirlo in un tappo di sughero!*

Anche Jünger ha notato qualcosa. «Dove hai preso quel magnifico coltellino, ragazzo? Il manico è d'avorio, vero?»

«Sì, avorio di facocero. È un regalo di mia madre, signor capitano.»

«E dove sta tua madre?»

Maledetto coltellino.

«In Svizzera, signor capitano.»

Non avere paura, Luciano. Concentrati. Prendilo come un gioco.

«Sono tutti svizzeri in questo albergo» dice Jünger divertito. «E cosa fa in Svizzera?»

«È... lavora in una famiglia come domestica.»

«Quindi tu sei svizzero?»
«Sì.»
«E dove abita in quel bel paese?»
«A Losanna, signore.»
«Ah! Quindi parli tedesco.»
«Molto male. Sono nato e cresciuto a Lugano. Parlo italiano.»
«*Lugano, quella città e tanto bella!* E così tu sei venuto a Parigi?»
«Sì. Il signor Meier mi ha preso come apprendista tre anni fa.»
Jünger sorride e l'atmosfera all'improvviso si fa più serena.
«Sei fortunato, è un posto che vale molto.»
«Ogni giorno cerco di esserne all'altezza» risponde coraggiosamente Luciano.
Sai il fatto tuo, figliolo, bravo! Hai fatto onore al tuo passaporto falso.
«Tienitelo caro, quel coltellino» aggiunge Jünger. «Tua madre deve sapere che può salvarti la vita. Domani torno in Germania per andare a trovare mio figlio. Gli regalerò un coltellino come il tuo.»
Questa volta Frank non si trattiene: «Come sarebbe? Se ne va anche lei?».
Jünger sorride.
«Una semplice licenza per passare un po' di tempo con la mia famiglia. Mia moglie mi manca.»
«Questo mi tranquillizza.»
«Sarò di ritorno a Parigi fra tre settimane. Adesso sarà bene che vada a dormire, ho un treno che parte dalla Gare de l'Est domattina all'alba.»
«Buonanotte, Herr Jünger. E buon viaggio.»
Lo charme del capitano è come il Darjeeling in infusione nell'acqua bollente.
Che parole avrebbe usato Fitzgerald per descriverlo?

Sa chi è Fitzgerald? Ha guardato il suo ritratto appeso alla parete.

L'istinto l'ha spinto a tacere per evitare ogni imbarazzo? No, non è questione d'istinto. Semmai di deduzione...

«Luciano! Vorrei che tu scoprissi l'indirizzo di Jünger in Germania. Trovamelo in fretta, gli faremo avere una bottiglia di calvados mentre è in licenza. Ah! E datti da fare per sapere quando è nato, mi interessa anche questo.»

«Me ne occupo subito domani mattina, signor Meier.»

«Adesso fila a letto, è tardi. Buonanotte, Luciano.»

In uno slancio che non può trattenere, lascia che la sua mano sfiori teneramente i capelli di quel ragazzo dall'animo fiducioso. Ha tutte le qualità per diventare un grande barman – e un uomo onesto, anche in mezzo ai soldati tedeschi.

Metticela tutta, figliolo, e sarai in grado di nuotare fra i pescecani, pensa mentre lo guarda uscire dal bar, con la giacca in mano. Un'onda di orgoglio lo invade.

Sono quasi le undici, Frank Meier è sfinito. Sospira al pensiero della mezz'ora di cammino che lo aspetta prima di arrivare a casa. Domattina ha appuntamento al Café de la Paix alle sette per recuperare dei documenti falsi. Decide così di restare a dormire lì, dietro il bancone. Sistemando il suo materasso di fortuna, pensa a Luciano, alle famiglie ebree. E a se stesso, al denaro che guadagnerà anche stavolta. L'intrigo va avanti ormai da sei mesi e ha già messo insieme una discreta somma. Un gruzzoletto di cui non ha bisogno, d'altra parte, ma che gli dà sicurezza.

Se un giorno fossi costretto a fuggire, non una banconota sarebbe di troppo.

Frank non ha imparato a vivere sui libri, come Ernst Jünger, ma ecco una cosa che gli hanno insegnato i romanzi polizieschi: una fuga costa cara.

8

6 maggio 1942

Il visconte ha preavvertito che sarebbe arrivato tardi. «Una faccenda da sistemare» ha detto. Il bar è chiuso e, nell'attesa, Frank dà un'occhiata all'ultima edizione di «Paris-soir». L'esercito giapponese pare trionfare, l'aviazione tedesca bombarda di nuovo le coste inglesi, Hitler e Mussolini si sono incontrati a Salisburgo per riaffermare la fratellanza delle potenze dell'Asse... Le pubblicità decantano le virtù di certe ciprie per ridare colorito al volto, di certi «antianemici» e altri prodotti zuccherati per i bambini. Frank è arrivato alla pagina dello sport.

Ah, ecco finalmente quel dannato di un Süss.

Il visconte indossa un impermeabile beige con la cintura, elegante ma coperto di polvere e di tele di ragno. Le scarpe di vernice sono inzaccherate: Frank non l'ha mai visto ridotto così. Süss si toglie l'impermeabile e prova a spolverarlo, ma capisce subito che è fatica sprecata.

Da dove arriva?

Frank non fa domande.

Süss appende l'impermeabile a un gancio fissato sotto il bancone. «Come è andata la riunione con la signora Ritz?» domanda poi in tono vagamente sarcastico.

Poco prima, nel corso del pomeriggio, Frank ha fatto assaggiare alla Vedova tre cocktail elaborati in previsione della serata per l'inaugurazione della mostra di Breker. C'era anche Elmiger; Bedaux si è imbucato, felice come un bambino. Con la nomina di Pierre Laval a metà aprile, è venuto il suo momento e non ha smesso di sproloquiare sulla missione che Pétain ha assegnato al nuovo presidente del Consiglio. «Procediamo mano nella mano con Hitler, è l'avvenire della Francia» ripete come una scimmia. La stessa manfrina che si legge sulle prime pagine dei giornali, dove si assicura che la salvezza della Francia non può che passare dalla Nuova Europa, *quella dei crucchi!*

«E cosa ne dice il signor Elmiger?» domanda Süss.

«La lascio immaginare...»

I due sanno molto bene che il direttore non approva quella serata. Lo stile del Ritz è caratterizzato dalla discrezione, ed ecco che quel ricevimento catapulta l'albergo nel firmamento della pacchianeria.

Frank si era preparato: aveva portato un cocktail un po' troppo d'avanguardia, un altro decisamente classico e, fra i due, il Siegfried: acquavite, succo di limone, zucchero di canna e una lacrima di Cointreau. La vedova Ritz avrebbe potuto sceglierlo anche solo per il nome. Ha proposto a Elmiger di assaggiarlo, ma il direttore si è rifiutato: «Mai bere liquori in servizio». L'anziana signora ha scrollato le spalle e, irritata, ha alzato gli occhi al cielo con un lungo sospiro di disprezzo.

«Il loro rapporto somiglia ogni giorno di più a quello di un figlio primogenito che non vuole sottostare ai capricci della madre» commenta Süss divertito.

Frank annuisce e sorride. La crescente complicità che li unisce riempie un po' il vuoto lasciato da Speidel e Jünger. Süss posa il suo bicchiere di cognac e infila una mano nella tasca interna dell'impermeabile, estraendone una grossa busta: il compenso di Frank per le ultime settimane. Gliela porge sopra il bancone ma non la molla, quando Frank fa per prenderla, e lo guarda fisso negli occhi.

«Renderanno obbligatoria la stella gialla per gli ebrei. Se ne parla da tempo… ma questa volta la voce sta per diventare realtà: le ss hanno ordinato la stoffa. Tutto questo farà crescere i nostri affari. Dobbiamo tenerci pronti ad accelerare il ritmo.»

Frank annuisce.

«Tutte le grandi famiglie ebree cercheranno di fuggire dalla zona occupata prima della fine del mese. Sono disposte a pagare una fortuna per procurarsi dei documenti falsi. Ha mai sentito parlare di Carl Oberg?»

«Vagamente.»

«Viene a Parigi per dare la caccia alle organizzazioni partigiane. E agli ebrei. È un vero mastino. Un fedele di Heydrich, della peggior specie. Li vedrà entrambi dopodomani, saranno al ricevimento di Breker. Mi creda, Frank, a confronto con quei due, quel ciccione di Göring potrebbe passare per un simpatico fanfarone. Gli ebrei hanno tutto l'interesse a sbrigarsi.»

A Frank corre un brivido lungo la schiena. Si rende conto che, dopo la partenza di Stülpnagel, il suo bar non è più il centro di indiscrezioni che era all'inizio dell'Occupazione. Il cugino che l'ha sostituito ha preso servizio da due mesi e non è ancora sceso a bere un bicchiere. Nemmeno Göring si è più fatto vedere, eppure Frank sa che è tornato dal fronte russo, gliel'ha detto proprio Süss.

Il visconte fa una pausa, poi riprende: «Mi crede se le dico che un tunnel collega i sotterranei del Ritz con quelli del Jeu de Paume?».

I passaggi segreti, roba che si trova solo nei romanzi. Eppure, questo spiegherebbe la polvere sull'impermeabile e le scarpe inzaccherate.

«Quel sotterraneo risale alla costruzione dell'edificio nel giardino delle Tuileries» spiega Süss.

«Come l'ha saputo?»

Il visconte si avvicina, come se temesse di essere ascoltato.

«Da quando Göring mi obbliga a frequentare il Jeu de

Paume, sono diventato intimo di una conservatrice del museo. Mi ha spiegato che Napoleone III desiderava un accesso discreto per raggiungere la contessa di Castiglione all'Hôtel de Gramont, l'antenato del Ritz. Per questo ha fatto scavare una galleria sotto rue de Rivoli, fino a place Vendôme. Proprio oggi, a fine giornata, mi sono fatto rinchiudere nel magazzino di Göring con la complicità di una dipendente del museo.»

«Ma quindi, dove sbocca quel tunnel?» domanda Frank.

«In cantina, dove sono depositati i bagagli e i bauli che l'albergo conserva per lunghi periodi. Si accede al sotterraneo da una porta di quercia nascosta dietro una colonna di pietra, nella quale è inserita una piccola scala a chiocciola. Le acque della Senna rendono quella galleria umida e fetida, ma è assolutamente praticabile. Ci ho incontrato qualche topo ma, munito di una lampada a olio, ne sono uscito senza problemi. Meier, in caso di necessità, si può scappare da quel tunnel.»

«Per quale necessità?»

«Non capita spesso un'urgenza in guerra? Sa, in passato c'è chi mi ha aiutato. Ora tocca a me aiutare gli altri a venir fuori dalla tenebra.»

Il suo tono sincero colpisce Frank. Süss sembra sfinito sia dalla solitudine che dall'angoscia. Frank arde dal desiderio di porgli *la* domanda, ma teme che Süss gliela rigiri.

Nessuno deve sapere, è la regola fondamentale.

Il silenzio è calato intorno al bancone. Poi il visconte riprende: «Sa che Lafont conta di diventare aiutante di Oberg? Ho saputo ieri che quell'imbroglione ha offerto i suoi servigi alle SS per dare la caccia agli ebrei, tanto per accaparrarsi una parte del bottino. Con quel pazzo furioso in giro, il gioco diventa molto pericoloso. Ecco perché le ho parlato di quel sotterraneo».

Frank si chiede se non sarebbe più prudente fermarsi, ma sa anche che è troppo tardi.

9

14 maggio 1942

Branzino à la princesse, filetto di manzo in salsa finanziera, pollastra Mireille e bomba gelato Coppélia.

Ma si rendono conto che i parigini muoiono di fame?

Sono le dieci di sera, gli invitati al ricevimento in onore di Breker sono rifluiti verso i tavoli del ristorante e Frank ora aspetta l'assalto degli abbonati dell'ammazzacaffè.

Saranno numerosi e ubriachi. Stasera si sente invecchiato di dieci anni.

Georges se ne sta appoggiato al bancone, sigaretta in bocca e sorriso sulle labbra.

«Allora, hai visto che Pétain aveva ragione?» dice in tono sentenzioso. «Il Vecchio ha mantenuto la promessa.»

«Cosa vuoi dire?» chiede Frank sospirando.

«La vita è più giusta di prima. Pétain ha realizzato le pari opportunità. Ogni francese può dimostrare la sua capacità di mettersi al servizio del paese.»

«Mi prendi in giro?»

Georges si avvicina al suo principale e aggiunge a bassa voce: «Guarda stasera: tutti quelli che sono qui se lo meritano. Non sono qui per privilegio di nascita, sono qui perché hanno dimostrato il loro valore. Ci somigliano e ci riconoscono, hai visto che mance ci lasciano? Non ne avevi mai viste di simili, vero, Frank? Non sono degli ingrati come i tuoi borghesi del vecchio mondo...».

Frank inarca le sopracciglia. «I tuoi borghesi»: sempre quella mania di collocare le persone in due campi distinti. Preferisce non rispondere.

«Be', non dici più niente? Non puoi negare che il mondo di prima fosse marcio fino al midollo. Bisogna ricostruire la Francia, vecchio mio! Oh, e poi mi sfinisci con i tuoi silenzi! Esco a prendere una boccata d'aria.»

L'atmosfera è carica di elettricità. Elmiger è venuto pochi minuti fa a ordinare un bicchiere di Saint Raphaël. Livido in volto, ha sussurrato all'orecchio di Frank che non controlla più la situazione. Stasera l'albergo è pieno di gente, si battono i tacchi, si parla, si scoppia a ridere in tedesco, in francese o in italiano. La vedova Ritz passa con disinvoltura da una lingua all'altra, assapora la sua resurrezione. In abito lungo di velluto rosso, regna come una leonessa e porta in giro, da un gruppo all'altro, la sua criniera argentata. Svolazza, si congratula ma sta attenta a non toccare nessuno, tiene le dovute distanze. Un trionfo. In quel gala stravagante si incrociano individui d'ogni genere: ricchi malviventi in tre pezzi gessato, con il sigaro in bocca; donne di mondo col cappello e il profumo di Lanvin; cani nazisti in uniforme da cerimonia e finto monocolo; politici francesi in smoking stretto e imbrillantinati; stelline del cinema le cui risate scuotono le collane di diamanti; colonnelli della Wehrmacht attratti dalle cortigiane dal seno generoso, per finire con le star della serata, i coniugi Breker accanto all'illustre Reinhard Heydrich, il capobranco. Il vizio in parata con il patrocinio del Führer, il Reich all'apice della sua potenza, festeggiato in place Vendôme.

Ironia della sorte, la serata si è svolta di giovedì. Frank Meier ripensa al suo defunto club di esteti: si nutrivano dello spirito del luogo ma al tempo stesso portavano la loro intelligenza e la loro impertinenza. Quelli che ne hanno preso il posto stasera odiano proprio quello spirito.

I tuoi borghesi... e dove sono?

Dal 1940, la borghesia illuminata non ha potuto evitare il baratro. L'integrità e l'onore hanno impedito a qualcuno di soccombere alle tentazioni della cloaca di Vichy, ma sono pochi e reclusi o esiliati, non li si sente più. Quanto agli altri, guidati dall'opportunismo e soprattutto dal timore di perdere i propri privilegi, si sono adattati alle esigenze dei nuovi tempi.

La borghesia francese ha fallito, è crollata.

In un altro momento, tornato dalla trincea, Frank pensava, come Georges, che tutti quelli che vivevano di rendita avevano mostrato solo disprezzo per i sacrifici dei soldati al fronte. Quegli imboscati avevano approfittato della guerra per arricchirsi. Dopo vent'anni dietro al bancone, Frank Meier ha imparato a cogliere altre sfumature nel regno dei privilegiati. Il borghese in esilio, che è stato declassato. Il borghese cattolico, preoccupato di onorare il suo dovere di essere caritatevole. Il borghese colto, guidato dalla sua cattiva coscienza. E infine il borghese socialista, innamorato di un ideale di giustizia.

In fin dei conti, i miei borghesi lottavano innanzitutto contro se stessi.

Ora, non resta che il chiasso ininterrotto degli sciacalli. I vandali hanno saccheggiato tutto, era quello che si prefiggevano. Dare vita a un ordine nuovo: la selezione naturale. La legge del più forte.

Ma cosa fanno a Vichy, dopo due anni, per alleviare le sofferenze del popolo francese? Pétain aveva promesso di riportare a casa i prigionieri: quei poveretti tornano col contagocce.

Come colpo di grazia, Frank ha anche ricevuto, prima di cena, le congratulazioni delle guardie del corpo di Philippe Pétain: l'ambasciatore Brinon, il ministro Bonnard e perfino Pierre Laval. *Buoni amici di Marie-Louise Ritz, ovviamen-*

te. Claude e Blanche Auzello erano seduti fra Bedaux e due giornalisti francesi conquistati alla causa nazista. Impossibile declinare l'invito senza offendere la Vedova e mettersi in pericolo. Due fantasmi del mondo di ieri presi nella trappola del carnevale degli avvoltoi. Povera Blanche, pensa Frank, dev'essere sull'orlo di una crisi di nervi. Quanto a Claude...

«Signor Meier!» grida all'improvviso Luciano. «Credo sia arrivato il nuovo generale von Stülpnagel.»

«Da solo?»

«Sì.»

Il cugino si fa finalmente vedere.

«Guten Abend, Herr Meier.»

Quindi sa come mi chiamo.

«Buonasera, generale.»

«Sono scappato da quella cena interminabile, detesto quando si tira in lungo. Ho preso un po' di vantaggio sulla via del cognac.»

«Lei è un fine stratega. Louis XIII o Rémy Martin?»

«Lascio decidere a lei.»

Speidel aveva ragione, pensa Frank prendendo un bicchiere da cognac. Più affabile del cugino, Carl-Heinrich von Stülpnagel non manca di fascino. Ha gli occhi di un verde scuro molto raro, punteggiato di macchioline blu. Baffi biondi, probabilmente ha la stessa età di Frank. Forse è di poco più giovane. Ma più atletico, ovviamente. Frank ha notato che tiene appeso alla cintura dell'uniforme da cerimonia un bastone animato in serpentina africana, il cui pomolo di corna di bufalo è sormontato da una piastrina d'avorio con inciso uno stemma. Un oggetto magnifico.

«Sarei dovuto venire a trovarla prima, caro amico. Sa che, nelle sue lettere, mio cugino mi parlava del suo bar? Lo immaginavo più grande, invece è piccolino...»

«Suo cugino dev'essere stato fin troppo generoso nei nostri confronti, generale.»

«Non è la grandezza della chiesa che conta, ma il carisma del prete e come celebra l'eucaristia.»

Frank sorride.

«Diciamo che lo shaker è il mio ciborio e il gin il mio olio.»

«Ah? Dimentica il cognac, quindi. Provveda al rito, mi faccia vedere.»

Il generale è leggermente ubriaco ma una luce nuova è comparsa nei suoi occhi appannati. Da quanto tempo Frank non si sente così a suo agio nel ruolo di barman? Forse perché gli sembra di avere finalmente un partner di gioco degno di lui.

«Sa che tutti gli ufficiali della Wehrmacht, dovunque si trovino in Europa, sognano di venire a scoprire la sua tana? Come dicono: un'oasi di pace, mentre fuori si moltiplicano gli attentati...»

Una sirena assordante lo interrompe nel bel mezzo della frase. Un attacco aereo. Stülpnagel si lascia sfuggire un gesto di fastidio.

«Sono desolato, generale, ma il regolamento mi impone di chiudere il bar.»

«Che vadano al diavolo, maledetti inglesi! Mi serve un goccio di cognac, me lo berrò in cantina.»

«Certo, generale. Ecco.»

«Buonanotte, signor Meier. Tornerò, glielo prometto.»

Frank lo ringrazia con gli occhi e ordina a Luciano di accompagnarlo nel rifugio.

«Vacci anche tu, Georges. Vi raggiungo subito.»

Georges risponde con un sorriso vagamente beffardo.

«Peccato, era cominciata bene.»

«Lasciami in pace, d'accordo? E sbrigati a scendere con gli altri.»

«Ai suoi ordini, capo...»

Frank resta in piedi dietro al bancone. Sente l'eco del panico che si è impadronito dell'albergo e chiude gli occhi per un istante. Nei corridoi e sulle scale corrono tutti. Terrorizzati, gli invitati scappano a gran velocità, non c'è spazio per tutti in cantina – sente le grida di paura e di rabbia, degli ordini urlati in tedesco. Le sirene strillano sempre più forte, in lontananza tuonano gli Spitfire.

La Vedova non aveva certo previsto un simile fuoco d'artificio al momento del dessert!

«Ha bisogno di una mano, Frank?»

«Oh, signora Auzello! Mi ha fatto paura...»

Blanche gli è comparsa davanti all'improvviso. Indossa un abito nero con i volant e dei lunghi guanti di raso. Il suo volto è coperto da una veletta, come se stasera avesse scelto di portare il lutto per il mondo che ha amato. Dietro la veletta, è più pallida del solito.

«Ne succedono di cose nella hall! Si vedono brutte facce quando cadono le maschere. Dovrebbe vedere Gabrielle Chanel! È in preda al panico, con la governante che le porta la maschera antigas su un cuscino di seta, si vorrebbe...»

«Non mi sorprende. Ma lei dovrebbe già essersi messa al riparo, non è...»

«Le spiacerebbe darmi qualcosa da bere?» lo interrompe Blanche.

Frank nota nel suo sguardo un'intensità che non vedeva da tempo.

«Io... devo chiudere, signora.»

«A meno che decida di non farlo» dice Blanche con spavalderia. «Ha forse paura, signor Meier?»

«No» risponde il barman senza toglierle gli occhi di dosso.

«Allora, cosa ne direbbe di condividere una coppa di champagne con me, sotto le bombe?»

In quell'istante Frank si rende conto del potere che Blanche esercita su di lui. Sente come quella situazione pericolosa acuisce il suo desiderio. Lei e lui soli, in un mondo che crolla.

Il bar è illuminato soltanto dalla fievole veilleuse sotto al bancone. Frank scruta Blanche nella penombra, è più bella e più conturbante che mai. *Questa donna è davvero straordinaria.*

«Ha perso suo marito?»

«Claude è sceso in cantina.»

«Non viene mai qui. Non lo vedo più. Come sta?»

«Dipende dai giorni. Morde il freno.»

«Mi hanno detto che si occupa dell'approvvigionamento.»

«Investe le sue energie nella frutta e nella verdura» ribatte lei in tono ironico. «Claude passa tutto il suo tempo al telefono a fare ordini. La vecchia Ritz gliene è molto riconoscente. Ieri l'ha anche invitato a bere un tè nei suoi appartamenti, ci crede?»

«Non si sa mai cosa aspettarsi da quella donna. Si viene sempre presi in contropiede, è la regola.»

«Il potere del principe, lei lo sa esercitare, è l'unico talento che ha. Dice tutto e il contrario di tutto, così più nessuno sa qual è la verità e tutti smettono di fidarsi. È così che diventa autorevole.»

«Ha ragione. Un Pol Roger?»

«Perfetto, grazie Frank. Alla sua.»

«Alla sua salute, signora.»

Osserva le labbra carminio di Blanche che sfiorano la coppa di champagne.

Cosa mi impedisce di confessarle cosa sento per lei da tanto tempo? È pudore o una stima eccessiva di sé? Più probabile che sia il terrore della disillusione. Ma stasera… solo con lei in quel bar vuoto, sotto la minaccia delle bombe inglesi, sente crescere in corpo un coraggio sconosciuto.

«Devo chiederle una cosa importante, Frank.»

Di colpo Frank capisce di essersi sbagliato, ancora una volta.

Blanche scenderà mai al bar per chiedergli altro che un favore?

«Ho accettato di nascondere un aviatore inglese nel sottotetto.»

«Nel sottotetto? Del Ritz? Ma signora, andiamo, è una follia!»

«Il suo aereo è stato abbattuto vicino ad Asnières, quel poveretto era ferito a una gamba. Non sapendo che fare, Lily mi ha chiesto di dargli alloggio. L'abbiamo fatto entrare di notte da rue Cambon... Avevo un'alternativa, secondo lei? Dovevo lasciare la mia amica e quel poveretto nelle mani dei nazisti?»

«No, ma lei ha preferito nasconderlo proprio in mezzo a loro!»

«Non si arrabbi, Frank, la prego! Quel pilota sta meglio, adesso bisogna aiutarlo a uscire dalla città. Mi servono dei documenti falsi.»

«Oh, signora...»

Segue un pesante silenzio. Frank non riesce a credere a ciò che gli è appena stato detto.

«Mi versi dell'altro champagne, sono un po' agitata.»

«Quel tizio, è su di sopra?»

«Sì, nel controsoffitto di una stanza per la servitù. Mi aiuti, la prego!»

Blanche allunga una mano guantata verso quella di Frank, che indietreggia impercettibilmente.

«Chi ne è al corrente?»

«Lily e io, nessun altro. E ora lei.»

«Mio Dio...»

«Mi vuole aiutare, sì o no?»

Frank riflette per un istante. Non può rifiutarle nulla, ne è consapevole.

«Mi dia due giorni di tempo. Ma l'avverto, è l'ultima volta. Se qualcuno la denuncia, verrà fucilata! E io con lei!»

Frank vorrebbe almeno che Blanche avesse coscienza del rischio insensato che fa correre a entrambi. *Vuole fare l'eroina, ma in questo albergo si viene sempre a sapere tutto!* Quanto tempo occorrerà alle cameriere per capire che dormono vicino a un inglese? Quanto perché poi una di loro lo denunci?

«Bisogna fare in fretta, signora. Ha una fotografia?»
«Sì, certo. Eccola. L'aveva con sé.»
«Parla francese?»
«No, neanche una parola.»
«Gli procurerò un passaporto svedese. Quelli se la cavano egregiamente con l'inglese. Torni da me domenica sera. E adesso silenzio, sta arrivando qualcuno.»
In effetti si odono dei rumori. Il Ritz riprende vita come un cuore ricomincia a battere. Il volto di Luciano compare nello spiraglio della porta.
«Era un falso allarme, signor Meier. Non l'ho trovata in cantina e così sono venuto ad avvertirla. Nessun bombardamento per stasera, tutti gli invitati battono in ritirata da place Vendôme, è un casino inenarrabile. La signora Ritz è salita nei suoi appartamenti. A mio parere, lei può tornare a casa.»
«Grazie, ragazzo mio. Va a dormire anche tu. A domani.»
Richiude la porta. Blanche si era nascosta dietro al bancone e si rialza. Scoppia a ridere.
«Brindo alla morte che incombe su di noi e all'ironia della sorte, mio caro Frank!»
Chi potrebbe resistere alla sua aria ribelle e al suo sguardo beffardo? Eccola vicinissima a lui dietro il *suo* bancone. Il lampadario in corridoio proietta sul suo volto pallido l'ombra della veletta. Quello champagne ha il sapore di un bacio che brucia e che lui non oserà mai rubarle.

10

14 luglio 1942

Sono trascorsi due mesi e non è morto nessuno – perlomeno, non al Ritz. L'aviatore inglese è stato portato fuori, ma Fersen ha fatto sapere che non potrà sempre intervenire così d'urgenza. Come aveva previsto Süss, la richiesta di documenti falsi cresce di giorno in giorno: dal mese di giugno, gli ebrei devono avere la stella gialla.

Sul fronte russo, la Wehrmacht avanza di nuovo col favore dell'estate; più a sud, a Bir Hachéim, il generale Rommel ha sopraffatto i soldati francesi e si è impadronito di Tobruch. A Frank ogni tanto capita di augurarsi che la Germania vinca la guerra.

Che finisca una buona volta questa dannata incertezza!

Il barman è sfinito. Lui che non può confidarsi con nessuno è quasi pentito di avere divorziato. Non sa nemmeno dove si trovi Maria, non ha più alcun contatto con lei. Può dirsi fortunato di avere ricevuto una lettera di Jean-Jacques, gli ha fatto piacere – per un attimo ha ingannato la solitudine. Suo figlio gli ha comunicato l'arrivo della cugina Pauline, che l'ha raggiunto a Nizza. Abitano nello stesso appartamento e si aiutano a vicenda.

Per la seconda volta, al Ritz è stato proibito di celebrare il

14 luglio. Le bandierine tricolori di raso dormono da tre anni in scatole di cartone. Quel 14 luglio a mezz'asta non impedisce che il bar di Frank sia pieno. Barbara Hutton inaugura una nuova collana lunga fino in vita. Le sue perle sono di una grandezza considerevole. *Quella donna è sempre più magra. Troppo. Fa paura.* Accanto a lei, Laura Corrigan canticchia col suo accento newyorkese *Mon amant de Saint-Jean*, l'ultimo successo di Lucienne Delyle. Appoggiandosi con i gomiti al bancone, Charles Bedaux si è armato di uno stuzzicadenti e cerca invano di infilzare l'oliva del suo Dry Martini, come quel ministero che non è ancora riuscito a ottenere. Dispettoso, Guitry fischietta in sordina la Marsigliese mentre si pulisce gli occhiali. La sua commedia *N'écoutez pas, mesdames!* sta avendo un enorme successo alla Madeleine. Al tavolo dietro al suo, due giovani ufficiali tedeschi appena arrivati giocano a backgammon e ridono come bambini. Sola a un altro tavolo, Florence Gould scrive da più di un'ora – *una lettera a suo marito o al capitano Jünger?* Serge Lifar e Jacques Benoist-Méchin discutono della decadenza repubblicana e del degrado morale. Il giornalista brinda alla salute del Maresciallo, Bedaux annuisce. Cocteau scarabocchia su un taccuino, mentre Jean Marais e Marie Laurencin, ilari e di una bellezza mozzafiato, si divertono a indovinare cosa sta disegnando il loro mentore. Le loro risate sembrano esasperare l'anziano comandante della Wehrmacht, che sorseggia una coppa di Veuve Clicquot in fondo al bar. Cranio pelato e liscio, è la terza volta che viene questa settimana, senza mai parlare con nessuno. Frank è certo che ascolta tutto ciò che viene detto.

Non lontano, Gabrielle Chanel è seduta a un tavolo con il suo tenente in uniforme e una giovane donna, che Frank non conosce. *Una strana bambola truccata.* Una bruna dalla pelle chiara e dai lineamenti delicati, col naso aquilino e gli occhi scintillanti. Sulle sue ginocchia troneggia un gatto certosino dagli occhi ramati che lei accarezza lentamente. Frank drizza le orecchie e coglie un vago accento tedesco nel suo francese impeccabile. Racconta di essere andata a vedere la mostra di Breker nel pomeriggio e riferisce divertita dello scherzo che Josée de Chambrun ha fatto a un gruppo di persone che aveva invitato a casa sua martedì sera. La figlia di Pierre Laval ha detto agli invitati che Arno Breker le aveva «regalato una sua opera», facendo entrare in sala un atleta, nudo come un verme. Gabrielle Chanel scoppia a ridere. La donna col gatto in grembo gli lancia uno sguardo insistito.

È la seconda volta. Ma chi è questa donna?

Non potrà scoprirlo, il telefono del bar ha iniziato a squillare e Luciano gli fa segno di avvicinarsi.

«Il direttore vuole vederla nel suo ufficio, adesso.»

«Chiudiamo fra meno di un'ora. Digli che passerò da lui subito dopo.»

«Signor Meier, insiste. Vuole vederla immediatamente, dice che è urgente.»

Cosa ci sarà mai di tanto urgente a questo punto? È da un pezzo che Elmiger cammina sul filo del rasoio, ha esaurito la pazienza e vede pericoli in ogni dove.

«Entri!» grida il direttore quando Frank bussa alla porta.

Il nipote del barone Pfyffer è livido in volto. Ha una sigaretta in bocca, mentre un'altra si consuma lentamente nel posacenere.

«Si sieda, Frank» dice, indicando una poltrona davanti a lui.

Stavolta siamo nei guai.

«Cosa succede?»

«Blanche Auzello è stata arrestata dalla polizia tedesca.»

A Frank crolla il terreno sotto i piedi.

«Era con la Kharmayev» prosegue Elmiger. «Sono andate a cena da Maxim's. Hanno ordinato champagne e scampi. Il cameriere ha detto che erano finiti. Dieci minuti dopo, un colonnello tedesco si è visto servire un vassoio di frutti di mare pieno di scampi. Blanche è uscita dai gangheri e ha insultato il maître: "Ce n'è solo per i crucchi in questa città" eccetera. Può figurarsi la scena. Poi ha alzato il bicchiere gridando: "Viva la Francia!".»

«Mio Dio...»

«Le hanno pregate di uscire. Fuori le aspettavano due uomini della Gestapo. Sono state caricate su un furgone. È successo meno di un'ora fa.»

Frank accusa il colpo e cerca di riprendersi.

«Claude Auzello è stato informato?»

«No, non ancora.»

«Come l'ha saputo?»

«Il maître del Maxim's ci ha chiamato, era sconvolto.»

«E la signora Ritz?»

«Nemmeno lei, per il momento.»

«Il signor Süss?»

«È introvabile, e il tempo stringe. Frank, lei che la conosce, sa di Blanche Auzello qualcosa che potrebbe metterci in pericolo se parlasse?»

Elmiger lo fissa ansioso, come se cercasse una risposta sul suo volto. Poi, esasperato, il direttore si alza in piedi senza aspettare la risposta del barman.

«Frank, è ebrea, vero? Me lo dica!»

«No!»

La violenza della risposta non sembra convincere Elmiger, che scrolla le spalle.

«Oh, la prego, Meier. E la storia dell'inglese nascosto in solaio? La signora Delmas mi ha riferito i suoi sospetti a proposito di un aviatore inglese imboscato nel sottotetto, si rende conto! Abbiamo perquisito dappertutto, niente. Ne sa qualcosa? Forse la signora Auzello si è fatta trascinare dalle amicizie bolsceviche della sua amica Kharmayev.»

«Non ne so assolutamente nulla» ribatte Frank, concentrandosi per rimanere impassibile.

Mettere da parte la realtà, attenersi alla logica, dare al cliente quello che vuole sentire: Frank non aveva mai immaginato che una vita da barman potesse prepararlo agli interrogatori.

«La signora Auzello non metterebbe mai in difficoltà suo marito» dice alla fine.

Elmiger sembra prendersi del tempo per valutare l'argomento.

«In ogni caso, sono costretto a informare la signora Ritz.»

«E se aspettasse un attimo?» suggerisce Frank. «Erano ubriache, la sbronza passerà e i crucchi le lasceranno andare.»

Elmiger fa un respiro profondo.

«Bene» dice, versandosi un po' di White Horse. «Vada a chiudere il bar, vedremo domani...»

Appena uscito dall'ufficio, Frank sente la paura che gli attanaglia lo stomaco. Il terrore e la rabbia. Gli ci vorrebbe un gin tonic, ma non è il caso di tornare al bar. Vaga per i corridoi e si accascia su un divano.

Blanche nelle mani della Gestapo!

Lily Kharmayev non poteva prenderselo in casa, quell'aviatore inglese? È tutta colpa sua. E adesso quell'intrigante della Delmas che s'impiccia. Che idea, comunque, andare a insultare i tedeschi da Maxim's! Cosa le faranno? La tortureranno?

Frank non avrebbe mai immaginato che la fine della storia potesse arrivare così in fretta.

11

17 luglio 1942

Blanche è stata liberata stamattina. Frank l'ha saputo da Elmiger all'ora di colazione e fatica ancora a rendersene conto.

Non dormiva da tre notti e la sera doveva far finta di niente. Con i clienti – rari, fortunatamente; con Luciano, per non spaventarlo; con Georges, che si ostina a lodare il governo di Laval. È stato Georges a dirgli che le migliaia di ebrei finiti ieri nella retata sono ammassati al Velodromo d'Inverno.

Dove li manderanno?

In Germania, sostiene Georges.

«Laval ha negoziato, Frank, ecco tutto. Scambia lavoratori con prigionieri francesi, niente di più. E la maggior parte di quegli ebrei sono stranieri.»

«Lavoratori? Mi prendi in giro? Stamattina ho visto un bambino di otto anni che teneva per mano la sorellina di cinque mentre saliva su un autobus pieno come un uovo. Mi viene la nausea. Sai una cosa? Mi hai stancato, Georges.»

«Aspetta, se parliamo di bambini disgusta anche me...!»

«Chiudi tu stasera. Io vado a casa a dormire.»

Fa ancora molto caldo nella via deserta. Una vera notte d'estate. C'è un tale silenzio che Frank sente in lontananza il cigolio dei pedali arrugginiti di una pattuglia in bicicletta. Un soldato tedesco canticchia *Lili Marleen* con una splendida voce. Gli piace quella canzone, anche se gli mette tristezza. Pensa alle migliaia di disgraziati ammassati sotto la vetrata del Vél' d'Hiv'. Potrebbe essere uno di loro, appiccicato a sua madre, sperduto e impaurito...

Il passato finisce sempre col riacciuffare gli esiliati?

«Buonasera, Frank» sussurra una voce nel buio.

I suoi occhi si adattano all'oscurità. L'abito di tessuto damascato blu di Blanche è bellissimo, ma lei ha un'aria stravolta. Frank sente spuntargli le lacrime agli occhi nel vedere quel volto scavato e quel sorriso lacerante. Non riesce a risponderle, è così contento di rivederla, la guarda come si guarda chi si è temuto di non rivedere mai più.

«Sta piangendo, Frank? Vuole un sorso di gin?»

«No, grazie.»

«Ma sì» insiste Blanche. «Tenga. Stasera sono io a gestire il bar.»

Una panchina, Blanche Auzello e una fiaschetta piena di Gordon's, una sera di luglio a Parigi. Di colpo Frank ha trent'anni, diciassette, ride fra le lacrime immaginando la scena. Si siederebbe accanto alla sua bella, guarderebbero insieme le stelle poi lui le accarezzerebbe i capelli, le affonderebbe il viso nel collo, annuserebbe il suo profumo inebriante, sfiorerebbe il vestito con la mano, la bacerebbe e la stringerebbe a sé... Ma non ha più diciassette anni, e nemmeno trenta, e il gin tiepido non è di qualità. Sono a Parigi nel luglio del 1942, due ebrei senza la stella gialla, sfiniti e sconcertati dalla spedizione punitiva che ha appena scosso la città.

«Pare che siano almeno diecimila» dice Blanche guardando dritto davanti a sé. «Diecimila, senza contare i bambini. E tutti arrestati dalla polizia francese. A Belleville, già da qualche giorno circolava la voce di un'imminente retata, ma nessuno ci ha creduto.»

Blanche continua il suo racconto, e Frank l'ascolta. Se fosse stato un ebreo di Belleville o del Marais, ci avrebbe creduto? A Blanche si spezza la voce. Frank conosce bene quella difficoltà nel parlare.

Ha ricominciato con la morfina?

«Cosa le è preso martedì sera?»

Una domanda dal tono confidenziale che lo sorprende. Come la risposta che suscita: «Ho perso la testa. Ero esasperata, ma non ubriaca. Frank, stia tranquillo, questi tre giorni mi hanno un po' rinsavito. Nel cuore della notte, in cella, Lily mi ha fatto una strana domanda».

«Quale?»

«"Se Dio esiste, Blanche, cosa ti piacerebbe che ti dicesse quando arriverai davanti a lui?" Curioso, non le pare? E lei, cosa vorrebbe sentirsi dire da Dio, quando suonerà l'ora?»

«Be'... vorrei che mi dicesse: "Non c'è più posto, Frank, ripassi più tardi". Credo che mi andrebbe benissimo.»

Blanche ride.

Una risata che a Frank scalda il cuore, gelato nonostante l'estate torrida.

«Quindi le piacerebbe, per così dire, un supplemento?»

«In qualche modo. E a lei?»

«A me piacerebbe che Dio dicesse: "Hai fatto quello che hai potuto, Blanche, adesso entra".»

«La sua è una risposta più saggia della mia; eppure, lei è stata fermata dalla Gestapo per provocazione, e adesso se ne sta seduta sola su una panchina con una fiaschetta di gin alle undici di sera, in pieno coprifuoco.»

«Oh, non mi faccia la predica, la supplico! Ho appena preso una batosta...»

«Venga, si alzi» dice Frank offrendole il braccio. «L'accompagno al Ritz.»

Blanche si aggrappa a lui ma senza incrociare il suo sguardo. Frank sente che sta di nuovo andando alla deriva. Gli fa pensare a quella falce di luna che si indovina appena in cielo:

una piccola fetta di Blanche Auzello scintilla nella notte, come un'illusione. Il resto è immerso nell'oscurità, e nessuno sa cosa vi si stia tramando.

A pochi metri dall'entrata del Ritz, Blanche si ferma, fissando il marciapiede.

«Mi dica, saprebbe dove trovarmi una dose per stasera?»

Ci avrebbe scommesso. La morfina ha vinto.

«No, Blanche. Non farei il suo bene.»

Lei lo guarda negli occhi per la prima volta da quando si sono rivisti.

«Oh, non mi chiami per nome, non sono più una bambina!»

Alzano la voce. La loro fragile intimità si è dileguata nel cielo di Parigi. Un poliziotto si ferma accanto a loro.

«Tutto bene, signora?»

«Sì, benissimo» risponde Frank. «Buonasera, agente.»

«Il suo lasciapassare, per favore.»

«Eccolo» dice Frank, porgendogli il suo talismano. «Stavo riaccompagnando la signora Auzello al Ritz.»

«Be', si direbbe che la signora sia arrivata. Dovrebbe tornare a casa, signor Meier, è tardi.»

«Certo, agente. Buonasera, signora.»

Blanche gli lancia lo stesso sguardo esasperato dell'estate del 1939, quando non sopportava più che lui fosse divenuto lo specchio della sua decadenza. In quei momenti, Frank ne è consapevole, lei lo odia. Non ha ceduto, eppure si è sentito ridicolo. Ed eccolo, ora, bloccato dalla tristezza e dall'inquietudine. Se quella droga torna a essere l'ossessione di Blanche, risveglierà in lei quel demone che la spinge fatalmente al peggio. *Chissà quale altra follia potrebbe commettere la prossima volta…*

Quella notte, sul marciapiede di rue Cambon, sotto la fioca luce dei lampioni dipinti di blu per ingannare gli Spitfire britannici, Frank Meier vede la sua ombra diafana allontanarsi sull'asfalto.

QUINTA PARTE

Guerra totale
marzo-luglio 1943

1

Nizza, 31 gennaio 1943

Papà,

ho ricevuto oggi la tua lettera e il tuo vaglia, di cui ti ringrazio. Posso dire che arriva nel momento giusto, perché non ho più un soldo. Dopo che le truppe della Wehrmacht si sono installate a Nizza, sono stato licenziato. Il Negresco è stato requisito dallo stato maggiore tedesco, e tutto il personale dell'albergo è stato congedato. E rieccomi al punto di partenza. Sono in miseria, papà: secondo una voce sempre più insistente, pare che Laval imporrà il servizio di lavoro obbligatorio in Germania per i giovani francesi nella mia situazione. Io mi rifiuto di farlo. E devo chiederti un favore, non ti nascondo che anche questo è il motivo per cui ti scrivo. Vorrei venire a stare da te a Parigi, forse lì troverei più facilmente un impiego. Sarebbe anche un modo per recuperare un po' del tempo perduto. Cosa ne pensi? So che non abbiamo mai avuto un buon rapporto, non siamo mai stati complici, ma non è mai troppo tardi, come dice spesso Pauline. D'altra parte, tua nipote mi accompagnerebbe, ovviamente se sei d'accordo. Era la segretaria del direttore, anche lei è stata licenziata. È una giovane donna devota e tutta d'un pezzo. Ti piacerebbe. Lei sarebbe felice di rivederti, è da tanto che non ci ritroviamo tutti insieme. Avresti il posto per accoglierci entrambi? Saremo discreti, te lo prometto. Mi auguro con tutto il cuore che le mie parole troveranno eco in te. Sono tuo figlio, papà, ti chiedo solo di aiutarmi. Spero che tu te la cavi al meglio in questo strano mondo. Quando avrà fine tutto questo? Io e Pauline ti abbracciamo e aspettiamo tue notizie.

Con affetto,

Jean-Jacques

Sbalordito, Frank ha gli occhi pieni di lacrime. Non aveva previsto la possibilità che Jean-Jacques tornasse nella sua vita. Nell'esistenza solitaria orchestrata dai tedeschi e sempre in balia degli eventi, vedersi all'improvviso chiamato «papà» lo sconvolge. L'idea di riallacciare i rapporti con suo figlio gli provoca una gioia profonda. Quanto a Pauline, non vede la «cara nipote» da quasi vent'anni, ma gli piaceva tanto da bambina... Uno sguardo dolce e fiero. Una volontà di ferro. Frank sorride, averli con sé sarà un vero lusso. Posa la lettera sul tavolo e guarda fuori dalla finestra. La via è sopraffatta dalla grigia luce di quel tardo pomeriggio.

Una donna anziana avanza lentamente sul marciapiede di fronte. Trema nel suo cappotto troppo sottile e stringe uno scialle di lana intorno al collo. Frank distoglie lo sguardo. La sua stufa a carbone tira fin troppo bene, il calore quasi lo disturba. *Sarebbe anche un modo per recuperare un po' del tempo perduto.*

Sente crescere dentro un leggero fastidio. Suo figlio ha sempre saputo far vibrare la corda dei sentimenti quando aveva bisogno di qualcosa. *È proprio figlio di sua madre, sa usare le parole.* Si pente immediatamente di quel pensiero cattivo e un po' sciocco. Dopo aver riletto la lettera per la terza volta, impugna la stilografica Montegrappa sul tavolino dell'ingresso e cerca un foglio di carta. Gli risponderà già stasera. *Jean-Jacques e Pauline andranno a stare dai Birenbaum, nel VI arrondissement, mi sembra una buona idea.* L'invasione della zona non occupata da parte della Wehrmacht nell'autunno scorso gli regala il ritorno di quel figlio perso tanto tempo fa. *E poi Pauline farà da cuscinetto fra noi.* Senza sapere perché, quella presenza femminile lo rassicura e così inizia a riempire il foglio bianco che ha davanti.

2

5 marzo 1943

La Wehrmacht si è impantanata come la Grande Armata napoleonica nella neve e nel freddo. A Stalingrado, l'arroganza teutonica ha subito un duro colpo, che è rimbombato fino al Ritz. Crescono le tensioni, e pure la violenza. Stülpnagel il giovane è il più affabile dei clienti quando scende al bar, ma non ha altra scelta che eseguire gli ordini di Hitler. Tutti gli ebrei finiti nella retata di luglio a Parigi sono stati deportati in Polonia. Anche i bambini sotto i dodici anni, per ordine di Pierre Laval. *Quel tanghero non ha voluto separare i marmocchi dalle madri, sai che roba. Quanto cinismo!* Al bar del Ritz tutti sanno, ma nessuno osa parlare del destino di quei dannati. *Chissà cosa ne pensa Stülpnagel?* Frank lo vede reticente. Ma il generale non dice mai nulla sui suoi stati d'animo. Anche i muri hanno orecchie, soprattutto al Ritz, e il minimo segno di debolezza può essere immediatamente punito.

Hitler ha bisogno di forze fresche all'Est. Da un mese, il Reich paracaduta sul fronte russo un flusso costante di ufficiali di stanza a Parigi. Ieri, il capitano della giovane Sénéchal ha fatto le valigie ed è partito per Char'kov, dove le truppe di Manstein hanno lanciato la controffensiva. Disperata, la ragazza piangeva come una fontana in rue Cambon, alternando sotto il naso un fazzoletto e un pomo d'ambra. Il suo Karl doveva averci messo una qualche fragranza di Guerlain.

Le code si allungano sui marciapiedi davanti a vetrine vuote. Ormai non si trovano più né burro, né uova, né formaggio. Le madri di famiglia si sono dotate di sgabelli, tanto è lunga l'attesa per un misero pezzo di pane o per una sottile fetta di lardo. Teatri e caffè-concerto, invece, fanno sempre il pieno. Al Casino de Paris, Mistinguett intona ogni sera il suo successo di prima della guerra, *Je cherche un millionnaire*. Nel bel mezzo della canzone, sussurra nel microfono che cerca anche un cosciotto d'agnello, dando il suo indirizzo nel IX arrondissement. Il pubblico ride, ma Guitry ieri sera ha raccontato a Frank che certi ammiratori gli fanno avere di nascosto della carne.

Jean-Jacques e Pauline abitano ormai nell'appartamento vuoto dei Birenbaum, sopra quello di Frank. Pauline, che si presenta bene, ha trovato lavoro come commessa da Vuitton. Per suo figlio è più complicato, ma Frank non ha interrotto le ricerche.

Anche al bar gli equilibri cambiano. Georges è meno entusiasta di Laval e del Maresciallo da quando è partito il servizio di lavoro obbligatorio. E se Luciano ha imparato a domare le emozioni dietro al bancone, la sua rabbia è rimasta la stessa.

«Baldracca.»

«Ehi, Luciano! Cosa ti prende?»

«Niente, è quella baldracca di Marie Sénéchal...»

«Vuoi stare zitto!» gli intima seccamente Frank. «Cos'è successo?»

«L'ho appena incrociata all'ingresso degli spogliatoi. Piangeva disperata dicendo che è tutta colpa degli ebrei e dei comunisti, che bisogna sterminarli. Ma quello che vuole è ritrovare il letto del suo Fritz. So che andava a letto con l'aiutante di campo di Stülpnagel, li ho visti sulla terrazza del Trocadéro a Capodanno. È per questo che frigna da stamattina. Non ho avuto scrupoli a dirle che è una puttana buona per i crucchi.»

«Non l'avrai detto sul serio?»

«Sì.»

«Sei un idiota!» esclama Frank, con un tono che fa sobbalzare il suo apprendista. «Non devi attirare su di te la rabbia di nessuno, non possiamo permetterci questo lusso. Mi ascolti?»

Luciano tira su col naso come un ragazzino testardo.

«Domani le chiederai scusa! Farai come ti dico e d'ora in poi chiudi il becco! Controllati, sant'Iddio. È la prima regola. Su, al lavoro adesso.»

Insultare la piccola Sénéchal, che idiozia! E speriamo che non voglia vendicarsi...

Frank sa che il suo pupillo riacquisterà presto l'uso della ragione. Il momento storico lo esaspera, in cucina frequenta uomini più grandi e a volte cerca di imitarne gli atteggiamenti virili, ma in fondo resta un bravo ragazzo.

Luciano, imbronciato, si è messo di guardia alla porta. Ma il suo volto subito si illumina.

«Signor Meier! Il capitano Jünger in vista» annuncia.

Sono trascorsi sei mesi da quando è partito per la Russia. Frank cominciava a chiedersi se non fosse morto al fronte, se il suo cadavere non fosse rimasto congelato nel ghiaccio delle steppe.

«*Guten Abend*, Herr Meier!»

«Buonasera, Herr Jünger. Benvenuto a casa sua.»

Jünger ha un'aria radiosa, uno sguardo vivace e il sorriso smaliziato di chi è sopravvissuto.

«Grazie infinite per la bottiglia che mi ha fatto recapitare, Frank. Un pensiero davvero gentile.»

«Si figuri.»

«Per merito suo, ho sbalordito i generali al fronte. Di tanto in tanto mi capitava di servire un dito di calvados dopo cena.

Un'oncia di Ritz nei sobborghi di Vorošilovsk, mi creda, era qualcosa di prezioso.»

«Mi racconti, com'era laggiù?» domanda Frank, stappando con grazia una bottiglia di Perrier-Jouët.

Jünger fa un respiro profondo.

«Eravamo sull'orlo dell'annientamento. Abbiamo strappato ai nostri soldati le loro ultime forze, i loro corpi non hanno più riserve. Un graffio provocato da una pallottola e sei morto.»

«Peggio che a Verdun, o a Péronne?»

«Molto peggio, soldato Meier. Oggi la guerra è condotta da tecnici che considerano i loro simili dei parassiti. Sprofondiamo nella sfera degli insetti, Herr Meier, la vita umana non vale più niente.»

Per un attimo cala il silenzio che precede la tempesta.

«E al Ritz, Frank, quali sono le novità dal fronte?»

«Questi ultimi mesi sono stati abbastanza tranquilli. Se non fosse per l'arresto di Charles Bedaux...»

Lo sguardo di Jünger s'illumina.

«Bedaux? Arrestato?»

«Ebbene sì» conferma Frank, soddisfatto dell'effetto che ha provocato. «È stato mandato in Algeria. Il governo gli aveva assegnato l'incarico di costruire un oleodotto, ma gli inglesi e gli americani sono sbarcati in Africa settentrionale e Bedaux si è trovato preso nella rete. La cosa più divertente è che, per via del suo passaporto americano, è accusato di alto tradimento. Sento aria di guai.»

«Crudele ironia della sorte. Non possiamo che compatire quel povero Bedaux. Tanti sforzi per mettersi al servizio di Vichy per poi farsi catturare alla prima occasione...»

A Frank piace il modo in cui lo scrittore vede le cose. Gli fa venire in mente Fitzgerald. Come lui, Jünger valuta le persone senza giudicarle, sempre curioso di sapere quali molle nel fondo dell'anima muovono chi gli sta davanti, indipendentemente dalla posizione sociale. E dire che appena ieri, stanco di dover stare attento a tutto, Frank sognava un posto tranquillo in un piccolo bar nel quartiere di Batignolles.

Ma quando arriva Ernst Jünger, come si può rinunciare al Ritz?

3

1° aprile 1943

Finalmente una serata libera! Frank ha invitato a cena a casa sua Jean-Jacques e Pauline. Ha preparato un cosciotto d'agnello con dei fagiolini. Ha anche rimediato gratis dal capocuoco un camembert e una bottiglia di Gevrey-Chambertin aperta la sera prima. *Non si spreca niente.* Almeno avranno un bicchiere di vino ciascuno – i vantaggi di lavorare al Ritz. Tuttavia, quel lusso ha un prezzo, che Frank fa sempre più fatica a onorare. Rientrando a casa, nel pomeriggio, in boulevard des Capucines ha visto un anziano signore in giacca e cravatta che raccoglieva un mozzicone di sigaretta dal canale di scolo. I loro sguardi si sono incrociati. L'anziano ha abbassato gli occhi per la vergogna. Frank ha pensato di offrirgli una sigaretta, ma si è subito sentito a disagio, colto in flagranza di privilegio. Così si è trattenuto. *Come un vigliacco.*

Dalla radio a galena, il giornalista di Radio-Paris annuncia che Léon Blum, «l'ex presidente del Consiglio responsabile della sconfitta», è stato trasferito ieri in un carcere tedesco in qualità di ostaggio politico.

Consegnare Blum ai crucchi? A questo siamo arrivati? Che vergogna!

La pendola ha appena suonato le sette e mezzo, ma

Jean-Jacques e Pauline non sono ancora arrivati. Avevano detto le sette e un quarto. Con i tempi che corrono, ogni ritardo di una persona cara inquieta, soprattutto dopo che il servizio di lavoro obbligatorio è stato modificato. Ora possono essere presi tutti i giovani nati fra il 1920 e il 1922, indipendentemente dalla loro professione. Poliziotti e miliziani danno la caccia ai renitenti ed eseguono dei fermi all'uscita del métro. Frank ha fornito a Jean-Jacques un falso libretto di lavoro, *ma quello sbadato può esserselo dimenticato.* Dicono che in caso di controllo, chi non è in grado di giustificare la propria posizione viene immediatamente spedito in Germania, senza nemmeno avere il tempo di passare da casa. Se così fosse, Frank potrebbe sempre coinvolgere le sue conoscenze al Ritz, ma è meglio risparmiare le cartucce...

Finalmente, alle otto meno un quarto, i due arrivano. Jean-Jacques si scusa sbrigativamente per il ritardo: «Siamo andati al cinema e il film è finito tardi. Abbiamo visto *L'assassino abita al 21*. Bellissimo».

«Conosci l'attrice, no? Suzy Delair» domanda Pauline a suo zio.

«Non proprio. Diciamo che viene qualche volta al bar. È una smorfiosa.»

«E chi se ne importa!» esclama Pauline. «Nel film è allegra e irreprensibile.»

Allegra e irreprensibile, come lo era Blanche una volta.

«Venite, mettiamoci a tavola. Se no la cena si raffredda.»

Tagliando il cosciotto, pensa a Pauline che compie trent'anni a fine mese. I ragazzi meritano qualcosa. Una bella cena offerta dal mercato nero, per esempio. E un po' di soldi. Ma Jean-Jacques vede le cose diversamente: «Tornando a casa abbiamo visto delle scritte col gesso sui muri di rue Cardinet. "1918", e "Stalingrado". Il clima sta cambiando. Bisogna pensare al futuro, papà».

Frank posa la forchetta.

«Cosa vorresti dire?»

«Voglio dire risparmiare. E anche tenersi un po' alla larga dai crucchi.»

«Ammetterai che, al Ritz, è complicato.»

Un sospiro profondo, da raffreddare di colpo il cosciotto. Frank capisce che Jean-Jacques rimugina su questi timori da prima che iniziasse la conversazione. E questo lo rallegra: suo figlio si preoccupa per lui.

«Non fidarti, papà. Se cambiasse tutto, saresti in una posizione spiacevole.»

«Lo so, figliolo. Tiro avanti ogni giorno come posso. Non si può sacrificare il presente al futuro, è così da tre anni. Bisogna diffidare di tutti.»

«Oh sì, anche della propria moglie» dice Pauline.

Frank si gira verso di lei, non ha capito.

«Oggi, al lavoro, mi hanno raccontato una storia spaventosa» gli spiega sua nipote. «La segretaria di uno dei miei capi ha saputo che suo marito sarebbe stato liberato, allora gli ha mandato un ultimo pacco di viveri in Germania, una prova d'amore. Ma quello è tornato prima del previsto. Quando è arrivato a casa, sua moglie era a letto con uno. Nel frattempo, in Germania, i compagni di prigionia del marito si sono divisi il contenuto del pacco. Ci sono stati quattro morti: quella donna aveva riempito il burro di arsenico...»

È un'epoca marcia nel profondo...

Frank riflette un istante, poi si rivolge a suo figlio.

«Una cosa è certa: se i crucchi dovessero andarsene, a Parigi vedremmo scatenarsi le vendette.»

«È per questo che devi pensare a cautelarti, papà.»

Frank non vede cosa potrebbe fare al momento. Ma gli promette che ci penserà. Un giorno, sì, ci penserà.

Chissà cosa può succedere...

Come potrei venire via dal Ritz? Lasciare Blanche?

Frank l'ha appena rivista, dopo quella sera di luglio; si sono scambiati solo delle parole cortesi che gli hanno spezzato il cuore. Al Ritz corre voce che sia diventata un'alcolizzata, irascibile e depressa; se ne sta di nuovo rinchiusa tutto il tempo nei suoi appartamenti.

La morfina.

Auzello è forse cieco? O anche lui è un grande attore?

Frank guarda suo figlio e sua nipote che si spartiscono il camembert, e la loro presenza lo commuove. È una compagnia che gli fa bene. Dorme meglio, un lusso che Blanche non ha: è priva di ogni genere di distrazione, a parte l'alcol e la morfina. Ha rotto il patto dei parvenu, cosa che entrambi sono: la scalata sociale richiede disciplina.

4

13 aprile 1943

«Di' un po', ragazzo mio, piove che Dio la manda, come pensi di tornare a casa?»

«In bici, signor Meier.»

«Sii prudente, Luciano, l'asfalto è sdrucciolevole.»

«Non si preoccupi. Buonanotte, signor Meier.»

Ormai ci sono tante biciclette quanti sono i parigini. Con la primavera, tutti vanno in giro con delle vecchie bici traballanti, gli uomini tenendo il busto in avanti, le donne a gambe nude, con una riga nera sui polpacci per simulare la cucitura delle calze di seta.

Sai che carneficina, se una bomba inglese cadesse su questo nugolo di ciclisti.

Dei fischi, dei corpi dilaniati sul selciato e il panico che dilaga – come negli stabilimenti Renault di Billancourt, come sul ponte di Sèvres, come nell'ippodromo di Longchamp lo scorso fine settimana. Tre squadriglie in pieno giorno, più di trecento morti. Jünger si trovava per caso all'ippodromo con la sua amante. Ha raccontato che alle uscite del métro, la gente a passeggio di domenica urtava contro gruppi di feriti in affanno, con i vestiti a brandelli; c'era anche una madre che teneva in braccio un bambino insanguinato…

«Buonasera, Frank.»

«Signor Auzello! Che sorpresa.»

Dall'inizio della guerra non aveva più messo piede al bar. *Una volta avevamo i nostri riti di fine serata.*

«È la catastrofe, Frank...»

«Cosa succede, signor Auzello?»

«La Gestapo è venuta ad arrestare Blanche.»

«Di nuovo? E per quale motivo? C'è ancora di mezzo la Kharmayev?»

«È accusata di avere lasciato accese le luci delle cucine la notte scorsa per aiutare l'aviazione britannica a mirare con precisione al centro di Parigi...»

«Mio Dio.»

Nella mente di Frank si scontrano pensieri diversi.

«Come sta? Dove l'hanno portata? Crede sia stata capace di fare una cosa simile?»

«Non ne so niente. Non la capisco più, Frank. Blanche sembra sfidare la vita con un'arroganza che non le conoscevo. Eppure, le assicuro che faccio di tutto per aiutarla. Quando sono venuti a prenderla, quei farabutti si sono comportati in modo brutale e aggressivo. Io ero stordito, nel panico. Lei è rimasta calma, sembrava rassegnata. Mi ha dato un buffetto sulla guancia e ha detto: stai tranquillo, andrà tutto per il meglio. Era ubriaca. Immagino lei sappia che beve molto.»

Gli si spezza la voce. Frank gli porge un triple sec, che Auzello beve d'un sorso.

«Chi ne è al corrente?»

«Elmiger e la signora Ritz. Hanno subito chiamato Stülpnagel, che era in camera sua. Ma le SS non dipendono da nessuno, solo da Himmler. Non può fare niente.»

I due rimangono a lungo taciturni. L'assenza di Blanche sembra riempire la stanza.

Alla fine, Claude rompe il silenzio: «Se parla, sono fottuto.

A lei posso dire tutto. So che traffica in documenti falsi per gli ebrei. Quindi, se mi denuncia, posso rovinarla».

Una sensazione di gelo s'impadronisce di Frank.

«Non faccia così, Frank. Sappiamo come vanno le cose. In questo albergo, tutti sanno ma nessuno fiata. È la regola, no? Elmiger è convinto che mi faccio in quattro per approvvigionare la cucina di frutta e verdura, ma in realtà informo gli inglesi sugli andirivieni dei nostri clienti.»

Per la seconda volta quella sera, Frank è tramortito. Com'è possibile che lui, il barman del Ritz, abbia ignorato una cosa simile, che peraltro avveniva sotto i suoi occhi?

«Ho chiamato i generali della Wehrmacht e alcuni gerarchi nazisti con dei nomi di frutti o di verdure. Credono che faccia delle ordinazioni. In realtà, telefono a un amico ferroviere in Svizzera. Lo tengo al corrente degli orari e della presenza degli uni e degli altri.»

Davanti allo sbigottimento di Frank, un pallido sorriso affiora sulle labbra di Claude Auzello.

«Se è previsto che Göring venga a stare al Ritz per tre giorni, il giorno prima che arrivi ordino tre casse di rape. Se Jünger prenota un tavolo a cena, al mattino ordino una cassetta di asparagi. E se il grande scrittore ha previsto di invitare il suo amico Stülpnagel, aggiungo una cassetta di cavolfiori.»

«Me lo dicevo…»

«Cosa?» domanda Claude giocherellando col bicchiere vuoto.

«Che c'era dell'altro, al di là dei grossisti e delle provviste. In questo, signore, la riconosco. Sua moglie non la tradirà mai. È una donna d'onore.»

Claude allarga le braccia.

«Sappiamo forse di cosa saremmo capaci, lei e io, sotto tortura?»

Frank sente corrergli un brivido lungo la schiena. Vorrebbe

tanto che Claude tacesse – eppure sa che ha ragione. Blanche potrebbe essere interrogata e torturata.

In quell'istante gli affiorano alla mente delle immagini insopportabili. Il suo bel volto tumefatto, il suo esile corpo straziato. Chi può resistere alle torture della Gestapo?

Ha già detto a suo marito che spaccio documenti falsi.

Può ripeterlo alla Gestapo. Che fare? Affidarmi a Lafont, sperando che interceda con i suoi amici delle SS? Ma se fallisce…

Cosa ne sarà di Jean-Jacques e Pauline?

E Blanche, non può sparire… No, non Blanche.

Diario di Frank Meier

Questa volta ti hanno arrestato sul serio.

È già una settimana che sei sparita. Dove sei, Blanche? Blanche!

Sei giorni che non dormo più. Mi rigiro in continuazione sotto le lenzuola.

Appena mi assopisco, mi appare il tuo volto martoriato.

Vedo i tuoi zigomi gonfi, le labbra insanguinate, la fronte costellata di ecchimosi.

Oppure, di colpo, sento la tua voce. Lacera la notte e mi chiede aiuto.

Sfinito, a volte mi addormento.

E poi ecco che gridi il mio nome. Mi implori.

Mi sveglio di soprassalto.

Di giorno riesco a illudermi, occupo le mani e la mente. Ma appena scende la notte… la notte appartiene a te.

Veglio, stremato nel letto, esito a pregare non so chi.

Aspetto l'alba al suono delle tue grida selvagge.

Sono impotente.

Ho paura.

5

27 aprile 1943

«Signor Meier. Venga.»

Frank capisce che il momento è grave prima ancora di entrare nell'ufficio della Vedova. Elmiger è stravolto, Süss ha gli occhi cisposi. Marie-Louise Ritz, col volto emaciato, se ne sta ritta come un palo, sempre forte e determinata nelle avversità.

Peggio vanno le cose e meglio si sente.

«Signor Meier» dice, rivolgendogli un breve sorriso che lui non riesce a interpretare, «la prego, si sieda. Vuole del tabacco?»

«No, sto bene così, signora, la ringrazio.»

Ci sono sempre due persone in Frank Meier. Quella che si rifugia nell'autorità e nella disciplina. E l'altra, costantemente tentata dall'irriverenza e dalla libertà. Non è l'unico, lo sa. La tossica quotidianità in cui il destino l'ha sprofondato da tre anni non fa che esacerbare quel vecchio conflitto. Un giorno fa un favore ai tedeschi e il giorno dopo aiuta delle famiglie ebree a fuggire.

L'atmosfera è pesante nell'ufficio di César Ritz, dove ormai tutti sanno che si può essere arrestati.

Elmiger si lancia: «Frank, abbiamo saputo una notizia molto spiacevole, che ci riguarda tutti: Blanche Auzello è stata condannata questo pomeriggio a otto mesi di carcere dalla giustizia militare tedesca».

Otto mesi. Un'eternità.

Frank si sforza di non crollare.

«Con quale capo d'accusa?» riesce a domandare.

«Fiancheggiamento dei comunisti.»

«Ma è assurdo!» insorge il barman.

«Non più di tanto, Frank. Hanno anche messo dentro la signorina Kharmayev. L'altro ieri, i giornali russi si sono commossi per "l'arresto di una grande ballerina russa a Parigi", e tanto è bastato. Il povero Claude si è chiuso nei suoi appartamenti. Grazie a Dio, ha mantenuto la calma. Sa che il superiore interesse del Ritz lo obbliga a tenere un basso profilo. E se sua moglie darà prova di buona condotta, è possibile che sia di nuovo fra noi per le feste di Natale.»

Natale, esiste ancora il Natale in questo mondo?

«Ci troviamo in una posizione assai sgradevole» prosegue Elmiger. «La Gestapo è molto irritata per questa storia delle luci accese nelle cucine. Lo considerano un atto di sabotaggio. Quindi, a questo punto siamo dei sospettati, e dovremo rapidamente offrire delle garanzie...»

«In che modo tutto questo mi riguarda?» chiede Frank.

«Ci sto arrivando. Henri Lafont è stato appena nominato Hauptsturmführer delle SS, e stamattina ci ha fatto sapere che vorrebbe festeggiare questa sua promozione al Ritz. Mi permetta di considerarlo un colpo di fortuna. Abbiamo pensato che lei potrebbe mettere a disposizione il suo bar, a riprova della nostra amicizia.»

Sconcertato, Frank Meier tace.

Mollare il bar del Ritz a Lafont. Il mio bar.

«È un uomo che gode di molto credito presso le autorità naziste. Se ne faccia carico lei; in cambio, le concediamo il dieci per cento sugli incassi della serata. Rischia di essere una discreta somma. Dovrà fare le cose in grande. Ci sarà tutta la sua combriccola di canaglie e...»

«Hans!» lo interrompe la Vedova. «L'entourage del signor Lafont merita ben più di questo.»

«Voglia scusarmi, signora. Ha ragione. Stavo dicendo, si tratta di organizzare un ricevimento fastoso per Henri Lafont e i "suoi preziosi amici". Ci saranno anche diversi ufficiali delle SS, fra cui Helmut Knochen, lo Standartenführer della Gestapo in Francia. Un pezzo da novanta. Dovrà sentirsi a casa, lei mi ha capito.»

È tutto il Ritz che sta capitolando. Non è una serata di festa, è un'invasione. Ma con Blanche nelle mani della Gestapo, abbiamo un'altra scelta?

«Lafont ha parlato di date?» domanda Frank.

«Sabato 15 maggio.»

Quattro anni dopo lo sfondamento decisivo dei panzer nel 1940.

Frank sospira.

«D'accordo.»

«Non avevamo dubbi, Frank. Tanto più che la nostra è una proposta più che onesta. Di questi tempi, tutti hanno bisogno di soldi...»

«È vero. Però, vorrei il quindici per cento.»

La Vedova per poco non soffoca.

«Scusi?»

«Voglio coinvolgere i miei ragazzi. Credo che saranno meglio disposti a servire degli agenti della Gestapo se prometto loro di arrotondare un po' lo stipendio.»

«Lei ha del fegato, Meier!» protesta la Vedova senza molta convinzione.

«Credo che Frank abbia ragione, signora» dice Elmiger. «Mettiamoci nelle condizioni migliori. E offriamo a quel Lafont qualcosa d'indimenticabile.»

«Se lo dice lei, direttore» ribatte la Vedova scocciata.

«Affare fatto, Frank?»

«Affare fatto, signor direttore.»

La vedova Ritz lancia un'occhiata alla pendola.

Se tu sapessi, vecchia mia, tutto quel che si trama sotto il tuo tetto!

Frank guarda Elmiger. *Chissà cos'ha capito, lui, in tutti questi mesi, da quando va avanti questo circo.* Niente, forse. O forse tutto. Frank preferisce non saperlo.

6

5 maggio 1943

Da diversi giorni Frank guardava stupito alcune vecchie biciclette montate su dei cavalletti nel retrobottega del parrucchiere. Ora un fattorino gliene ha spiegato il motivo: Elmiger ha ingaggiato una squadra di ciclisti per far riscaldare i caschi da permanente con delle dinamo. *Un vero colpo di genio.* A Parigi si moltiplicano le interruzioni di corrente, ma le clienti avranno la loro messa in piega. Fuori si dà la caccia agli ebrei, si fucilano ragazzini al Mont Valérien, si muore di fame, ma un albergo di lusso ha il dovere di essere irreprensibile per quanto riguarda i bigodini.

Il Ritz, regno delle illusioni.

Davanti a lui, Süss si lancia nelle tenebre. Standogli alle calcagna, Frank procede a fatica nei sotterranei del Ritz. Perché mai il visconte ha voluto portarlo nel deposito bagagli? Al telefono, ieri sera, aveva un tono preoccupato, ma non ha fornito ulteriori precisazioni – *se non quella di essere il più possibile discreto.*

«Signor Süss» lo chiama, soffocando la voce con la mano. «Non la vedo più. È lì?»

Che strano posto, comunque. Sinistro e tranquillo. Nessun

rumore proveniente dall'esterno, l'aria secca, la penombra e i muri spessi. Si direbbe una cripta funeraria. Tutti quei bauli e quelle casse ammassati somigliano a delle bare. Appartengono al mondo di ieri – allineati, etichettati e messi in ordine alfabetico. Un cimitero di ricordi. Quelle valigie non vengono più aperte da anni. Che fine hanno fatto i proprietari? Dove vivono oggi? A New York, Rio o Londra? Sono vivi o morti? Molti clienti sono scappati precipitosamente da Parigi nella primavera del 1940, lasciandosi dietro la loro roba. Verranno a riprenderla, un giorno? In ogni caso, i tedeschi non hanno ancora ficcato il naso in questi tesori del passato.

Qui, almeno, la guerra non esiste. Non è mai esistita. Che pace... In superficie arraffano, saccheggiano e uccidono; nei sotterranei del Ritz il passato dorme tranquillo.

Süss lo trascina verso la porta nascosta, l'ingresso della galleria sotterranea.

Alla luce di una torcia, Frank ha intravisto che il visconte è ancora più pallido della settimana scorsa. E ora vuota il sacco: «Sono in un maledetto guaio, Frank. Ho saputo da fonte certa che la Gestapo sta indagando su di me da tre settimane».

Ora si spiega tutto.

«Per quale motivo?»

«Le SS mi credono una spia degli inglesi.»

«Ma... non è vero, no?»

«Pensano che la mia confidenza con Göring nasconda un doppio gioco. Dopo tutto quello che ho fatto per quel porco...»

«L'entourage di Göring sta cercando di sbarazzarsi di lei?»

«Ci ho pensato. Ma in realtà non so niente.»

«E come mai non l'hanno arrestata?»

«Pazientano, per colpire più in grande. Le SS sono convinte che al Ritz agisca una rete di spie.»

Frank riflette velocemente. Non c'è niente di buono in tutto questo.

«Come lo sa?» domanda.
«Grazie a Bedaux.»
«Charles Bedaux?»
«Sta negoziando la sua liberazione con gli Alleati ad Algeri. Collabora – dev'essere un tratto di famiglia.»
«E lei si fida di quell'individuo?»
Süss abbozza un mezzo sorriso, facendo capire a Frank che ha ancora molto da imparare su quello che succede all'esterno del bar.
«Siamo in contatto dall'estate scorsa. Ha comprato una decina di opere d'arte da alcune famiglie ebree, a prezzo di mercato, non scontato. Mi è stato molto utile. Pagava bene, senza storcere il naso. Il suo arresto è stato come una tegola in testa.»
«Ma Bedaux detesta gli ebrei!»
«Diciamo che si è coperto le spalle. Non ha avuto torto.»
«Sono nauseato...»
Süss sorride in modo sempre più disperato.
«Com'è possibile, Frank, che lei si senta ancora offeso dall'ingiustizia di questo mondo? Comunque, resta il fatto che Bedaux mi ha avvertito, la Gestapo ci spia.»
Non vedremo mai la fine di questa guerra.
«Meier?»
«Cosa?»
«Mi ascolta?»
«Certo.»
«Si avvicini alla colonna. Si chini a sinistra.»
Frank maledice le sue articolazioni, ogni giorno più rigide.
«Là, in basso, vede quel tabernacolo ricavato nella pietra?»
«Sì.»
«Lo apra.»
Frank non aveva notato la nicchia nella colonna di arenaria. C'è da dire che la luce è fioca e il tabernacolo è sapientemente nascosto. Lo sportello è di bronzo e ottone. Al centro si di-

stingue un Cristo pantocratore in rilievo che sembra risalire al tempo della Bibbia.

«Allora, cosa vede?»

«C'è un foulard di seta.»

«Lo porterò via se dovrò scappare. Se sparisco, Frank, venga giù a vedere. Se il foulard non c'è più, saprà che sono vivo e che sono fuggito passando da qui. Saprà anche di dover fare molta attenzione.»

«Dove andrà?»

«Meglio per tutti e due che non le dica di più. Un'altra cosa, Frank. È stata davvero Blanche Auzello a lasciare le luci accese nelle cucine. L'ho colta in flagrante.»

«È stato lei a denunciarla?» domanda Frank incredulo.

«Certo che no! Che interesse avrei avuto? Sono accerchiato, e adesso che è in mano ai crucchi, Blanche è come una granata a cui è stata tolta la sicura.»

«Ma allora... chi l'ha denunciata?»

«Secondo lei?»

Frank esita.

«La Vecchia?»

«Ne sono quasi certo.»

Davanti al tabernacolo, Frank supplica in silenzio Blanche di tener duro.

Lei che sognava di essere un'eroina, adesso ha l'occasione di mostrare al mondo di che pasta è fatta. Se supera questa prova, potrà venirne fuori. Altrimenti...

«Si attivi per la serata in onore di Lafont» gli intima il visconte. «Mostri entusiasmo, cerchi di avere un atteggiamento seduttivo. Ci saranno tutti. È un'occasione che non si presenterà una seconda volta. Si faccia vedere amico di tutti. Si protegga, Frank!»

Guardando Süss che appende con cura una piccola lampada a olio al muro, Frank capisce che il visconte ha già deciso.

Non gli sta solo dando dei consigli. Gli sta dicendo addio. Prova un'emozione profonda.

«Grazie, signor Süss. Lei mi è stato moralmente di grande aiuto. Mi ha mostrato il cammino in mezzo al caos.»

Süss abbozza un sorriso risalendo verso le cucine del Ritz.

«È la solidarietà delle anime erranti, Frank.»

7

15 maggio 1943

Fra poco saranno le dieci di sera e la parte più difficile è fatta. La festa di Lafont è giunta al culmine, il bar del Ritz è dedicato a lui e la nuova SS francese si pavoneggia, mentre i suoi commilitoni esultano fra le dalie nere e le orchidee. Strafare, ecco il modo più discreto che Frank ha trovato per farsi beffe dell'eroe del giorno. Appena ha saputo che l'ex garagista ha una vera e propria passione per i fiori, ne ha messi dappertutto. E siccome l'ha sentito più volte dichiarare il suo amore per Hitler, si è premurato di appendere alla parete il ritratto del Führer.

Nel suo ruolo, ha preparato diversi cocktail. Ma se Benoist-Méchin gli ha chiesto qual è il segreto del Siegfried, quasi tutti gli altri hanno carburato a champagne. Frank Meier ha servito tutti, Frank Meier ha sorriso a tutti.

Süss aveva ragione, non manca nessuno: Knochen, il capo del servizio di sicurezza delle SS; il prefetto di polizia Bussière; François Chasseigne, l'ex deputato socialista entrato nella milizia; Jean Luchaire, il presidente dell'ordine dei giornalisti, o ancora Jacque Benoist-Méchin, l'intellettuale divenuto segretario di Stato, fanatico cortigiano del Führer. Al clan delle canaglie si è unito il fior fiore dei collaborazionisti: Joanovici, il ferravecchio; Bonny, il poliziotto sadico e corrotto; Paul Clavié, il nipote taglieggiatore; Alexandre Villaplane, ex calciatore e torturatore; Abel Danos, il braccio destro armato; Pierre Loutrel, l'assassino svitato; Émile Buisson, il rapinatore isterico; Jean Sartore, l'uomo che smembra gli ebrei – ai quali, dicono, lui solo avrebbe confiscato cento milioni di franchi. Ci sono anche alcune «contesse», ovviamente, ma hanno lasciato il titolo al guardaroba e le calze a rete a casa.

Frank guarda Georges, che sembra a disagio in mezzo a quelle canaglie elette troppo presto a idoli.

Sognava di somigliargli, ma ne è del tutto incapace.

Lo trattiene la morale – e un fondo di vigliaccheria, forse. Georges non è fatto per la legge del più forte. Frank condivide la vergogna e il senso di frustrazione del suo amico. Non gli dispiace che Georges finalmente capisca, anche se a sue spese, che questo mondo è molto più marcio del precedente. Questi non rubano, «sequestrano». Non scassinano, «perquisiscono». Non estorcono, «stendono un verbale». Anche le parole sono state depredate.

«Signor Meier.»

«Sì, Luciano.»

«C'è all'ingresso una signora senza invito che però dice di essere stata invitata. È già venuta qui una volta» precisa il giovane apprendista. «Al tavolo della signorina Chanel. Ha con sé un gatto.»

«Ah! La strana bambola truccata...»

«Chi è?»

«Nessuno. Chiedi al signor Lafont, è lui il padrone di casa stasera.»

Cosa ci viene a fare una donna come lei in una serata come questa?

«E due posti al bancone, per favore!»

Henri Lafont è divertito, fiero e felice di accogliere la nuova arrivata. Frank deve ammettere che quella giovane donna è anche più spettacolosa di quanto ricordasse. Capelli biondo cenere, riflessi iridati, carnagione bianca come il latte, occhi opalini, seno prosperoso. Il vestito di raso verde con la cintura le disegna una silhouette da cabaret, a cui si aggiunge una classe folgorante. *Una cerbiatta in mezzo ai lupi, e li tiene a distanza.* Il gatto certosino fa le fusa sotto il suo guanto di seta giallino ed è altrettanto ieratico.

Chi può essere?

«Frank, amico mio, dia una coppa di Roederer alla *Fraülein*!»

«Subito, signor Lafont.»

Il festeggiato le sfiora con la mano il fondo schiena.

Non ha reagito. Che siano amanti?

«Il suo champagne, signorina. Ci ho messo un lampone, lasci che si impregni di alcol e lo gusti alla fine. Vedrà, è una cosa di divina.»

La donna allunga la mano e prende la coppa dai riflessi dorati con una delicatezza senza pari.

«Grazie. Mi piace questo riguardo. È un segno di eleganza.»

«Lei mi lusinga. Come si chiama il suo gatto?»

«Raimund. Come Ferdinand Raimund. Un drammaturgo austriaco del secolo scorso. Un confettiere divenuto letterato e morto suicida a quarantasei anni; era convinto di essere stato morso da un cane che aveva la rabbia. Mi piace immaginare che si sia reincarnato in un gatto.»

Lo sguardo di quella giovane donna è ipnotico e il suo décolleté conturbante – sulle sue ginocchia, il certosino sembra pronto a sfoderare gli artigli.

Trattieniti, vecchio mio, si dice Frank, mentre torna Lafont.

«Cara Inga, le presento Helmut Knochen, il capo della Gestapo a Parigi.»

«Molto lieta, *mein Standartenführer.* Inga Haag. Sono la segretaria dell'ammiraglio Canaris, oltre che sua nipote.»

L'ammiraglio Canaris, il capo delle spie tedesche! Cosa ci viene a fare, qui, sua nipote?

«Suo zio ci fornisce un aiuto prezioso nella caccia ai terroristi che vengono a fare propaganda in Francia» dice Knochen.

«Ci lavora giorno e notte, posso assicurarglielo.»

«I francesi non sono abbastanza impermeabili alle manipolazioni dei britannici. Dobbiamo vigilare, qui come nel nostro paese, e controllare la psicologia delle popolazioni civili.»

Inga gli regala un sorriso provocatore.

«Brindiamo alla vittoria del Terzo Reich!» suggerisce subito Lafont.

«Che Dio l'ascolti, Lafont. *Heil Hitler!*»

«*Heil Hitler!*»

A che gioco sta giocando questa bellezza fatale?

Alle loro spalle, la muta privata del capobranco inizia a spazientirsi. Le canaglie vogliono fare un giro allo One Two Two, la casa chiusa preferita di Lafont.

Lo Standartenführer dà finalmente il segnale di partenza: «Herr Meier, la ringrazio per questa splendida serata».

«È stato un piacere, Herr Knochen.»

Anche Lafont si alza in piedi.

«Frank, era tutto perfetto.»

«Grazie, signor Lafont.»

Frank ha sentito su di sé lo sguardo di Inga Haag. Di colpo, prova un certo imbarazzo nel mostrarsi così intimo di quell'uomo che disprezza profondamente.

«Fraülein Haag, le auguro un piacevole finale di serata.»

«Grazie, Frank. Oh, mi dica, pare che lei dia dei buoni consigli sulle corse dei cavalli, potrebbe iniziarmi? Ne vado pazza.»

«Con piacere, signorina.»

Questa donna cerca qualcosa, è evidente.

Frank ne subisce decisamente il fascino.

Calmati, Frank. Il ricevimento è andato bene, Lafont e Knochen se ne vanno entusiasti, missione compiuta.

«Luciano!» grida, «accompagna il signor Lafont alla sua automobile!»

«Va bene, signor Meier.»

Nel bar restano solo due ex combattenti sfiniti. Georges ha un'aria imbronciata. I suoi sogni ribelli sono annegati nel pantano delle vere carogne. Pétain aveva promesso di risanare la Francia, invece l'ha consegnata ai banditi e ai magnaccia.

Noi che abbiamo combattuto a Verdun siamo i primi a essere stati traditi dal Maresciallo.

Frank mette una mano sulla spalla del suo vecchio compagno d'armi. Si guardano, osservano insieme il loro bar, con tutte quelle dalie nere e il ritratto di Hitler in maestà, e scoppiano a ridere.

«Facciamo i conti?» propone Frank, come per tirarsi su di morale.

Allineano le banconote sul bancone, come agli inizi, poi accantonano la parte di Luciano, rimettono in cassa quello che spetta all'albergo e si dividono equamente il resto del bottino – in nome di ciò che hanno vissuto tutt'e due, tanto tempo fa.

Il denaro. Gli resta almeno quello.

8

3 giugno 1943

Seduta di fronte a Frank, Inga Haag è sola al bar. *Una fortuna insperata*. Stasera indossa un incantevole abito estivo a scacchi di cotone color mimosa. Il taglio aderente mette in risalto l'affascinante silhouette da ballerina e il colletto a risvolto le conferisce una certa aria da ufficiale inglese. Inga e Frank hanno dato vita a un rituale. Appena lei varca la porta del bar, lui le versa una coppa di Roederer in cui ha infilato un lampone. Poi gira intorno al bancone e va a tenerle la mano per aiutarla a sedersi sull'alto sgabello. Il suo bel gatto certosino si è trovato un posto – raggomitolato contro la cassa, il felino dorme con un occhio chiuso e controlla il barman con l'altro. Beato, da venti minuti Frank ascolta la sua cliente tedesca che gli racconta della sua giovinezza a Berlino, degli anni di scuola a Londra, della bellezza ineguagliabile di sua madre, o ancora del padre adorato, banchiere e collezionista di incunaboli. Man mano che affiorano i ricordi, Inga fa girare l'indice smaltato sul bordo della coppa vuota. Frank è come stregato, preso da un desiderio irrefrenabile. *E Blanche? Blanche che in questo preciso momento vive forse il peggio...* Quando le versa dell'altro champagne, Inga lancia un'occhiata al ritratto incorniciato di Fitzgerald.

«Mi sarebbe tanto piaciuto passare una serata con lui» sussurra.

«Non molto tempo fa, era seduto dove siede lei adesso...»

Inga sembra stupita e Frank s'inorgoglisce.

«L'ha conosciuto?» domanda.

«Credo di poter dire che eravamo amici.»

«Che fortuna!»

«Mi manca...»

Inga Haag stringe le labbra, pare commossa. Poi confessa la sua passione segreta per la letteratura americana. Prima della guerra, ha divorato tutti i romanzi di Fitzgerald. Frank è sorpreso, non sono in tanti, a Parigi, ad avere letto *Il grande Gatsby*. Sapere che questa donna sublime conosce l'opera di Fitzgerald lo turba più di quanto non lo facciano i suoi sorrisi maliziosi. Il suo desiderio cresce spasmodicamente. La guarda mentre si porta la coppa alle labbra.

Vorrei tenerla fra le braccia, stringerla forte a me per sentire i suoi seni tondi contro il petto, e poi scenderle lungo il collo per inebriarmi della sua pelle dorata.

Lasciati andare, sant'Iddio.

Blanche non è per te. È una donna sposata. Cosa aspetti!

Il nervosismo di Frank è palpabile e Inga sembra percepire il suo turbamento.

Da quanto non vado a letto con una donna?

La giovane tedesca gli sorride e accarezza delicatamente la testa del suo gatto.

«Sa come ho imparato il francese?» dice Frank, con un filo di spavalderia.

«Me lo dica lei.»

«Leggendo e rileggendo *Il rosso e il nero* di Stendhal.»

«Davvero?»

«Ammiro l'audacia di Julien Sorel.»

«Voi uomini trovate tutti un modello in Sorel, ma non è la storia di un fallimento?»

«Forse, sì...»

Le parole di Inga gli piovono addosso come una cascata, è scosso. *Un fallimento.* Non ci aveva mai pensato. Che il cocente smacco subito dall'eroe di Stendhal abbia avuto su di lui per trent'anni l'effetto di una trappola mentale?

Per il momento vorrei avere il coraggio di Sorel con Madame de Rênal e, come lui, prenderti la mano.

L'orologio del bar suona le nove.

«Signor Meier!»

Frank sussulta.

Stordito ed eccitato, si era dimenticato di Luciano, messo di guardia vicino alla porta.

«Sta arrivando il signor Lafont.»

«Da solo?»

«Non, è con due ufficiali tedeschi. Gestapo.»

Inga Haag ha subito infilato il portasigarette nella sua pochette di pelle. Si alza, prende il gatto sotto un braccio e strizza l'occhio a Frank.

«Non mi trattengo oltre, Frank, si è fatto tardi.»

«Bene, signora.»

Lafont entra nel bar, con la sua solita aria da smargiasso.

«Buonasera, Frank! Toh, signora Haag, che piacevole sorpresa!»

«Buonasera, Henri.»

«Se ne va già?»

«Purtroppo sì. Ma ci vediamo martedì, a casa dell'ammiraglio Canaris.»

Ora è Frank a notare un certo imbarazzo in lei. Inga scappa via.

Di chi ha paura? Di Lafont o dei suoi due cerberi?

Ai due ufficiali della Gestapo non ha detto nemmeno una parola. Inga Haag saluta Luciano uscendo, mentre i tre nuovi arrivati si issano sugli sgabelli, ed eccoli seduti al bancone.

«Tre Martini, Frank.»

Lafont si comporta da padrone.

«Subito, signor Lafont.»

«Allora, lei è amico della signora Haag?»

«Mi concede questo onore» risponde Frank prudentemente.

La risata di Lafont lo fa sussultare.

«Stia attento, Frank, suo marito potrebbe prenderla male. Un ufficiale della Wehrmacht...»

È sposata? Ma...

Non si raccapezza.

Si fa chiamare Fraülein, si comporta da seduttrice...

Di colpo, a Frank si stringe il cuore.

Blanche. Dove si troverà a quest'ora?

In uno scantinato buio, in mano a gente come questi tre bastardi...

Frank vacilla, è preso dal senso di colpa, roso dalla vergogna per avere desiderato Inga. Troverà il coraggio d'interrogare Lafont, facendo pure finta di niente, sulla sorte riservata a Blanche?

Inga, Blanche... Blanche, Inga...

I volti delle due donne si sovrappongono nella sua mente. Scuote la testa come per cancellare quell'immagine.

Il suo amore per Blanche gli viene risbattuto in faccia.

Inga ha visto giusto, Il rosso e il nero *è la storia di un fallimento.*

9

12 luglio 1943

Il telefono del bar non smette di squillare e Frank si rifiuta di rispondere. Sa che è Elmiger. Sa perché lo sta chiamando, e non sa cosa dirgli.

Süss è scomparso.

Frank lo sospettava da ieri sera. È andato a verificare appena arrivato al Ritz, poco fa: il foulard di seta non è più nel tabernacolo.

E non c'è più la lampada appesa alla parete.

Il visconte è di nuovo in fuga sulla via dell'esilio.

Questo rischia di complicare i rapporti del Ritz con la Gestapo. Frank teme che verrà interrogato. Ha la mente piena di pensieri, il cuore appesantito, e dei dolori insopportabili alla spalla destra. Sogna di andare a zonzo lungo le rive della Senna: fiutare l'aria estiva di Parigi alla fine del giorno e non pensare a niente. Non avere più paura. Ma è costretto dietro a quel bancone, il bar apre fra dieci minuti. Risuona un nuovo squillo. Vorrebbe fracassare il telefono sbattendolo contro il muro.

«Frank, non risponde?»

«Mio Dio, Sacha. Mi ha spaventato...»

Guitry indica il telefono con aria divertita.

«Chi diavolo sarà mai, per evitarlo in questo modo?»

«Il direttore, ne sono sicuro. Il suo vice è scomparso da ieri sera, nessuno sa dove si trovi.»

«L'inafferrabile signor Süss si è volatilizzato? Ha un'aria profondamente turbata, Frank. Eravate amici?»

«Diciamo che ci siamo avvicinati negli ultimi mesi.»

Guitry fa una pausa prima di sedersi.

«Immagini che sia Süss, invece, a chiamarla per dirle che sta andando a Lisbona, dove lo aspetta una nave diretta a Caracas...»

L'ipotesi strappa a Frank un sorriso.

«Lei mi sorprende, Sacha. Come fa a vedere sempre le cose in una prospettiva diversa?»

«Bah... Un po' di leggerezza, Frank, la lievità è la prima qualità del saggio. È ancora presto, mi prepari un gin tonic. E brindiamo alla liberazione della Sicilia prima che arrivino le uniformi...»

Guitry ha decisamente il senso dell'opportunità.

E subito Frank ripensa a Süss. Esteta autodidatta e spirito libero. Sa che il visconte gli mancherà, che gli mancherà il suo modo di pensare, pragmatico e lucido al tempo stesso. Ahimè, lo pensa già al passato...

Il telefono ha ripreso a squillare. Guitry ha appena lanciato a Frank un'occhiata eloquente. Il barman coglie il messaggio: questa volta risponderà.

«Pronto, Frank? Sono Elmiger, dove si era cacciato, santi numi?»

«Ero sceso in cantina, stavo finendo l'inventario con Luciano.»

«Ha notizie di Süss?»

«No, nessuna.»

«Che guaio! La Gestapo è irritata dalla sua scomparsa. Lo sospetta di avere raggirato Haberstock. Ne sa qualcosa?»

«Io? No, niente.»

«Sono stato convocato in avenue Foch domattina alle nove. Mi chiami se viene a sapere qualcosa.»

«Certamente. Buon viaggio.»

«Come dice?»

«Mi scusi, stavo salutando un cliente che parte per Lisbona.»

10

26 luglio 1943

Come ha fatto Luciano a saperlo?

Frank non glielo ha chiesto, è troppo contento di rallegrarsene con lui. Benito Mussolini è stato deposto dalle élite conservatrici italiane, spaventate dall'avanzata delle truppe alleate nella penisola.

Il Duce è stato arrestato per ordine del re.

Il primo choc in campo fascista.

Luciano era commosso fino alle lacrime al pensiero di poter rivedere sua madre prima della fine dell'anno. Sono ormai cinque anni che vive a Parigi – un'eternità per un ventenne. Un'eternità anche per una madre privata del figlio. Frank lo ha abbracciato per la prima volta, e anche a lui sono venute le lacrime agli occhi. Gli ha promesso che berranno insieme una coppa di Veuve Clicquot stasera, dopo la chiusura. L'ha anche autorizzato a iniziare il turno un'ora dopo per dargli la possibilità di condividere quel momento con un garzone di cucina napoletano con cui ha fatto amicizia.

«Non dimenticare che sei uno svizzero di Lugano!» avrebbe voluto ricordargli, ma Luciano era già sparito. *Quel napoletano avrà mangiato la foglia?* Non importa, condividono l'odio per l'occupante e, lontano da casa, la lingua materna è una patria.

Mussolini in prigione.

Frank non riesce a raccapezzarsi.

Hitler e Pétain subiranno un giorno la stessa sorte?

L'atmosfera rischia di surriscaldarsi. Già a mezzogiorno, una densa colonna di fumo grigio copriva il cielo sopra place de la Concorde. Decine di curiosi si erano accalcati dietro alle inferriate delle Tuileries. Elmiger gli ha spiegato che i tedeschi stavano bruciando dei quadri confiscati nel giardino del Jeu de Paume – «opere di pittori degenerati, da cui bisogna espurgare la Francia» dicono. A Frank è tornato in mente il Picasso che Süss aveva acquistato dal maestro spagnolo.

Hanno bruciato anche quello?

Bruceranno tutto prima di andarsene come ultima punizione, come ultima espiazione?

Nell'attesa, verranno altri giorni di incertezza, altri giorni di angoscia. E altri giorni con Inga Haag. Che è appena arrivata, con il suo gatto certosino in braccio.

«Caro Frank, buongiorno, avrebbe una scodella d'acqua fresca per Raimund?»

«Certamente. Purtroppo non mi hanno consegnato lamponi stamattina.»

«Non importa. Oggi ho voglia di un Dry Martini.»

«Glielo preparo immediatamente.»

Inga Haag è sublime in quell'abito estivo a portafoglio, il cui taglio svasato mette in rilievo le sue forme senza cedere all'indecenza. *Un nuovo modello, non ne ho ancora visti di simili, in giro.* Frank si concentra sullo shaker e cerca un diversivo. Può forse accennarle dell'arresto del Duce? *Cosa può pensarne, d'altra parte?* Pochi giorni fa, Jünger gli ha insegnato un trucco per sondare chi si ha di fronte. «Non abbia paura di affrontare un argomento delicato» gli ha detto. «Lo stallo dell'esercito tedesco nel saliente di Kursk, per esempio. Se l'interlocutore giudica la situazione recuperabile, o spera in una "pausa tattica", allora lei saprà con chi ha a che fare e potrà cortesemente limitarsi ai luoghi comuni. In caso contrario, diciamo che la considererà una tappa preliminare a un'eventuale connivenza. Anche se bisogna sempre diffidare delle apparenze.»

«Il suo Dry Martini, signora.»

«Grazie.»

Frank apprezza sempre il modo in cui Inga Haag porta il bicchiere alle labbra. Ne è turbato, e lei lo sa. Da tempo, ormai, Frank ha capito a che gioco sta giocando quella donna.

«Qual è il suo segreto, Frank?»

«Come sarebbe?»

«Non ho mai bevuto un Dry Martini altrettanto squisito. Ha un trucco, vero?»

Sollevato, Frank le rivolge il suo sorriso più smagliante.

«Vede... sta tutto nel ghiaccio. I cubetti devono essere messi nel bicchiere a una temperatura precisa: tra sedici e diciassette gradi sottozero. È una frustata, per il gin, l'astuzia è tutta qui.»

«Fantastico. Lei è un artista.»

Più lui inventa, più gli credono. Chi può pensare, anche per un solo istante, che si possano mantenere dei cubetti di ghiaccio a temperatura costante in un secchiello di cristallo? Inga Haag non è l'unica vittima. Da qualche settimana, Frank è diventato un esperto cacciaballe – si allena per gli interrogatori.

Sta meditando di buttar lì un commento sulla vittoria a sorpresa di Sémillante nelle corse di ieri, a Vincennes, quando Georges entra di corsa nel bar, rosso e sudato in fronte.

Oggi però è il suo giorno libero...

«Sono-venuto-più-in-fretta-che-ho-potuto, Frank!» farfuglia, trafelato.

«Calmati. Cosa succede?»

«Devo parlarti. È urgente!»

Frank si gira verso Inga e la prega di scusarlo. Lei fa un cenno con la mano e si accende una sigaretta. Frank trascina Georges in cantina.

È così sconvolto che pare abbia visto il diavolo in persona.

11

«Dov'è Luciano?»

«In cucina con Gianni. Cosa succede, Georges?»

«Uno della cricca di Lafont mi ha appena avvertito. Qualcuno dell'albergo ha spifferato alla Gestapo che Luciano è ebreo. Stanno venendo qui a verificare. Gli chiederanno di abbassare i pantaloni.»

«Cosa? Chi è stato?»

«Chi se ne frega, Frank! Sbrigati, vai ad avvertire il ragazzo. Bisogna che se la batta, altrimenti lo portano via. E te con lui, vecchio mio!»

«Ma come...»

«Sbrigati, ti dico! Vai, resto io al bancone.»

Frank cerca di riprendersi dalla sorpresa.

Respira, sistemati, sorridi, Frank!

Ha la scarpa sinistra slacciata, si ferma e riannoda la stringa lentamente. Non affrettarsi. Fare come se nulla fosse. Pensare in prospettiva. Camminare, non correre. Respirare. *Porca miseria, sono già qui.* Tre uomini con l'impermeabile di pelle nero e i capelli imbrillantinati gli sono comparsi davanti nella Galleria delle Meraviglie. Sono venuti ad arrestare Luciano, non c'è dubbio.

Sorridi, Frank.

«Buonasera, signori.»

«Buonasera.»

«Posso aiutarvi?»

«Stiamo cercando il bar del signor Meier.»

«Sono io Frank Meier. Molto lieto. Il bar si trova in fondo al corridoio, dopo le vetrine della gioielleria Cartier, alla vostra destra. Andate a mettervi comodi, arrivo subito.»

E pensare che Luciano avrebbe dovuto essere di guardia all'entrata del bar. Sta' a vedere che la caduta di Mussolini forse gli salva la vita.

Se Frank vuole evitare di essere arrestato a sua volta, bisogna che oggi più nessuno li veda insieme. Impossibile quindi andare in cucina. Decide di rifugiarsi nell'anticamera della lavanderia e spiare l'arrivo del suo apprendista dallo spiraglio della porta. Potrà così giurare a Elmiger e ai tre della Gestapo che Luciano oggi non è venuto al lavoro. Quanti soldi ha in tasca, stasera?

Millecinquecento franchi, è già qualcosa. Purché il ragazzo abbia con sé i documenti. Purché...

«Luciano!»

«Signor Meier, cosa ci fa qui?»

«Zitto! Vieni, entra, nasconditi. C'è la Gestapo al bar. Sono venuti a vedere se sei circonciso. Devi scappare, ragazzo mio, e subito! Conosco il modo per farti uscire senza che qualcuno ti veda. Hai con te i documenti?»

«Sì, signor Meier, sempre...»

«Dio sia lodato! Bene, ascolta. Non devono vederci insieme. Precedimi, ci vediamo all'entrata del deposito bagagli, nel sotterraneo.»

Luciano è stordito, lo guarda senza capire.

«Passa dal retro del parrucchiere, non ci sarà nessuno a quest'ora. Hai capito?»

«Il... parrucchiere. Il deposito bagagli.»

«Ci troviamo lì fra cinque minuti. Su, muoviti!»

«Va bene, signor Meier.»

«Luciano! Non correre. Cammina normalmente. A tra poco.»

Il terrore negli occhi del ragazzo gli spezza il cuore. *Cosa ne sarà di te, Luciano?* Impossibile portarlo a casa sua, correrebbe un rischio troppo grosso, con i vicini.

Le sette e un quarto. Ed ecco Marie-Louise Ritz che scende lo scalone. Che guaio. Sorridi, Frank.

«Buonasera, signora.»

«Come mai non è al bar, Meier?»

«Volevo fare un salto in cucina, sono rimasto senza lamponi.»

«Ne abbiamo ricevute sette cassette stamattina, non credo siano già finite. Torni in fretta al suo posto, ed eviti di fare quella faccia. Mio Dio, spaventerà i clienti se la vedono così pallido e sbattuto.»

Dovrò ricordarmi di passare dalla cucina per recuperare questi benedetti lamponi. Si morde il polso per non dimenticarsene – tanto da farsi male. Ha lo stomaco sottosopra, le mani sudate e una lama che gli rovista il cuore.

Chi può avere denunciato Luciano? Non è il momento di pensare a questo, meglio prendere una lampada a olio nel magazzino…

Ecco, ho trovato! Luciano andrà a Biarritz!

Là c'è il suo amico Charles, che potrà dargli una mano.

«Ah, sei già qui. Perfetto. Seguimi.»

Luciano è bianco come un lenzuolo.

«Chi l'ha avvertita, signor Meier?»

«Georges.»

«È stata Marie Sénéchal, ne sono sicuro. Quella baldracca.»

«Perché dici così?»

«Si è presa un nuovo crucco fra le gambe e mi guarda di traverso da una settimana.»

«E perché?»

«Qualcuno ha disegnato una K sull'anta del suo armadietto.»

K come Kollabo. Frank capisce al volo.

«Non dirmi che...»
«Non può saperlo, non mi ha visto nessuno.»
Luciano scoppia a piangere.
«Figliolo, non c'è più tempo per pensarci. Ecco, è qui. Dietro la colonna, vedi quella porta nascosta?»
«Sì.»
«Scivola contro il muro e appoggiati alla porta. Dài!»
«Non ce la faccio. È bloccata...»
«Come sarebbe, bloccata? Mettici tutta la forza che hai!»
«Impossibile, è chiusa dall'interno...»
«Cosa? Spostati.»
Frank accende la lampada e l'avvicina alla serratura. Il ragazzo ha ragione: si è chiuso il chiavistello dall'altra parte. Ma non hanno scelta. Luciano non può più correre il rischio di tornare di sopra. Quanto a nascondersi qui, è impossibile: se venissero a perquisire la cantina, sarebbe spacciato.
«Ho il coltellino svizzero di mia madre. Posso tentare di introdurre la lama nell'interstizio della porta e sollevare il chiavistello...»
«Giusto, figliolo. Dài, prova.»
Jünger non aveva forse detto che un coltellino può salvarti la vita?
Luciano prova. Troppo in alto. Troppo in basso. La lama finisce sempre nel vuoto – finché la porta, finalmente, cede.
«Molto bene, bravo!»
«E adesso cosa faccio?» farfuglia Luciano.
«Entri lì dentro e procedi lungo il cunicolo. Sbucherai sotto il Jeu de Paume, nel giardino delle Tuileries, ti è chiaro?»
«Sì.»
«Bene. Poi, aspetti che cali la notte, d'accordo?»
«Sì.»
«Se c'è un guardiano notturno, aspetti fino all'alba. Altrimenti non aspetti, esci immediatamente. Una volta fuori, attraversi il giardino e scavalchi la cancellata dalla parte

dell'Orangerie, senza farti beccare da una pattuglia. Hai capito?»

«Sì.»

«A quel punto, trova il modo di andare a Biarritz, anche a piedi se necessario, chiaro?»

«D'accordo.»

«Arrivato a Biarritz, vai all'Hôtel du Palais. Lì chiedi di Charles, è lui che gestisce il bar. È stato mio apprendista. Digli che ti mando io. Se chiede una garanzia, dagli la ricetta dell'Happy Honey, è stato lui a inventarlo. Tieni bene a mente quanto ti ho detto.»

«Sì… certo.»

«Ti ricordi la ricetta dell'Happy Honey?»

«Due dosi di brandy, una di succo di pompelmo e mezza di sciroppo di miele d'acacia. Ah, e due gocce di tabasco.»

«Perfetto. E non dirgli mai che sei ebreo. Né a lui né a nessuno! Hai capito?»

«Ho capito.»

«Poi chiedi a Charles di darti una mano a imbarcarti su un battello di pescatori diretto in Spagna o in Portogallo. Digli che lo ricompenserò per questo. Scendi verso sud, trova il modo di raggiungere l'Algeria o il Marocco. Farai tutto quello che ti sto dicendo, vero?»

«Sì, signor Meier.»

«Se ti fai prendere lungo la via dai tedeschi, mostra i tuoi documenti, sono in regola. Di' loro che lavoravi a Parigi ma che sei svizzero, di Lugano, e che torni in Italia per aiutare il Duce a riprendere il potere, chiaro?»

«Sì.»

Frank fruga nella tasca della giacca.

«Ecco, millecinquecento franchi, è tutto quello che ho. Vedi di tenerne il più possibile per quando sarai in Algeria. Se te ne servono di più, potrai chiederne a Charles. Quando lo vedi, chiedigli di spedirmi una cartolina con la ricetta di un cocktail.

Il minor numero possibile di parole, non si sa mai. E tu... tu non mi scrivi finché i crucchi sono a Parigi, d'accordo?»

«D'accordo.»

«Tieni, prendi anche il mio ferma banconote. L'ho comprato a New York quando avevo la tua età. Dallo a Charly, gli piaceva da morire. Digli che è una garanzia.»

Sulle guance di Luciano scorrono grosse lacrime. Il ragazzo non si muove.

«Non piangere, figliolo. Se corri veloce, ti prometto che ci rivedremo. Adesso va', sii più forte di loro. Coraggio, fila! Fila!... Hai chiuso bene la porta alle tue spalle? Il chiavistello?»

«Sì, signor Meier» risponde la voce soffocata di Luciano da dietro la porta.

«Buon viaggio, Luciano. Sarò sempre con te, non dimenticarlo mai! Addio, figliolo.»

Sente un mormorio indistinto e dei passi che si allontanano – almeno, crede di sentirli. Poi più niente. Luciano si è incamminato lungo il cunicolo.

Frank non lo ha abbracciato. Ha perso Blanche e ha perso Süss. Ma deve tornare di sopra, andare avanti, fare un cenno a Georges, incrociare lo sguardo di Inga. Nulla deve trasparire.

Frank Meier non ha mai avuto così poca voglia di tornare nel suo bar.

12

27 luglio 1943

Avenue Foch 31 bis, Ufficio delle questioni ebraiche, XVI arrondissement. Un barman di cinquantanove anni con il cuore a pezzi sta per sottoporsi al suo primo interrogatorio. *Sono Frank Meier, barman del Ritz da vent'anni, ex combattente di Verdun ed ebreo ashkenazita.* Si è messo elegante: completo nero di alpaca, camicia bianca con lo sparato, cravatta grigia di seta, gemelli di madreperla, scarpe di vernice. Eccolo in prima linea sul fronte di questa strana guerra. Stamattina Jean-Jacques gli ha chiesto se stava andando a un funerale. Ha esitato, stava quasi per mentire a suo figlio, ma bisognava che sapessero, lui e sua nipote. Quando ha pronunciato la parola Gestapo, Jean-Jacques si è liquefatto e Pauline è scoppiata a piangere. Frank ha cercato di rassicurarli e ha promesso di dare loro notizie all'ora di pranzo.

Sono le undici e aspetta il suo turno. Dignitoso. In piedi. Pensa a Elmiger, che l'ha preceduto nella stanza degli interrogatori. Poveraccio: non è la prima volta che viene convocato, anche se ignora quel che si trama nel suo albergo. *Forse è meglio così.* Frank è lì da un'ora e ha avuto il tempo di osservare dall'immensa finestra con il telaio dorato gli uccellini appollaiati sugli alberi del parco. Ha riconosciuto una coppia di tortore dal collare, un colombaccio, tre tordi bottaccio, qualche fringuello, una cinciallegra, degli storni e una passera scopaiola. Un'infanzia in campagna non si dimentica. L'attesa fa senz'altro parte della procedura, per fiaccare le sue difese. Ma quegli uccelli gli hanno dato forza. Sono liberi, al riparo dai nazisti, inconsapevoli della guerra in atto. Col naso incollato alla finestra, Frank si chiede dove sarà mai Luciano in quel momento. Gli si stringe il cuore.

«*Herr Meier?*»

«*Ja.*»

«*Guten Morgen. Komm bitte rein.*»

«*Danke schön.*»

Jean-Jacques l'ha avvertito che lo avrebbero interrogato in tedesco – la lingua del Reich, *Ich bin Frank Meier, Chef Barkeeper im Reitz seit zwanzig Jahren, Veteran von Verdun und aschkenasischer Jude.* A Frank sarebbe piaciuto incrociare Elmiger prima di entrare, per cogliere un indizio, qualcosa nello sguardo, ma la stanza è vuota quando viene introdotto. Il direttore del Ritz dev'essere uscito da un'altra porta.

Frank passa in rassegna il mobilio: una libreria a vetri Luigi XV in ciliegio selvatico, una lampada bouillotte con l'abat-jour di metallo laccato, un tavolo a tre gambe di metallo patinato, un grande tappeto di lana con dei cerchi rossi su fondo verde, un tavolino con piano in marmo grigio e venature. Sarebbe un perfetto salotto borghese parigino se dietro una bella scrivania Sormani non ci fosse, rigido come un tronco, uno smilzo tenente colonnello delle SS con i capelli rasati.

«La prego, Herr Meier, si sieda. So che lei parla un tedesco perfetto, ma preferisco fare questa conversazione in francese, le spiace?»

«No, come desidera.»

Se il colloquio si svolge in francese è perché viene di sicuro ascoltato da funzionari della Gestapo che non parlano una parola di tedesco. Chi li spia?

Lafont in persona? Vai a sapere. Deve essere furente con me; la sua grande festa da SS con un cameriere ebreo, non l'avrà digerita bene.

«Lo Standartenführer Knochen la stima molto, Herr Meier. Mi ha chiesto di porgerle i suoi saluti.»

Sono Frank Meier, barman del Ritz, ex combattente di Verdun ed ebreo ashkenazita.

«Sono lusingato. Lo saluti da parte mia.»

«Tuttavia, desidera sapere se lei era consapevole di alloggiare un piccolo ebreo pericoloso.»

«Se si riferisce al mio giovane apprendista, non è ebreo. E non è pericoloso.»

«Come lo ha conosciuto?»

«Ho conosciuto sua madre anni fa, a New York. Si chiama Sofia Baresi. Mi creda, è cattolica, il ragazzo non ha una sola goccia di sangue ebreo.»

«Eppure si chiama Luciano Levi.»

«No, si chiama Luciano Baresi. Non sa chi sia suo padre.»

«È figlio suo?»

Frank sta ritto sulla sedia, pronto a venire alle mani.

«Per niente. È solo il mio apprendista.»

«Dove vive sua madre?»

«A Losanna, fa la governante in una casa borghese.»

«E non vede suo figlio da cinque anni, è piuttosto strano, non le pare?»

«È la guerra, colonnello.»

«Io ho visto mia figlia a Pasqua. È la guerra, certo, ma nulla impedisce a sua madre di venire a Parigi per passare un Natale con il figlio. A meno che non sia un rischio troppo grande per lei, perché la potrebbero smascherare alla frontiera.»

Il tono su cui il tenente colonnello conduce l'interrogatorio rivela senza equivoci le sue intenzioni. Frank resiste all'assalto.

«Sofia e io siamo al servizio di altri. Non abbiamo molto tempo libero. Vede, sono alle dipendenze del Ritz da più di vent'anni. Quell'albergo è la mia vita, il mio sacerdozio. Mi piace il mio lavoro.»

«Le piace, già... Lei è stato naturalizzato nel 1923, dico bene?»

«No, nel 1921.»

«Lei è nato in Austria, a...»

L'SS finge di cercare nelle scartoffie che coprono la scrivania.

«... Kirchberg, il 3 aprile 1884.»

«Esatto.»

«Nell'agosto del 1914 è stato assegnato al 1° reggimento straniero, in Marocco. Volontario contro la Germania... per servire la Francia. Ho qui un dossier a suo nome. Un'indagine della polizia svolta nell'agosto del 1941. La sua professione di barman al Ritz la mette a contatto con i più alti funzionari e ufficiali dello stato maggiore, vogliamo essere sicuri di poterci fidare.»

«Capisco.»

«Non voglio nasconderle nulla: siamo un po' stupiti che un austriaco abbia scelto la Francia nel 1914. Ci è sorto il dubbio che anche lei possa essere ebreo...»

Il cuore di Frank batte così forte che ha l'impressione di sentirlo rimbombare nell'ufficio.

«Mi scusi?»

«Lei è ebreo, Herr Meier?»

«Sono cattolico, battezzato da un prete tirolese.»

«Eppure il suo nome non compare in nessun registro parrocchiale austriaco. Né a Kirchberg, né a Vienna. Strano, no?»

«Non so cosa dirle...»

«Comunque, non compare nemmeno nel registro degli ebrei del Tirolo. Considerando la sua fama, le abbiamo concesso il beneficio del dubbio in questi ultimi due anni. Ora, capirà che la faccenda dell'apprendista ebreo cambia le carte in tavola.»

Frank si prende un attimo di silenzio, poi tenta una nuova

strategia: «Mi crede così stupido da assumere un israelita in un posto frequentato da generali dell'esercito tedesco?».

«Allora perché è scappato?» chiede il tenente colonnello, rispondendo a tono con un'altra domanda.

La partita a scacchi è iniziata.

«Non ne ho idea, avrà di sicuro avuto paura.»

«Paura di cosa, Herr Meier? Solo chi non è in regola con la legge ha paura della polizia, no?»

Frank lo guarda senza rispondere.

Sono Frank Meier, barman del Ritz, ex combattente di Verdun ed ebreo ashkenazita.

«Quando l'ha visto l'ultima volta?»

«Ieri, nel primo pomeriggio. Abbiamo preparato l'occorrente per la sera.»

«E poi... ha preso il volo... Immagino che qualcuno l'abbia avvertito della nostra visita. Sa chi è stato?»

«No.»

Il tenente colonnello lo scruta per un istante, poi sfoglia i documenti che ha davanti.

«E questo signor... Süss. Eravate amici, se ho capito bene.»

«Non proprio, no.»

«Ha sue notizie?»

«Nessuna.»

«Un altro ebreo?»

«No, non credo.»

«Su di lei ci sono molti sospetti, Herr Meier.»

Silenzio, di nuovo.

«Ascolti» dice Frank in tono pacato. «Lei mi parla di sospetti? Non posso farci niente. Da tre anni sto al mio posto, senza fare distinzioni fra i clienti di ieri e quelli di oggi. Ho servito gli ufficiali tedeschi con lo stesso piacere e la stessa devozione.»

«In effetti, nessuno ha mai avuto motivo di lamentarsi di lei. È così apprezzato che lo Standartenführer Knochen si rifiuta di sottoporla alla visita medica...»

«Gli dica che mi presterò, quando vorrete. Non sono circonciso.»

«Che rapporti ha con la signora Haag?»

«Cordiali, niente di più.»

«È la sua amante?»

Frank si lascia sfuggire un sospiro.

«No, nel modo più assoluto.»

«Ma viene spesso al Ritz, non è così?»

«Viene regolarmente, sì. Come il capitano Jünger o il generale von Stülpnagel.»

«Ha l'impressione che ascolti le conversazioni intorno?»

La Gestapo la sospetta forse di spionaggio?

«Non più di tanto» risponde Frank.

«Decisamente, lei non è proprio conciliante.»

«Chiedo scusa, ma dico solo la verità.»

«La verità!» esclama il tenente colonnello esasperato. «Mi fa ridere! Oggi più nessuno dice la verità, Herr Meier. Non esiste più la verità!» grida. Ma sembra avere un'ultima carta da giocare. Consulta ancora una volta i suoi documenti e con un gesto stanco li spinge sull'orlo della scrivania. Rimane in silenzio per qualche istante prima di aggiungere, improvvisamente amichevole e con un grande sorriso: «Il mese prossimo mi risposo con una francese. Ci sarà una cena di nozze nella proprietà del signor Lafont a Neuilly sur Seine. Mi farebbe piacere che lei fosse tra noi perché gli invitati possano approfittare della sua arte...».

Frank è stupito. Dire che non se l'aspettava è dire poco. Riesce, tuttavia, a riprendersi: «Con piacere, colonnello. Bisogna, però, che la direzione mi autorizzi».

«Herr Elmiger non ha fatto obiezioni. Ci siamo messi d'accordo.»

«Allora è tutto a posto, conti su di me.»

«Ecco una splendida notizia. Può andare. Non esiti a far sapere in giro che la Gestapo sa dare prova di cortesia e d'intelligenza.»

Il tenente colonnello lo accompagna alla porta. Hanno la stessa età; si sono di sicuro combattuti trent'anni fa, nell'Argonne o nelle Ardenne.

Avrebbe almeno potuto mostrare rispetto per il nostro passato di soldati!

Sono Frank Meier, barman del Ritz, ex combattente di Verdun ed ebreo ashkenazita.

Stamattina, per conto di tutti i meteci di place Vendôme, Frank si è rimesso sul sentiero di guerra.

SESTA PARTE

Stato d'assedio
febbraio-luglio 1944

Diario di Frank Meier

Da dove vengo? Non lo so più tanto bene.

Se scavo, non dimentico che in fondo troverò l'Austria. Mi sono nutrito di New York e di Parigi, ma sono fatto anche di cultura germanica. Al punto che a volte mi sento vicino a certi ufficiali tedeschi. Non sono andato a scuola, ma Goethe e i fratelli Grimm hanno sempre fatto parte della mia identità. Ricordo che nei duri pomeriggi d'inverno, nel Favoriten, una vecchia bavarese ci raccontava delle storie, a noi bambini del quartiere. Di lei dicevano che era stata precettrice dei due figli Kleitz, una ricca famiglia di tessitori che viveva in un castello a ovest di Vienna. Secondo quelle voci, durante un soggiorno estivo sulle Alpi non era stata sufficientemente vigile e, per colpa sua, quelle due testoline bionde erano morte annegate in un lago di montagna.

Rosa dal rimorso, espiava la sua colpa riunendo in casa sua i bambini della zona. A fine giornata, il martedì e il giovedì, la vecchia ci serviva dell'acqua calda aromatizzata con rametti di timo, accompagnandola con spicchi sottili di arancia candita disposti su fette di pain perdu. Il suo sguardo ci coccolava, ma senza mai essere sdolcinato. In realtà, l'adoravamo. Seduta accanto a una vecchia stufa in una catapecchia, avvolta in uno scialle scozzese con gli occhialini appollaiati sulla punta del naso, ci leggeva Hansel e Gretel, Cappuccetto rosso *o* Il re degli elfi. *Avevo allora otto o dieci anni, non di più, e questa ballata di Goethe mi ha colpito nel profondo. Uno choc. Quel bambino che muore fra le braccia di suo padre, rapito dalla morte. Una giovinezza stroncata da un re invisibile e vorace. Anni dopo, ci ho visto la mia generazione sacrificata sotto la «pioggia d'acciaio» della Grande Guerra.*

Arrivato a New York, senza dubbio per nostalgia, mi sono comprato per un solo dollaro una versione originale dei Dolori del giovane Werther. *Ho spremuto quel grande romanzo della libertà, l'ho letto e riletto, lo divoravo giorno e notte nella mia stanzetta a Manhattan. Capivo meglio l'impero austro-ungarico rigorista e rinsecchito in cui ero cresciuto. Un mondo in cui l'ordine morale soffocava le ambizioni e i desideri individuali in tutti gli strati della società. Per sfuggire a quella spaventosa oppressione, in Austria e in Germania sorsero dei movimenti giovanili che svuotarono di colpo tutti i licei della borghesia. Era il 1901 o il 1902, non ricordo più, avevo già lasciato il Vecchio Continente. Quei giovani sono andati a vivere nelle fattorie, andavano a spasso nelle foreste; sono scappati dalle città e hanno inventato una cultura alternativa, gettando nella disperazione i loro genitori. Sono convinto che uno degli obiettivi di Verdun fosse sbarazzarsi di quella gioventù tedesca che rifiutava l'ordine e la religione.*

Non ne sappiamo abbastanza e non capiamo niente della cultura germanica se non teniamo presente il suo rapporto con l'ordine e le frustrazioni che genera. Grazie alla maestria di Goethe, ho compreso presto perché avevo lasciato Vienna per trasferirmi in America, il paese dell'emancipazione e dei sogni realizzati.

1

2 febbraio 1944

È nevicato abbondantemente tutta la notte. Le folate di vento sollevano la neve farinosa accumulatasi. *Fa così freddo, da qualche giorno!* Stamattina, Parigi è nel vortice della tempesta. Al volante del furgone del Ritz, Hans Elmiger guida con la massima prudenza, il naso incollato al parabrezza del T23. Quanto al barman, seduto nel posto del morto, sprofonda in una densa nebbia interiore, avvilito per la resa.

La sua lotta non porta da nessuna parte. Non si va in guerra da soli. Süss e Luciano se ne sono andati. Blanche è sempre in carcere. L'assenza di notizie è un supplizio. Frank ha resistito qualche giorno, il tempo necessario ad allontanare i sospetti della Gestapo, poi è crollato. Colto da una tristezza infinita, ha rinunciato ad agire. La vigliaccheria ha preso il sopravvento, il coraggio si è sclerotizzato per via dell'età. Per un po' ha potuto aggrapparsi alle visite di Inga, ma la nipote dell'ammiraglio Canaris è scomparsa a sua volta dopo l'estate, è rientrata in Germania. Gli ha lasciato in ricordo una vecchia edizione delle poesie di Goethe. Ogni tanto gli capita di aprirla, ma ci trova più malinconia che conforto. Non può più dire nemmeno di essere utile a qualche famiglia ebrea: partito Süss, non ha più consegnato alcun passaporto falso. Fersen gli ha addirittura fatto sapere che era più prudente fermarsi, i rischi sono troppo elevati da quando i pronazisti francesi sono entrati a far parte del governo di Vichy. Ormai sono mesi che Frank subisce il suo destino, come quei ragazzi stravolti che venivano scrollati con le buone o con le cattive in trincea quando giungeva il momento di uscire e andare all'assalto. Jean-Jacques ha cercato di farlo parlare, invano. Pauline e suo figlio sono preoccupati. Ogni mattina fa sempre più fatica a scendere dal letto, ogni sera aprire il bar gli costa uno sforzo maggiore. Nel frattempo, i tedeschi resistono. Sono sempre lì, bene o male. Fingere diventa sempre più difficile. Dovrebbe cercare di riprendersi, ma è più forte di lui, si è rotta la molla... Lavora come un automa, fa quello che gli chiedono e vorrebbe solo silenzio intorno. Sono venti minuti che non scambia una parola con Elmiger, e gli va bene così. Non sa più nemmeno che immagine rimanda di sé. Quella di uomo finito, senza dubbio.

«Eccoci arrivati, Frank.»

Si raddrizza sul sedile, scorge nella nebbia i magazzini di rue Lecourbe.

«Vado ad accoglierli, direttore. Il tempo che lei parcheggia.»

«Grazie. Ma mi aspetti prima di entrare.»

È più di un anno che Frank non mette piede sulla riva sinistra della Senna. I tedeschi hanno deciso di ispezionare i laboratori del Ritz sparsi un po' in tutta Parigi, alla ricerca di armi o di esplosivi nascosti dai «terroristi». Sembra un'ottima scusa per requisire ciò che può essere sfuggito alla loro ingordigia. Hans Elmiger non ha avuto altra scelta che accettare. E stamattina ha coinvolto Frank in una missione segreta: vorrebbe che il barman facesse uscire discretamente qualche bottiglia delle annate migliori trasferite in quel magazzino nel maggio 1940. Era stato Süss, subito prima che arrivassero i tedeschi, ad avere l'astuta idea di mettere al riparo una parte della cantina in un angolo del XV arrondissement.

Frank ha sempre detestato quel quartiere. Sporco, povero e grigio, gli ricorda la miseria del Favoriten di Vienna. A pochi metri da lui, cinque bambini giocano alla guerra nella carcassa di un'auto.

Cosa fanno all'aperto con un freddo simile?

E quando hanno mangiato l'ultima volta? Sono scheletrici.

Con la moltiplicazione dei bombardamenti e le strade pressoché inagibili, le difficoltà negli approvvigionamenti sono cresciute. Ieri Pauline è tornata a casa dicendo che non si trova più neanche un pezzetto di carne in tutta Parigi. Se si pensa che un uovo costa venticinque franchi… Certe madri di famiglia si feriscono volontariamente nella speranza di essere portate in ospedale e di trovare lì qualcosa da mangiare per i loro figli.

L'ufficiale tedesco saluta Elmiger ed entra nel magazzino. Tenendo in mano il frustino di nervo di bue, gli ordina di aprire i bauli, uno dopo l'altro. Elmiger ubbidisce. Il tenente rimane come istupidito davanti a quella specie di gabinetto delle curiosità – tutti i tesori affidati al Ritz da clienti che hanno preso la via dell'esilio: un uovo di Fabergé di lapislazzuli, un carapace di testuggine alligatore, un nécessaire da barbiere d'avorio, un bastone da passeggio di ebano della ditta Fayet, una sella da salto di Hermès, camicie da smoking in popeline della camiceria Charvet, un libro antico sulle parrucche alla corte di Versailles, un pugnale tuareg con il fodero tempestato di rubini, un ombrello prodotto da Antoine in avenue de l'Opéra…

Frank osserva gli uomini in grigioverde che pensano sempre meno a scovare le armi nascoste dai partigiani e sempre più a trovare un pretesto per requisire qualche valigia. Se non fosse presente Elmiger, si sarebbero già impadroniti di quella mercanzia. Il direttore approfitta del loro stupore davanti a una tabacchiera in corno di bufalo incrostata di madreperla per fare un cenno a Frank. È il momento di eclissarsi. Ha cinque minuti per agire, non uno di più. La sua missione: scegliere qualche bottiglia delle annate migliori per rifornire il Ritz prima che i militari se ne accorgano. Nella bisaccia ha posto per quattro bottiglie – forse cinque. Una di champagne, due di vino bianco e due di rosso, dovrebbero bastare.

Pensava che si sarebbe emozionato nel rivedere la sua cantina; invece, accendendo la luce, rimane come stordito. Non è una cantina, è la caverna di Ali Baba. *Ci saranno almeno centomila bottiglie.* Se n'era completamente dimenticato. Ora ricorda che ci avevano messo sei settimane a trasferire tutto – Luciano era stato precettato per dare una mano tutte le mattine, e adesso capisce perché. Capisce, soprattutto, che se i tedeschi scoprono questo tesoro, benché sia presente Elmiger, la razzia è assicurata. Ma cosa scegliere? *Spicciati, Frank, fidati dell'istinto.* Inizia da un Krug 1911, un millesimato quasi esaurito, un vero pezzo da museo. Poi due Meursault. Sistema con cura le bottiglie nella bisaccia avvolgendole in carta da pacco per non farle tintinnare. Arriva nel bordolese e scorge un Haut-Brion del 1921. Si china su un Pétrus del 1909. Meno di due minuti, gli rimane il tempo per spostarsi in Borgogna, dove prende un Romanée-Conti del 1933. Si appresta a risalire quando sente l'accento gutturale ormai così familiare: «E qui sotto, cosa c'è?».

Merda. Il tenente tracagnotto fa lo zelante. Frank viene preso dal panico. Cosa potrà dirgli? Centomila bottiglie – come giustificarle? Sente colargli il sudore lungo la schiena. *Respira.* Gli stivali fanno cigolare i gradini della vecchia scala di legno. Il tenente sgrana gli occhi.

«*Mein Gott! Was ist das, Herr Direktor?*»

«Una cantina» risponde pacatamente Elmiger.

«Del Ritz?»

«Proprio così.»

«*Sehr gut*, ci avevate nascosto questo tesoro. È tutto requisito!»

Elmiger lo ferma con una mano, e con una calma sorprendente.

«Mi spiace, *mein Oberleutnant*, temo non sia possibile.»

«*Ach, warum?*»

«Be'... è la riserva personale del Reichsmarschall Göring.»

«*Mein Gott! Entschuldigen Sie mich!*»

«Il signor Meier è sommelier» continua Elmiger. «Conosce bene i gusti del Reichsmarschall.»

«*Jawohl, jawohl.* Dimentichi quello che ho detto...»

Elmiger sorride.

«Una bottiglia per quando andrà a pranzo, *mein Oberleutnant*? Resta fra noi, ovviamente.»

«*Nein, danke schön.*»

«Bene. Allora, abbiamo finito? Come voi, sono un po' di fretta.»

Poco dopo, eccoli di ritorno sul furgone del Ritz.

«Ho preso cinque bottiglie.»

«Ottimo.»

«Devo dire che la prontezza con cui ha risposto mi ha davvero impressionato. Quel tedesco si è irrigidito come se Göring in persona l'avesse colto con le mani nel sacco. Ha avuto un bel coraggio.»

Elmiger sorride con modestia e si adagia sul sedile del passeggero. Frank gli lancia uno sguardo di sottecchi svoltando in boulevard Pasteur. Il direttore gli ricorda quei soldati che, sul fronte delle Ardenne, si rivelavano alla prova del fuoco. All'inizio erano fragili, discreti, tormentati. Spesso erano insegnanti o praticanti in uno studio notarile, avevano le lacrime agli occhi e volevano solo tornare a casa. Lo stomaco bloccato dalla paura, l'elmetto troppo grande in testa. Il genere di sottufficiali fifoni che tutti i soldati evitavano, convinti che portassero sfortuna. Ma poi, contro ogni aspettativa, è stata la loro prudenza a farli sopravvivere. Sotto il tiro delle mitragliatrici, hanno sfoderato un'imprevedibile forza morale. Hanno rialzato la testa, si sono sistemati la cinghia dell'elmetto e hanno dominato la paura. Ogni giorno che passava sotto una pioggia di granate, uomini che erano stati giudicati troppo in fretta mostravano quel raro carisma che rassicura chi sta intorno, fino a guidare i compagni all'assalto.

«A cosa sta pensando?» chiede Frank, sfregando il parabrezza per disappannare il vetro.

«Mia moglie Lucienne mi ha confidato che lei, in dicembre, le ha procurato dei documenti falsi per aiutare un nostro amico a fuggire da Parigi...»

Un incrocio. Il T23 si ferma.

«La signora Elmiger mi aveva però giurato che lei non ne avrebbe saputo nulla.»

«Non si preoccupi. Süss mi aveva già detto che lei è in grado di fare simili favori. Si trattava di un mio vecchio amico, preso in una retata a Lione e trasferito a Drancy. Ha corrotto una guardia con del denaro che siamo riusciti a fargli avere in un pacco. È scappato, poi è rimasto nascosto per tre settimane nel sottotetto del Ritz, lo scorso dicembre. Grazie ai documenti che lei ci ha fornito, è riuscito a raggiungere la Spagna. Oggi è al sicuro a Londra.»

«Sono contento di sapere che sono stato utile.»

«Molto di più, Frank. Anche lei dà prova di essere un uomo coraggioso.»

Elmiger sapeva.

«Avrei una cosa da chiederle, signor direttore...»

«La prego.»

«Perché ha licenziato Marie Sénéchal?»

«Per libertinaggio. Ha scatenato un tale putiferio fra il personale, non era più possibile. La situazione stava sfuggendo al controllo.»

«Non l'ha messa alla porta perché ha accusato Luciano di essere ebreo?»

«Assolutamente no! Quindi lei non sa chi è stato a denunciare il suo apprendista?»

Frank per poco dimentica di dover svoltare in rue de Vaugirard.

«Lei lo sa?»

«Certo! Ero convinto che lo sapesse anche lei. È stato uno dei nostri ex grossisti di pesce, Bertrand Barterote.»

«Barterote? E chi è?»

«Uno sui trent'anni, di Cherbourg. Si è trovato nel pisciatoio del personale con Luciano. Urinavano uno accanto all'altro e Barterote ha visto che Luciano era circonciso. Ha subito chiamato uno degli uomini di Lafont sperando in una ricompensa. Quel bastardo ha smesso di lavorare col Ritz tre giorni dopo per unirsi alla cricca di rue Lauriston.»

«Merda...»

Frank ha spesso avuto una gran voglia di vendicarsi sulla piccola Sénéchal. Ha pensato a delle trappole, voleva fargliela pagare. *Che imbecille.* Ha rischiato di mettersi nei guai per niente.

«Marie Sénéchal è una brava ragazza» continua Elmiger, come se gli leggesse nel pensiero. «Cerca marito, niente di più. Prende quello che trova. I giovani francesi sono in Germania o nella Resistenza, non c'è molta scelta. Sarebbe troppo facile giudicarla.»

Frank non sa cosa rispondere.

«Ha notizie del ragazzo?»

«No. No, nessuna.»

La settimana scorsa, Frank si è deciso a mandare un telegramma all'Hôtel du Palais a Biarritz, ma non ha ricevuto risposta.

«E di Süss, notizie?»

«Nessuna, nemmeno in questo caso. È sparito nel nulla» dice alla fine. «Non siamo rimasti che io e lei nel vortice.»

2

20 febbraio 1944

Dieci mesi nelle mani della Gestapo, come si esce da un'esperienza simile?

Tutti i dipendenti dell'albergo si sono radunati nella hall di rue Cambon per accogliere la signora Auzello che è stata appena liberata. Tutti, tranne la Vedova, che si è scusata dicendo di avere la sciatica. Le cameriere parlottano fra loro, i camerieri hanno un'aria grave e il personale di cucina tiene le mani in tasca. Georges sta accanto al responsabile del servizio di sala, mentre Frank si è messo vicino all'entrata, un po' in disparte, da dove può vedere quasi tutti, anche i due soldati in uniforme che si mescolano agli altri. Due giovani che hanno al massimo l'età di Luciano e la sua stessa aria da ragazzino innocente, ma che non esiteranno a fare rapporto sul ritorno di Blanche Auzello al Ritz. All'improvviso, un mormorio. Eccoli! Dapprima, semplici silhouette in controluce: quella di una donna esile e fragile, aggrappata come un uccellino al braccio di un uomo con cappello e bastone. La magrezza di Blanche si fa più impressionante man mano che la coppia avanza sotto la luce delle lampadine. Il suo volto diafano si è indurito, il colorito tende ora al giallastro quasi trasparente, gli occhi febbricitanti sono così scavati che non si vedono quasi più. Viene avanti a passo lento, ancorata al braccio del marito quasi potesse cadere, affondare, annegare se lo lasciasse anche un solo istante.

Stupita nel vedersi tanta gente intorno, consapevole che quello è un omaggio silenzioso, una sicura testimonianza di amicizia, contrae il volto martirizzato in un sorriso timido, da bambina. Risuona qualche applauso, che si interrompe subito. Si teme l'incidente diplomatico, ma l'entusiasmo è palpabile. Quando lo sguardo di Blanche incrocia finalmente quello di Frank, trova la forza di fargli un'impercettibile strizzatina d'occhio. Frank si eclissa, scappa nella sua cantina, scosso dai singhiozzi.

Due giorni dopo, ha appuntamento con lei nel giardino delle Tuileries. L'ha contattato Blanche lasciandogli un biglietto in evidenza sul bancone del bar. Le Tuileries, un territorio neutro, in qualche modo, sepolto sotto la neve. Frank è in anticipo e si siede sul bordo di una fontana svuotata per l'inverno. Un vento gelido gli sferza il volto, l'aria che penetra nei polmoni è più tagliente di un sorso di vodka. Ippocastani e olmi cinesi sono coperti di ghiaccio. Il giardino è deserto, a parte qualche pavoncella in cerca di cibo. Frank è preso da un tremito. Cosa potranno dirsi?

In lontananza rintocca il campanile di Saint-Germain-l'Auxerrois, una vibrazione lenta, ritmata e grave, poi torna il silenzio.

All'improvviso la vede.

Distinguerebbe la sua figura tra mille, anche se avanza prudentemente, avvolta in un cappotto di lince che un tempo poteva forse essere bello ma che ora è decisamente fuori moda, tenendo le braccia incrociate sul petto e gli occhi incollati al suolo. Sembra sfinita, come se il carcere le avesse tolto dieci anni di vita.

Frank sente salire le lacrime agli occhi.

Sei un vero piagnucolone, Frank, riprenditi.

Blanche ha tenuto duro con la Gestapo, deve mostrarsi degno di lei e del suo coraggio.

«Buongiorno, Frank. Mi perdoni per un appuntamento così disagevole, ma ho bisogno d'aria, e di cielo, mi capisce?»

Si è tanto avvicinata a lui che Frank può sentirle sul collo il suo profumo preferito, Jean Patou.

«Ho vissuto per otto mesi indossando un accappatoio sudicio, infestato di pulci e puzzolente, con degli scarponi di legno ai piedi» aggiunge, facendo un debole sorriso. «Ho voglia di eleganza, non posso negarlo.»

«Vuole che facciamo quattro passi? Mi prenda il braccio.»

«Va bene così. Se mi sento debole, glielo dirò. Scendiamo lungo il viale.»

Blanche evita il suo sguardo, trema, ha il fiato corto.

«È buffo, comunque, essere qui stamattina. Sa come mi avevano soprannominato le mie compagne di cella?»

«No, me lo dica.»

«Biancaneve. Per via del mio pallore.»

«Riprenderà presto colore.»

«Almeno, ho smesso con l'alcol e il resto. Più neanche una goccia di gin o di champagne, e nemmeno un grammo di morfina da dieci mesi. Una vera prodezza! Spero che sarà fiero di me...»

«Lei è la donna più forte che io abbia mai incontrato, signora. Ha sofferto molto?»

«Soprattutto all'inizio. Quei pervertiti mi hanno martellato di domande su quelle che chiamano "le attività segrete del Ritz". Sono convinti che il Ritz sia un covo di nemici del Reich. Mi impedivano di dormire la notte per urlarmi addosso di giorno. Mi hanno più volte minacciato di strapparmi le unghie con una pinza da chirurgo che mi agitavano sotto il naso con un piacere perverso. A volte mi hanno addirittura schiaffeggiato violentemente, ma non era tortura. Ho sentito le grida delle donne torturate, erano un'altra cosa, mi creda...»

Frank stringe in tasca i pugni.

«Hanno capito subito che soffrivo più per l'astinenza che per le loro botte. Niente alcol e niente oppiacei, era un supplizio. Arrivavo in un bagno di sudore agli interrogatori, con delle emicranie atroci, ero completamente frastornata. Una sera, avevo i nervi a pezzi e mi sono attorcigliata come un verme sulla sedia di ferro, in preda a dei crampi intestinali terribili. Mi sono svuotata più volte davanti a loro. In quel momento, mi vedevo coperta di escrementi e non provavo più vergogna... E quei sadici ridevano, mi prendevano in giro. Mi hanno promesso una bottiglia di cognac se avessi confessato tutto. Ma io mi sono chiusa nel silenzio. Ho rimediato solo altri calci nel fegato. Ho creduto di morire. È andata avanti così per più di due settimane, poi mi hanno lasciato stare. Avranno pensato che non sapevo niente.»

Ha terminato il racconto e rallenta il passo. Blanche Auzello è stremata.

«Il suo coraggio le fa onore, signora.»

«Lei avrebbe fatto di sicuro lo stesso. È una persona perbene, Frank.»

La «persona perbene» è presa da un senso di nausea che lo fa vergognare. Ha sognato tante volte il corpo di Blanche. Tutte quelle notti di solitudine a immaginare un abbraccio febbrile... E ora è l'immagine della prigioniera insudiciata a imporsi. Come in un incubo, quest'immagine si sovrappone a quella dei cadaveri della Grande Guerra. Si sente soffocare.

Blanche avrebbe potuto denunciare lui e Süss per alleviare le sue sofferenze. Frank non sa se sarebbe stato capace di un simile coraggio. Cosa faceva lui, nel frattempo? Si arricchiva dietro al bancone del suo bar. Mance, scommesse, commissioni, documenti falsi: curava i suoi interessi e non è nemmeno riuscito a evitare a Luciano una fuga notturna. Si sente un miserabile. Il barman sognava in grande, ma mirare troppo in alto lo ha solo minato dall'interno. La grandezza, nel 1944, non è più Hemingway che arringa gli aristocratici con una bottiglia di champagne in mano, è Blanche Auzello che non confessa sotto le percosse – e Frank non è pronto per questo genere di grandezza.

«Sa che Süss mi ha visto mentre accendevo le luci della cucina?» domanda Blanche mentre percorrono il viale di Diana.

«Sì, me lo ha detto.»

«Ho capito che non mi avrebbe consegnato ai crucchi quando ho visto che, andandosene, non le spegneva. E sa una cosa? Credo che il buon Süss desiderasse almeno quanto me che il maledetto Ritz venisse bombardato.»

Frank non ci aveva mai pensato. Blanche è stata sempre più lucida di lui.

«Era preso nella sua stessa trappola, una granata inglese l'avrebbe liberato da quella situazione. Claude è convinto che i nazisti l'abbiano giustiziato prima di buttare il suo corpo zavorrato nella Senna. Ha sue notizie?»

«Nessuna, purtroppo. È sparito senza lasciare tracce.»

«Ho pensato a lui per non cedere durante alcuni interrogatori. Era arrogante, lo detestavo, eppure non mi ha denunciato. Dovevo essere alla sua altezza per continuare ad avere stima di me stessa.»

«Era un uomo davvero sorprendente...»

Frank ha pronunciato queste parole in modo quasi meccanico, sorpreso nel provare una punta d'invidia. Gli sarebbe tanto piaciuto che Blanche pensasse a lui come a un rifugio in mezzo alle iene. Ma era il visconte che voleva impressionare, era lui l'eroe, l'uomo forte.

«Frank, dovrei chiederle un ultimo favore...»

Ha una voce così fievole...

«Perché "ultimo"?»

«Voglio tornare a casa. Lasciare l'Europa. Può aiutarmi a raggiungere New York?»

Questa domanda è come una pugnalata al cuore.

«Be'…»

Riflette un istante. Tutti i collegamenti con gli Stati Uniti o con l'Inghilterra sono interrotti. Il solo modo di raggiungere New York è imbarcarsi su una nave a Lisbona o a Casablanca. *Con quali documenti?* Di sicuro non americani – troppo pericoloso. Anche dei documenti francesi desterebbero sospetti. Un falso passaporto straniero, allora? Da mesi non è più in contatto con Fersen, ma per la moglie di Claude Auzello il diplomatico svedese potrebbe fare un'eccezione… In ogni caso, Frank non si sogna nemmeno di dire no a Blanche. Non oggi.

«Sì, le procurerò i documenti» dice alla fine. «Per lei, e per il signor Auzello.»

«No, solo per me. Claude non sa che voglio andarmene. Lui ci tiene a rimanere qui. E lo capisco, è la sua "patria", come dice. Ma io ho deciso. Vede in che condizioni mi hanno ridotto?»

«Fra qualche settimana si sarà ripresa. Avrà finalmente la possibilità di trascorrere un'intera estate negli Hamptons…»

«Se solo sapesse, Frank, come sono commossa da quello che mi sta dicendo… Tutte le notti, per sfuggire all'angoscia nella mia cella di dolore, mi sono rifugiata nei miei ricordi di New York. Sembra un tempo così lontano! La vita a New York con Pearl White era così fantastica. L'eccitazione, l'allegria, si osava tutto… Oggi Pearl è morta ed è tutto finito.»

«Non proprio. L'audacia non l'ha mai abbandonata.»

Blanche lo guarda e subito i suoi occhi si riempiono di lacrime.

«Le voglio così bene, Frank.»

Lui si sente invadere da un intenso calore.

Dio, fa' che questa passeggiata invernale al suo fianco duri tutta la vita!

Lei l'ha preso sottobraccio, il suo piede vacilla. Soffre, è evidente.

Quei bastardi ti hanno davvero conciato male.

Allora la riaccompagna lentamente verso il Ritz.

3

5 marzo 1944

«Frank, sa che Charles Bedaux è morto?»

«No! Mi racconti.»

Elmiger rimane impassibile, ma la sua voce ha una vena d'ironia.

Frank gli serve un bicchiere di gin.

Non ho la testa per fare un cocktail.

«Gli americani l'hanno trasferito dall'Algeria alla Florida perché venisse cucinato dai loro servizi segreti prima che iniziasse il processo. Secondo Stülpnagel, Charles Bedaux si è opportunamente suicidato in cella, a Miami. Avrebbe ingoiato una massiccia dose di fenobarbital. Io non vedo un uomo come lui, sempre sicuro di tirarsi fuori dai guai, che si toglie la vita. Forse è stato aiutato, i suoi dossier imbarazzanti su onesti cittadini americani non dovevano far piacere a tanti.»

La conversazione viene interrotta dalle sirene. L'allarme, ancora e sempre. Gli attacchi iniziano sempre più presto, appena cala la notte. Colpiscono ancora lontano dal Ritz, ma si avvicinano. Dopo che un bombardamento ha investito il VI arrondissement la settimana scorsa, nei corridoi dell'albergo l'atmosfera si è fatta più cupa, e il circo meno divertente. Le donne di mondo hanno rinunciato ai loro trucchi, si nota una certa sciatteria anche nel vestire.

Il regno dell'eleganza instaurato da César Ritz si conclude nel degrado più totale.

I clienti sono scesi tutti in cantina con le loro maschere a gas. Gabrielle Chanel, avvolta nel suo plaid di guanaco, si lamenta di Elmiger, che si rifiuta di riscaldare il rifugio per fare economia. Spatz, il suo amante, stufo dei piagnistei, tenta invano di avviare il vecchio grammofono, soggetto ai capricci dell'alimentazione elettrica. Elmiger scrive rabbiosamente sul suo taccuino, a meno che non mostri quell'aria infastidita per evitare di dover rimettere la signorina Chanel al suo posto. I coniugi Auzello si sono seduti sul divano Reggenza, senza degnare Marie-Louise di uno sguardo – le due donne nella stessa stanza, non succedeva dal 1936... Stanno stretti l'uno all'altra. Claude non si è fatto la barba, è senza cravatta e ha la camicia stropicciata sotto la giacca. Blanche sembra più gracile che mai, in vestaglia di spugna. Frank ha incrociato il suo sguardo quando lei è entrata: si aspettava di leggere nei suoi occhi una domanda sui documenti promessi, ma ci ha visto solo un'immensa stanchezza. Non saprà che si è finalmente deciso a contattare Fersen: si è assopita appena seduta. Claude Auzello le sostiene dolcemente la nuca.

Quella coppia unita nell'avversità rimanda a Frank la sua profonda solitudine. Blanche, che appena qualche giorno fa gli era vicino come non mai, geme, con gli occhi chiusi, aggrappandosi al marito.

Finalmente, ecco Guitry e Jünger, impeccabilmente cortesi, eleganti come lo erano i clienti del mio bar.

Costretti a scendere come gli altri, stanno appoggiati al bancone di fortuna che Elmiger ha fatto sistemare nel rifugio antiaereo per dare l'idea di un bar – nella speranza di rendere più sopportabile l'attesa durante i bombardamenti.

«Di nuovo la salute che non va tanto bene, Sacha» dice Jünger. «Dimagrisco a vista d'occhio.»

«Non beve abbastanza champagne, mio caro.»

«Sta scherzando? Questa vita ci ucciderà. Siamo sempre seduti a bere e a mangiare.»

A milioni di persone piacerebbe poter dire lo stesso, pensa Frank.

Il capitano Jünger ha deciso di lanciarsi in lunghe passeggiate per mantenere arzillo il corpo. Guitry si mostra inorridito, ma lascia volentieri che Jünger racconti nei dettagli la sua ultima spedizione, da Suresne a Neuilly, fra i pescatori con la lenza, gli uccelli e le chiese malandate dei dintorni.

«Santo cielo» commenta Guitry, «mi sento stanco per due...»

Saper sentire senza dare l'impressione di ascoltare, anche questo è essere uno dei più grandi barman del mondo. Quelle conversazioni sono un grande conforto per Frank. Gabrielle Chanel assicura di essere andata in visibilio durante le undici ore del *Soulier de satin* di Claudel alla Comédie-Française. «Per fortuna è un caso isolato» dice Guitry con un largo sorriso. Jünger, invece, è andato a vedere l'*Antigone* di Anouilh al Théâtre de l'Atelier. È sorpreso del fatto che la censura abbia autorizzato una pièce del genere.

«Il clima è deleterio» confida a bassa voce. «Si figuri, Sacha, che ieri sera ho ricevuto in ufficio la visita del tenente colonnello Hofacker.»

«Hofacker?»

«Il comandante in capo della Wehrmacht a Parigi. Appena entrato, ha staccato la cornetta del telefono. Sembrava a disagio, come se ci stessero spiando...»

Frank riesce a cogliere qualche frammento del racconto di Jünger. Parla di «patria in pericolo», di «catastrofe» e di «angloamericani». Ha capito che alcuni ufficiali della Wehrmacht – ha detto proprio Stülpnagel? – vorrebbero negoziare con gli Alleati prima che sbarchino in Francia.

All'improvviso si odono le note di una sonata di Beethoven – il grammofono finalmente funziona, anche se non al meglio.

«Un attentato?» mormora Guitry sgranando gli occhi.

«Stia zitto una buona volta!» lo riprende Jünger.

Frank evita di guardare in direzione di quei due, per non attirare la loro attenzione.

Sant'Iddio, pensa versando dello champagne nella coppa di Gabrielle Chanel, *il generale e altri ufficiali avrebbero intenzione di far fuori Hitler?*

Il grammofono salta di nuovo e Frank riesce a cogliere un'ultima frase: «Ci sono tante spie a Parigi, anche al Ritz, e sono sicuro che Himmler saprà prima di me cosa deciderò di fare».

Georges si avvicina, Jünger fa segno a Guitry e i due iniziano a discutere dei meriti di Octave Mirbeau. Tutto questo è durato appena un minuto.

Frank serve un Guignolet a Marie-Louise Ritz e tiene d'occhio Barbara Hutton, ubriaca e con i capelli unti nel suo kimono di seta, che muore di noia e si lima le unghie alla luce di un candeliere, contro ogni regola di buona creanza, anche se questo non fa più effetto a nessuno.

Quanti saranno, fra i pezzi grossi della Wehrmacht, a sperare nella morte del Führer?

Per quanto folle possa sembrare, Frank si ritrova a sognare.

E se esistesse davvero un complotto?

E se un progetto così insensato andasse in porto? Se Hitler scomparisse?

Ma con i se, un barman lo sa meglio di chiunque altro, si metterebbe Parigi in bottiglia.

4

19 marzo 1944

Frank non ha più sentito parlare di attentati. Neanche un accenno, un'allusione; comincia a chiedersi se non ha capito male. In compenso, si parla sempre più spesso di uno sbarco alleato. Tutti ci pensano costantemente.

Georges, invece, si controlla sempre meno. Sente che sta per arrivare la fine e Frank nota che questo produce in lui una certa eccitazione. Sembra disposto a credere a tutte le voci capaci di suscitare un filo di speranza.

«Hai sentito quello che dicono sullo zio Adolf?» domanda mentre preparano la sala.

«No.»

«Dicono che è andato via di testa e che i nazisti l'hanno rinchiuso al Berghof. Ci pensi? Quello dei cinegiornali sarebbe un sosia.»

Frank sospira.

«Sono tutte sciocchezze, Georges.»

«Sicuro, ma è la conferma che la ruota sta girando. La fortuna è dalla nostra parte, vecchio mio! Sarebbe forse il caso di pensarci... È tutto fuori controllo, tutto traballa. Possiamo fare quello che vogliamo, Frank. Tenere una doppia contabilità, per esempio... Cosa ne dici?»

Frank inarca un sopracciglio e lo guarda severo, tuttavia Georges insiste: «Chi vuoi che si metta a verificare gli ordini, il magazzino, le fatture, le spese, le tue ricette? Chi, Frank? Nessuno! Sta andando tutto a rotoli».

«Sarebbe rubare al Ritz, Georges.»

Da quando è arrivato al Ritz nel 1921, Frank è stato sempre leale nei suoi confronti. Ha sempre trattenuto la sua parte, ma nulla di più – è una linea di condotta morale a cui si attiene. Anche per finanziare i documenti falsi, ha fatto di tutto per evitare la doppia contabilità.

«Frank, vorrebbe dire nient'altro che approfittare del marcio di questa situazione e rifarsi alle spalle dei ricchi. Ti sono sempre piaciuti i soldi.»

«Ti sbagli, Georges. Non mi sono mai piaciuti i soldi. Mi piace la libertà che mi concedono.»

«In ogni caso, io dico che è questo il momento, o mai più. Se i crucchi se ne vanno, torneremo presto a essere gli schiavi di tutti quei borghesi senza valori. Adesso abbiamo un'occasione d'oro. Tu mi dai il venticinque per cento e ci riempiamo le tasche finché dura. Pensaci un attimo, almeno!»

Povero Georges. Frank sa che il suo amico ha sempre desiderato diventare qualcosa di più che un semplice barman; sogna di essere un padrone, un giocatore d'azzardo, un borghese vero. Ha creduto in Pétain, in Laval, in Lafont, e ne è sempre rimasto deluso – adesso, chi sarà il prossimo? De Gaulle? Diffida degli eccessi di entusiasmo del suo ex complice, ma non vuole mettersi a discutere con lui, quanto meno non stasera. Georges rimane il suo baluardo contro la solitudine, in quel bar. E ha salvato la vita a Luciano, Frank non lo dimenticherà mai.

«Bambola truccata in avvicinamento!» dice Georges, mentre finisce di allineare perfettamente le bottiglie. «Sono le cinque e mezzo, la lascio entrare?»

«Vai.»

«Ti fa una corte spietata, vero?»

«Georges!»

La domanda, comunque, è pertinente. Inga è tornata a Parigi, sempre provocante, e sempre col suo gatto, come se fosse stata semplicemente in vacanza per qualche giorno. Hanno ripreso subito il loro rituale, commentando la cronaca più tetra con sublime leggerezza, senza che la signorina Haag sveli mai il suo pensiero.

Un flirt fra i bombardamenti e le esecuzioni dei partigiani.

Da quando è tornata, Frank cerca di penetrare il mistero. Ha cercato di far coincidere le sue visite con la presenza di tizio o caio, ma non ha mai concluso nulla. Ha pensato che forse agisce su incarico dello zio – *impossibile saperlo.* La sola cosa sicura è che non è mai stata presente una sera in cui è scattato l'allarme. Ma potrebbe essere semplicemente un caso. Viene più o meno ogni tre giorni, si trattiene un'ora, poi se ne va. Ormai non si fida più di lei, anche se la loro connivenza stuzzica il suo amor proprio e allevia la solitudine. *È la prima volta che si fa vedere a locale ancora chiuso.*

Indossa un tubino sotto una pelliccia di volpe artica, e per una volta non si è portata dietro il gatto.

«Buonasera, Inga. Roederer e lampone?»

«No, grazie, Frank. Un Dry Martini, semmai.»

«Molto bene...»

Di flirtare è evidente che stasera non se ne parla proprio. Inga Haag sembra agitata, ha un sorriso pallido e lo sguardo perso.

«Dov'è Raimund?»

«Vengo da un appuntamento a cui non potevo portarlo.»

«Questo mi rassicura...»

Con fare precipitoso, Inga estrae dalla pochette in pelle di zigrino il portasigarette.

«Cerca da accendere?»

«Sì, grazie.»

Aspira una lunga boccata e chiede: «Potrebbe consegnare un plico al generale von Stülpnagel da parte mia?». Esita, poi aggiunge, abbassando la voce: «Vede, Frank, sono sposata, e lo è anche il generale... Evito di avvicinarlo in pubblico».

«Ah, certo... capisco.»

Inga Haag è l'amante di Stülpnagel!

Questa proprio non l'avevo capita.

Che imbecille!

«So che lei è una persona straordinariamente discreta, Frank. Accetterebbe di diventare la nostra... come dite voi? Buca delle lettere?»

«Certo, signora. Sono una tomba.»

Non è più il caso di chiamarla per nome.

«Grazie infinite, Frank.»

«Il suo Dry Martini, signora.»

La guarda portare il bicchiere alle labbra, ma quello spettacolo non ha più lo stesso sapore. Cerca di immaginarseli insieme a letto, ma non vede niente, l'ufficiale tedesco sembra di una tale rettitudine... Quindi, è venuta per agganciare non il modesto barman, bensì il grande generale prussiano... E così, Inga si sarebbe servita di lui per cacciare la sua preda. Che sia una spia russa, o inglese? Peggio ancora: e se fosse al servizio di Himmler? Forse vuole incastrare Stülpnagel e sventare il complotto...

«Tenga» dice, porgendogli un pezzo di carta non più grande di un sottobicchiere. «Gradirei che gli consegnasse questo biglietto.»

«Lo farò appena lo vedo, stia sicura» risponde Frank, infilandolo nella tasca interna della giacca.

«So che passerà stasera. Grazie mille, Frank. Ora devo scappare, mi aspettano al Lutetia. Quanto le devo per il Martini?»

«Oh, nulla. L'ha appena toccato. Lasci stare.»

«Sicuro?»

«Sì. Buona serata, signora.»

«A presto, Frank.»

Saluta Georges e scompare.

A che gioco sta giocando?

Il biglietto non è nemmeno in una busta, è semplicemente piegato in due.

Spia o amante, perché così poche precauzioni?

Inga sa bene che Frank può leggerlo. E infatti, muore dalla voglia di farlo. Il barman lo apre lentamente e vede per prima cosa una parola: «*Sehnsucht*» desiderio.

È una poesia di Goethe:

Non sarà questa l'ultima lacrima
che sgorga dal cuore ardente
e che, nuovo indicibile calvario,
placa il dolore accrescendolo.

Frank non può fare a meno di pensare: *Tutto qui?*

E al tempo stesso, cosa sperava di trovarci?

Un segreto di stato, o un invito piccante?

«Ti ha dato un messaggio d'amore?» chiede Georges, avvicinandosi con un sorriso voglioso.

«Non proprio...»

«Cos'è?»

«Una poesia per il generale von Stülpnagel.»

«Se la intendono, quei due?»

«Non ne sono sicuro» risponde Frank abbassando la voce.

«Diventa ogni giorno più strambo, il tuo bar.»

Georges ha ragione. Frank si è lasciato abbindolare ancora una volta.

Un vero stupido.

Se la prende con se stesso per non essersi accorto di niente. Sente crescergli in corpo una lucida rabbia.

«Sai una cosa?» dice. «Ci ho ripensato. La teniamo quella doppia contabilità...»

«No?! Dici sul serio?»
«A me il settanta per cento, a te il trenta.»
Georges s'illumina in volto.
«Conta su di me. Berranno tutti come pazzi e faremo un mucchio di quattrini. Fantastico!»
Fantastico...
La vecchia Ritz può anche andare al diavolo.

5

26 marzo 1944

C'è mai stato davvero un piano per assassinare Hitler?

Frank Meier ha smesso di crederci. Se c'è stato, è senz'altro fallito, giacché il Führer è ancora vivo. E la guerra continua, ogni giorno più brutta. La vita quotidiana è diventata impossibile. Quattro o cinque allarmi al giorno. Le restrizioni sull'uso del gas e dell'elettricità sono sempre più severe. Quanto all'approvvigionamento, è un caos infernale.

Occupanti o occupati, tutti vivono ormai con i nervi a fior di pelle. I tedeschi temono un'imboscata a ogni angolo di strada – i soldati non possono più andare a zonzo per la città e gli ufficiali sono tesi come corde di violino.

La sola distrazione sono i fatti di cronaca. Ogni giorno i giornali forniscono ulteriori dettagli su quello che già viene chiamato l'affare Petiot. Frank finge di non interessarsene ma in fondo quella macabra storia lo affascina, come affascina tutti. Sopraffatti da odori immondi e da un denso fumo grigio, i vicini di Marcel Petiot hanno chiamato la polizia e i pompieri, i quali hanno scoperto i resti di ventisette corpi smembrati nel sotterraneo di un edificio di rue Le Sueur. Era la cantina del dottor Petiot. Pare che il sospettato attirasse in casa individui a cui la Gestapo dava la caccia. Una trappola. Petiot millantava di poterli fare andare in Argentina. I candidati si presentavano da lui, dove venivano assassinati e carbonizzati uno dopo l'altro. La stampa descrive l'assassino come un ex combattente ferito da una granata nel 1917, prima di essere ricoverato per disturbi psichiatrici all'ospedale di Fleury-les-Aubrais. Leggendo la descrizione dei cadaveri sui giornali, Frank non ha il minimo dubbio che quell'uomo sia un pazzo. Peggio, ieri sera al Ritz gli hanno raccontato che Petiot aveva fatto montare uno spioncino nella porta blindata della cantina per assistere al supplizio delle sue vittime dopo averle avvelenate. Frank è convinto che i crimini di Petiot siano frutto di una società nichilista, in cui la vita umana non ha più alcun valore. *Come venirne fuori, buon Dio?* Frank fatica a respirare. Tanto più che Petiot è scomparso, nessuno sa dove si trovi, l'assassino è uccel di bosco. Pare che abbia dei complici nella polizia. Frank non sa più cosa pensare.

Si dice pure che Lafont in persona abbia scoperto la carneficina e che avrebbe fatto parlare Petiot prima di facilitarne la fuga. Quel che è ormai certo è che fra le vittime c'erano diversi ebrei, ai quali quel medico diabolico aveva promesso i documenti per varcare la frontiera spagnola. A Frank vengono i brividi solo a pensarci: chissà, se non ci fosse stato Süss, le famiglie che hanno salvato avrebbero magari fatto la stessa fine... Ieri, Frank ha pensato di riprendere quell'attività, ma Fersen l'ha dissuaso. Il diplomatico ha accettato di fornirgli un ultimo passaporto per Blanche, ma raccomanda la massima prudenza. Non resta che trovare a Blanche un falso cognome scandinavo.

Ci stiamo avvicinando al precipizio.

6

3 aprile 1944

Oggi Frank compie sessant'anni. Ne aveva trenta nel 1914. Due guerre in una sola vita, non lo augura a nessuno.

Questo secolo sconquassato è il mio secolo, dovrò sorbirmelo fino all'ultima goccia, ha pensato stamattina passando una lametta nuova sulle guance smagrite. Stasera, nonostante la situazione sia sempre più cupa, o forse proprio a causa di questo crepuscolo, si sono dati tutti appuntamento al bar per festeggiare il compleanno di Frank Meier. Ernst Jünger è venuto con Florence Gould, Elmiger con sua moglie, Josée de Chambrun con suo marito. C'è anche Guitry, ovviamente. E Arletty, e Cocteau, e Serge Lifar, perfino Jean Marais, che aveva diradato le sue presenze. Non è una festa a sorpresa: è stato Frank a lanciare l'idea, con la complicità di Georges e dei frequentatori più assidui. Ma non si aspettava di vedere così tanta gente.

È venuto anche Fersen, subito all'orario di apertura. Aveva impacchettato una vecchia edizione francese di una commedia di Ibsen, *Quando noi morti ci destiamo*. Sarebbe bastato il titolo, ma il diplomatico ha aggiunto con discrezione che il suo regalo si trovava a pagina 84. Frank non ha avuto bisogno di guardare per capire: all'interno c'è un passaporto a nome di Alba Hoffsen, con un visto per la Spagna e il Portogallo. Frank pensa di darlo a Blanche quella sera stessa. Un vero gesto cinematografico, così triste da essere perfino bello.

La sera del suo compleanno, l'eroe dona in segreto alla donna che ama lo strumento di una libertà che li allontanerà per sempre l'uno dall'altra.

Ma quando finalmente arriva, sottobraccio a Claude, non vede sul suo volto che un vacuo sorriso, come se avesse dimenticato il favore che gli ha chiesto. Come se si fosse dimenticata di lui. Ripone il libro in cantina, e i sentimenti sotto al bancone; pensa a Inga Haag. Non è ancora arrivata – verrà? Continua ad avere con Stülpnagel una fitta corrispondenza. Al di là di ciò che i due possono dirsi, quella relazione ha influito sul legame che si era creato fra lei e Frank. La complicità, anche se solo di facciata, è svanita. Restano le buone maniere di un barman con una cliente abituale.

Frank si consola guardando la folla delle grandi occasioni e il volto imbronciato di Marie-Louise Ritz, che non si è nemmeno degnata di venire a stringergli la mano.

Manca qualcuno dietro al bancone. *Dovei sei, Luciano?* Frank non ha mai ricevuto neppure una cartolina, ma non smette di sperare. L'altro giorno, non potendosi più trattenere, ha telefonato a Biarritz chiedendo di parlare con Charles. «Il signor Launay non è più qui da un anno. È andato a Casablanca.» Chissà, forse Luciano è riuscito a raggiungere l'Hôtel du Palais. Si sarà diretto al bar, non avrà trovato Charles ma si sarà fatto aiutare, in qualche modo. *Magari l'hanno assunto lì.* Per un attimo ha pensato di chiedere alla centralinista se poteva parlare col nuovo barman, o di chiederle informazioni su un nuovo apprendista svizzero... ma non ha osato. Ci riuscirà, un giorno? È passato un anno da quando Luciano se n'è andato e Frank è costretto faticosamente a fingere, ma è chiaro che si è spento qualcosa in lui. La sua attività clandestina oggi è limitata allo scambio di messaggi amorosi fra una presunta spia e un generale prussiano, nonché ai prelievi assai poco eroici dalla cassa del bar, alimentata dai naufraghi del Ritz. Continua ad accantonare un decimo della sua parte per Luciano, nel caso dovesse ricomparire un giorno. Nel frattempo, in mancanza di un apprendista, Frank frantuma da sé il ghiaccio come agli inizi, e nell'attimo in cui si accinge a infilarci lo scalpello, una voce allegra si sovrappone al brusio.

È il colonnello Speidel che viene a stringergli la mano. Nei suoi occhi c'è qualcosa di grave, una luce più cupa. Ora è un uomo che si cautela. L'esperienza sul fronte russo?

Di cosa ha paura?

«Che piacere, colonnello! Cosa ci fa qui?»

«Sono stato nominato capo di stato maggiore del maresciallo Rommel. Rieccomi sul fronte occidentale. E siccome ho sentito parlare della sua festicciola di compleanno...»

«Alloggia al Ritz?»

«No, ci siamo acquartierati a La Roche-Guyon, vicino a Giverny. Ci siamo sistemati nel castello dei La Rochefoucauld.»

Vengono subito raggiunti dal generale von Stülpnagel, che sfodera un sorriso smagliante.

«*Guten Abend*, Herr Meier! Le ho portato Speidel, un magnifico regalo, non le pare?»

«Assolutamente. Sono felice che sia tornato di nuovo fra noi. Cosa posso servirvi?»

«Un Royal Highball per Speidel e un Happy Honey *für mich, bitte*.»

Girandosi per preparare i cocktail, Frank sorride discretamente.

Un giorno potrò dire senza vergognarmi che quando ho compiuto sessant'anni ero felice di vedere arrivare un colonnello della Wehrmacht alla mia festa. Che eresia per un ex combattente!

«Signore e signori, vi chiedo un attimo di attenzione.»

Carl-Heinrich von Stülpnagel ha deciso di prendere il controllo della serata. Con il suo Happy Honey in mano, dichiara:

«Vorrei fare un brindisi alla salute del nostro caro Frank. Stasera alzo il bicchiere alle sue sessanta primavere, che coincidono con il ritorno del sole, di cui abbiamo goduto per tutto il giorno. Un compleanno festeggiato dalla fioritura degli anemoni, degli iris e degli aster, ma anche, come mi faceva notare stamani il capitano Jünger, dal ritorno delle belle donne nelle vie di Parigi. Sappiamo quanto il nostro Frank sia sensibile a tutte queste bellezze che la natura ci offre. Frank Meier, che la provvidenza vegli su di lei! Abbiamo bisogno del suo conforto. Ci abbeveriamo al suo bancone per diluire i nostri tormenti, grazie alla sua bravura e alla sua professionalità, lei è il nostro benefattore. A nome di tutti noi qui riuniti, che proviamo, ne sono sicuro, dell'affetto per lei, le auguro un felice compleanno!».

Be'... tutti questi applausi per un ebreuccio codardo che serve da bere.

Il comandante in capo delle truppe d'occupazione gli fa gli auguri, la Parigi collaborazionista che conta gli riserva un'ovazione. Devo riderne o piangerne? Sorridi, Frank. Guardali negli occhi, china la testa e ringrazia.

La serata scorre a meraviglia. Si beve, si ride, si chiacchiera.

Andate tutti a cena, non ne posso più!

Ma ecco che Stülpnagel fa un passo avanti.

Sorridi, Frank.

Il generale von Stülpnagel si è guardato alle spalle prima di muoversi. Vuole essere sicuro che siano tutti impegnati nelle loro conversazioni prima di avvicinarsi con discrezione.

«Ha un biglietto per me, Frank?»

«Non stasera, generale, mi spiace. La signora Haag non viene qui da parecchi giorni.»

Stülpnagel sembra stizzito. Frank intuisce che qualcosa non va.

«Credo di sapere. Ieri dev'essere stata richiamata a Berlino da suo zio, l'ammiraglio Canaris» aggiunge il generale.

Frank non batte ciglio.

«Qualche problema?» domanda.

«Preferisco pensare di no. In ogni caso, lei ci è stato molto utile, Frank. La ringrazio infinitamente.»

«La prego.»

«Magari le chiederò ancora di fare da buca delle lettere. Se non ci vede nessun inconveniente...»

Il generale ha strascicato l'ultima frase come per dare al barman il tempo di riflettere. La sua non è una richiesta da poco: in questo momento, fare da buca delle lettere potrebbe costargli molto caro. Frank tenta di analizzare la situazione. Stülpnagel e Inga Haag sono davvero amanti? *Poco probabile.* Un complotto della Wehrmacht ai danni delle svastiche? *Forse.*

Dal fondo del bar, sotto il ritratto di Fitzgerald, Guitry lancia un brindisi: «A Frank Meier, il migliore di tutti noi!». La tregua è benvenuta. Il barman alza la sua coppa di champagne verso il commediografo e il suo gruppetto, senza smettere di riflettere. Cosa rispondere al generale? Sembra difficile rifiutarsi di aiutarlo – chissà quali potrebbero essere le conseguenze? L'istinto, per quanto scombussolato, gli ordina di accettare. In quel covo di spie tedesche in cui Parigi si è ormai trasformata, preferisce ancora stare dalla parte di Stülpnagel.

«Siamo d'accordo» dice alla fine.

Stülpnagel sorride, poi va a salutare due ufficiali che stanno per andarsene. Mostra un'aria affabile, ma Frank non dimenticherà mai la cupa luce che ha appena scorto nei suoi occhi. La stessa che ha visto in quelli di Speidel poco fa.

Quanti sono, stasera, a sapere degli intrighi di quei due?

Frank ha così paura di ciò che stanno complottando che preferisce non saperne nulla. Stasera, Frank Meier compie sessant'anni, subisce l'oppressione dei tedeschi e l'assedio delle sue debolezze.

7

27 aprile 1944

«Viva Pétain! Viva il Maresciallo!»

Parigi da tempo non conosceva una simile effervescenza. Per la prima volta dal giugno del 1940, ieri Pétain era nella capitale, con Pierre Laval. I due sono venuti da Vichy a Notre-Dame per assistere alla cerimonia funebre in memoria delle vittime degli ultimi bombardamenti. Più di mille morti in pochi giorni. Gli Alleati avevano come obiettivo il deposito ferroviario di La Chapelle, le loro bombe hanno ridotto diverse vie a un ammasso di rovine. Mai morte e distruzione si erano tanto avvicinate al cuore di Parigi. Tutti vivono nella paura e nessuno sa cosa potrà succedere. Allora, ieri la città si è stretta intorno al suo vecchio maresciallo.

Qualche anno fa, anche Frank ci avrebbe creduto.

La gente ha il terrore, ecco perché è accorsa ad acclamare il Vecchio…

Caso o conseguenza? Ventiquattr'ore dopo, il barman viene convocato nell'ufficio della Vedova. «La signora Ritz ha una proposta da farle» ha detto Elmiger al telefono.

Il direttore sembra già sfinito, mentre Marie-Louise è decisamente in forma. La stanza è satura del profumo dei gigli che tanto le piacciono, e che a Frank fanno solo venire voglia di starnutire. Tutte le mattine, la Vedova ne fa riempire la sua collezione di vasi di porcellana.

«Caro signor Meier, la festa per il suo compleanno è perfettamente riuscita: tutta quella gente raccolta intorno a lei, tutte quelle persone che contano nella nostra città... mi congratulo! E così, mi è venuta un'idea.»

Frank vorrebbe starnutire, ma non ci riesce. Aspetta il seguito.

«Ho pensato che potremmo organizzare una festa simile per il compleanno della signorina Arletty, il 15 maggio. Cosa ne dice?»

Chi può pensare di festeggiare un altro compleanno dopo quello che è successo nei giorni scorsi?

«Avrebbe la sua parte di incasso, beninteso.»

Frank sente che Elmiger, alla sua destra, sta per scoppiare. Con lo sguardo, il direttore lo esorta a mandare la palla in fallo laterale.

«Oh!» aggiunge Marie-Louise. «Se cerca l'assenso del signor Elmiger, non conti su di lui. È contrario. Vorrei il suo onesto parere, Frank.»

«Be'... le cose stanno cambiando, signora.»

«Nient'affatto! Ha visto che trionfo c'è stato ieri per il Maresciallo? Il paese non vuole saperne di una Francia inglese o americana, le loro bombe non fanno che assassinare degli innocenti. Sono loro i mostri!»

È rossa in volto. Elmiger fa un passo avanti.

«Mi consenta, signora. Come le ho detto prima che facessimo entrare Frank, bisogna pensare innanzitutto al futuro del Ritz.»

«Il futuro?» sbuffa Marie-Louise. «Me ne dia una definizione, signor Elmiger.»

«Non ne sarei capace, signora.»

«Ecco il problema.»

«Avendo davanti un futuro così incerto, mi sembra che

dovremmo recuperare una specie di neutralità svizzera nella politica dell'albergo. Se i tedeschi dovessero essere cacciati da Parigi nei prossimi mesi, dovremmo essere in grado di dimostrare ai loro successori che siamo stati vittima dei nazisti, che abbiamo subito un'occupazione. In caso contrario, mi creda, potrebbero confiscare il Ritz.»

«Piuttosto morire!»

«Allora, meglio non organizzare di nostra iniziativa una festa in onore di una persona notoriamente favorevole all'Occupazione... Aggiungo, signora, che le voci di uno sbarco alleato si fanno sempre più insistenti tra gli ufficiali tedeschi. Non è di questo che si parla nel suo bar, signor Meier?»

Frank conferma. Marie-Louise Ritz agita le mani come per scacciare un brutto pensiero.

«Voi due mi esasperate» dice. «Mi togliete il piacere. Va bene, rinuncio alla festa di compleanno per la signorina Arletty. Ma vi ordino di continuare a trattare i nostri ospiti con la massima cura! Il nostro presente, signori, sono i tedeschi.»

Elmiger ha ragione, pensa Frank uscendo dall'ufficio. Quando i tedeschi se ne saranno andati, bisognerà evitare a tutti i costi che place Vendôme odori troppo di zolfo. E non basteranno tutti i gigli di questo mondo.

Ha ancora voglia di starnutire quando, in corridoio, si imbatte in Blanche Auzello, che non ha più rivisto dalla sera della festa.

Blanche!

Da tre settimane pensa a lei ogni giorno quando infila nella tasca della giacca i documenti di Fersen. Non ha ancora trovato il coraggio di dirle che li ha ricevuti, e il desiderio di non vederla partire accresce inevitabilmente in lui la sensazione di comportarsi da vile. Ma vedendola sorridere, sempre magra ma come rianimata, sa che stavolta non si sottrarrà.

«Buongiorno, signora» dice infilando la mano in tasca. «Come...»

Blanche lo interrompe: «Oh, Frank, non abbiamo mai riparlato di quei documenti che le avevo chiesto per tornare in America. Ero così debole, uscita di prigione. Non so come mi è venuto in mente di fuggire. Ma cosa andrei a fare da sola laggiù? La mia vita è a Parigi. Il mio posto è qui».

Frank resta immobile.

«Me ne rallegro, signora» riesce a dire dopo qualche secondo.

«Be', fa una di quelle facce! Non mi dica che avrebbe preferito sapermi in America. Adesso non ho più paura. È l'America che viene da me, Frank! In alto i cuori!»

Gli mette una mano sulla spalla e prosegue di corsa verso l'uscita.

Frank Meier si dirige verso il suo bar, evitando gli specchi della Galleria delle Meraviglie.

8

18 maggio 1944

Lo sbarco, che si pensava dovesse avvenire da un giorno all'altro, si fa aspettare. Sono trascorse tre settimane ma degli Alleati si vedono sempre e solo gli aerei. Tutte le mattine, sul giornale è la solita litania: gli Alleati bombardano, i tedeschi giustiziano dei «terroristi». Al Ritz, il tempo è come sospeso. Si pazienta. Nell'ala ovest s'insinua la tristezza, anche se sopravvive una parvenza di lusso; ormai ci si consola soltanto paragonandosi con l'esterno o bevendo mollemente qualche cocktail al bancone di Frank Meier. Nell'ala est, quella dei tedeschi, ci si agita, si spia. Si beve, anche, in quantità – le scorte di acquavite sono quasi finite.

In questo mesto teatro, nel massimo segreto, dietro al bancone del bar si scambiano messaggi in codice. Sono una mezza dozzina le persone coinvolte in quegli scambi, a volte in uniforme, a volte in borghese, all'apertura o nell'ora di punta, sempre con la massima discrezione. E Frank ne è il tramite naturale. Qualche poesia, ma più spesso frasi sibilline o serie di numeri che sembrano imitare le quote degli allibratori. Con sua grande sorpresa, sono ricominciate le scommesse clandestine; è stato sicuramente dato un ordine in questo senso, pensa

Frank, certo per moltiplicare gli scambi di messaggi dietro al bancone e confondere le tracce.

Ci sono sempre meno avanzi da recuperare in cucina.

Quando non è in servizio, Frank porta volentieri a spasso la sua malinconia per le vie di Parigi, con le mani in tasca e i pugni, e il cuore, stretti. Jean-Jacques trascorre il suo tempo libero in compagnia della sua nuova amichetta – Frank non sa come si chiama, sa solo che fa la commessa alle Galeries Lafayette sui grandi boulevard – e Pauline è da qualche giorno a Blois da Lucette, la sua migliore amica. Di recente, Frank pensa spesso a sua madre. Cos'avrebbe detto di suo figlio in questa strana guerra? *Un imboscato del Ritz? Un uomo incapace di dichiarare il suo amore a una donna?* Di sicuro, gli avrebbe trovato delle circostanze attenuanti. Forse sarebbe anche riuscita a persuaderlo che ha fatto del suo meglio…

Da quando è partito per l'America, Frank non è mai tornato a trovare i suoi genitori a Vienna: l'America era lontana e credeva che ci sarebbe rimasto per sempre. Del resto, è quasi andata così. Sua madre è morta di tisi tre anni dopo la sua «fuga», aveva quarantun anni. Lui ha pianto come un vitello per settimane nella sua stanzetta a Manhattan. Suo padre è morto alcolizzato in una topaia del Favoriten nel 1912, aveva cinquantadue anni. Frank era già tornato in Europa, ma avendo iniziato un'altra vita non si è recato al funerale. Oggi non sa ancora dove sono sepolti i suoi genitori, senz'altro in una fossa comune. Non ha mai rivisto Vienna, benché ne abbia avuto più volte l'occasione da quando ha iniziato a lavorare al Ritz. Roso dal senso di colpa, da quarantacinque anni alimenta la sua malinconia. Quell'abbandono è stato forse il prezzo da pagare per realizzarsi.

È stato anche il motore del mio successo. Ne sono sempre stato sicuro.

Passato sulla riva sinistra, Frank si lascia alle spalle il Palais Bourbon e sorride tristemente ricordando queste vecchie storie. Dopo il divorzio, si è ritrovato nel quartiere di Batignolles un po' per caso. Quanti scatoloni ha lasciato intonsi da allora? Di recente, ha avuto soprattutto l'impressione di abitare in casa di Jean-Jacques e Pauline. Non che gli dispiaccia, in realtà: i rapporti con suo figlio sono migliorati e sua nipote è una perfetta padrona di casa. A volte lo prende in giro per quegli scatoloni, ma può confessarle di stare sempre sul chi vive?

Sempre pronto a scappare nel cuore della notte. Un esilio senza fine…

Davanti a lui, il boulevard Saint-Germain è bloccato da unità tedesche in manovra. *Stanno risalendo in direzione della Manica, verso la battaglia finale?* I cingoli dei panzer suonano una sinfonia macabra sul pavé. Sui camion Opel Blitz e sui rimorchi dell'artiglieria, giovani soldati imberbi vanno verso la dannazione.

Frank è ancora perso nei suoi pensieri quando una voce femminile lo chiama: «Signor Meier, cosa ci fa qui?».

È Marie Sénéchal, l'ex cameriera del Ritz. Frank le sorride.

«E tu, dove vai con questa valigia?»

«A Montparnasse» risponde la ragazza. «Torno a casa, a Quimper.»

«A trovare tua madre?»

«Sì. E a mettermi al riparo, si sta per scatenare un putiferio.»

«Quale putiferio?»

«Lo sbarco degli americani, signor Meier!»

La sua allegria rende meno cupa l'atmosfera che si respira sul boulevard.

«Cosa ne sai?» domanda Frank.

«Ho un nuovo fidanzato crucco e loro lo sanno, mi creda. Succederà presto, e ho una strizza che non le dico.»

«E il tuo fidanzato dov'è?»

Marie scrolla le spalle.

«Sono meno affezionata a lui di quanto lo fossi a Karl. Non

gli ho nemmeno detto che me ne andavo. Se ne farà una ragione, poveraccio. Non volevo una scena d'addio, no grazie. Quel villano di Karl non si è più fatto vivo. Ho sofferto, ho il cuore spezzato, sa, ma poi ho tirato avanti, anche dopo che mi hanno licenziata dal Ritz...»

Tira su col naso in tono di rivincita, come se lo sventurato soldato che sta lasciando dovesse pagare per il suo «amato capitano».

«È buffo incontrarla qui» continua Marie. «Stamattina ho visto la signora Auzello, era a un tavolino del Flore con la sua amica, la russa. E penso spesso al povero Luciano, ha sue notizie?»

«No, nessuna.»

Frank è rabbrividito.

«Litigavamo spesso, ma in fondo era un bravo ragazzo. Le giuro che non sono stata io a denunciarlo.»

«Lo so, Marie. Lo so.»

«Be', ho il treno che parte fra quaranta minuti.»

«Sii prudente, bambina mia.»

«Anche lei, signor Meier. Dovrebbe tornare a casa.»

«Ci penserò, sì, grazie.»

Tornare a casa. È questo il problema.

9

7 giugno 1944

Da quando lo si aspettava senza che succedesse nulla, tutti avevano smesso di crederci.

Ma gli Alleati l'hanno fatto.

Sono sbarcati in una notte di tempesta in cui nessuno l'avrebbe previsto.

«Che forti, gli americani!» dice Georges. «Un vento da togliere le corna ai tori, e delle spiagge in Normandia dove farsi sparare come conigli. Chi l'avrebbe detto?»

«Avremmo dovuto scommettere con i bookmaker che davano le quote più alte» aggiunge Frank, indicando il suo bar disperatamente vuoto. «Avremmo guadagnato più di quanto tireremo su stasera.»

«Comunque, non è ancora finita. Anche se hanno rubacchiato un pezzo di costa, non sarà facile sfondare le difese dei crucchi. Hanno già perso diecimila uomini, secondo i giornali. Bisogna che non si facciano ricacciare in acqua... Comunque, stasera non si batte chiodo. Quanto c'è in cassa?»

«Cinquantamila franchi» risponde Frank, senza dover verificare.

Georges fa roteare gli occhi.

«E se ce ne prendessimo venticinquemila ciascuno per festeggiare lo sbarco, cosa ne dici?»

«No...»

«Ma come?! Sai bene che non verrà nessuno. E non dirmi che non ci hai pensato: senza clienti, finita la doppia contabilità. Dài, prendiamoceli, finché possiamo. Coraggio, Frank! Nessuno ne saprà mai niente, cavolo!»

Frank scuote la testa. Da destra a sinistra, poi dall'alto in basso.

«Va bene, d'accordo» dice alla fine. «*Fifty-fifty*.»

«*À la guerre comme à la guerre*. Da' qua i soldi!»

Georges scoppia a ridere, sembra un bambino a Natale. Quando squilla il telefono, Frank sussulta come se l'avessero colto in flagrante.

«È la Vecchia che ci spia» dice Georges in tono scherzoso.

«Taci!»

«Appena le freghi i soldi, subito telefona.»

«Zitto!» lo redarguisce Frank infastidito. «Pronto?»

È Elmiger.

Frank illividisce quando il direttore gli comunica che Blanche Auzello è stata arrestata dalla Gestapo. È la terza volta. Si trovava al Flore con la Kharmayev e pare che abbiano superato i limiti.

Incorreggibili.

Un terzo scandalo. Una terza volta. Di sicuro l'ultima.

Non la rivedrò più...

Diario di Frank Meier

L'hai fatto apposta, Blanche. Lo so che l'hai fatto apposta. Ti sei buttata ancora una volta nelle fauci del lupo. È un suicidio, Blanche. Stavolta ti faranno a pezzi. Non ne verrai fuori, in fondo è quello che volevate, tu e la Kharmayev.

L'hai fatto apposta, Blanche. Perché preferisci l'inferno a quello che era diventata la tua vita, la nostra vita. E tu non sai cosa fartene di chi ti ama e soffre per la tua assenza. Non sai che fartene delle nostre angosce, perché ci disprezzi. E hai ragione. Ti stanno sfregiando, ti stanno picchiando a morte, ti stanno trascinando per i capelli, ti faranno morire di fame e di sete. Io, ogni giorno, faccio finta di vivere, di mettere un piede davanti all'altro e di intrattenere i clienti. Io, tutti i giorni, mi vesto e mi faccio la barba, tutti i giorni recito la mia commedia, mentre tu urli dal dolore. Blanche, fai bene a disprezzarmi, sono davvero disprezzabile. Non merito altro che il tuo disprezzo. Sono così abietto da temere per me se a qualcuno capitasse di leggere queste righe. Fra poco nasconderò questo taccuino sotto le assi del pavimento. Fra poco esiterò come sempre a buttarlo nel fuoco per far sparire tra le fiamme la prova del mio amore impotente. Sono un miserabile. Temo per la mia vita, quando è la tua ad abbandonarti a poco a poco sotto i colpi dei tuoi carnefici.

Non sono degno di scrivere il tuo nome. Blanche.

10

10 luglio 1944

Claude Auzello non esce più dal suo appartamento. Le cameriere lo descrivono come un relitto: non si lava più, non si rade più, non si veste più. Beve dalla mattina alla sera, indossa la vestaglia di spugna di sua moglie e non dice più una parola, è un uomo distrutto, tanto che Elmiger teme a questo punto che l'ex direttore metta fine ai suoi giorni. Fra Marie-Louise, bloccata dalla sciatica, Gabrielle Chanel, anche lei dipendente dalla morfina, e Barbara Hutton, completamente alcolizzata, il Ritz è abitato da fantasmi impauriti che chiedono aiuto. Infernale e silenziosa gazzarra che trasforma l'albergo in ospizio.

A chi tocca adesso? Sarò io il prossimo?

Frank vorrebbe piangere tutte le lacrime che ha in corpo ma gli occhi rimangono asciutti. Si rinchiude in se stesso, erige d'urgenza una diga contro la disperazione – gli sembra che, se cedesse al dispiacere, dal cuore gli sgorgherebbe un torrente capace di soffocarlo. Blanche era riapparsa lo scorso inverno come un miracolo, ed ecco che scompare di nuovo. Come Luciano. Come Süss.

Blanche Auzello, nata Rubenstein, ha semplicemente raggiunto quello che pensava fosse il suo orizzonte: l'autodistruzione.

È già passato un mese da quando l'hanno arrestata, per la terza volta, e ancora nessuna notizia di lei. Nessuno sa che fine abbia fatto, nemmeno Claude, che ha smosso mari e monti senza risultato. Le due donne sono sparite nella nebbia, e questo vuoto ossessiona Frank.

Sono in carcere a Parigi?

O sono state deportate in Slesia? Magari sono già morte...

«Papà?!»

«Sì?»

«Allora, cosa ne pensi?»

«Non ti avevo sentito, figliolo, scusami...»

Jean-Jacques scuote la testa.

«Dobbiamo scappare, ti dico! Gli Alleati finiranno per liberare Parigi e tu sarai nei guai, credimi!»

«Ne abbiamo già parlato, Jean-Jacques. Non ho nulla da rimproverarmi.»

«Non è questo, papà. Hai sofferto meno di altri, dovrai renderne conto.»

Jean-Jacques non ha tutti i torti.

Frank deve ammettere che al Ritz, anche se pieno di militari, ha vissuto la guerra da imboscato. Ha mangiato a sufficienza, non ha mai patito il freddo – è pure riuscito a mettere da parte un gruzzolo ragguardevole... Ma quante perdite, quante angosce, quanti pericoli ha portato questa guerra... Ha dovuto tenere nascosta la sua identità, ha perso Blanche, Luciano e le illusioni che gli erano rimaste... Paga ogni giorno la tassa della sofferenza.

«Allora, vieni con noi a Tolosa?»

«No» si ostina Frank. «Il mio posto è qui.»

Il mio posto è qui. Le parole di Blanche.

«Ma insomma, come pensi di giustificarti?» domanda Jean-Jacques irritato. «Dicendo che eri il lacchè di quelle puttane di crucchi?»

Frank si sente ribollire dentro. Ce l'ha con la guerra, ce

l'ha con suo figlio che non capisce ciò che non può dirgli. Ce l'ha con se stesso per avere tenuto gli scatoloni sempre pronti a un nuovo esilio e per non essere riuscito a darsi una mossa, già un po' morto quando Jean-Jacques e Pauline fanno quel che lui avrebbe fatto alla loro età.

«Zio» lo implora Pauline con maggiore dolcezza, «rifletti. Noi ce ne andiamo domani, vieni con noi.»

«Non andrò da nessuna parte perché non ho fatto niente di cui debba vergognarmi. Al contrario. Non vi ho detto tutto per proteggervi. Ho aiutato delle persone e lo dimostrerò!»

Pauline scuote la testa. Jean-Jacques, invece, è pronto a venire alle mani: «Dimostrare cosa, papà? Che portavi dell'oca arrosto a casa per cena perché eri il barman preferito di Göring?».

«Chiudi la bocca! Chi credi di essere?»

«Lascia perdere» dice Jean-Jacques, sprezzante. «Con il tuo Jünger e il tuo Guitry, non vedi più né il pericolo, né la miseria, né le sofferenze di Parigi. A furia di vivere nel lusso, si diventa ciechi ed egoisti come gli altri. Vado a dormire. Buonanotte.»

Frank si alza a sua volta, ha un'aria minacciosa.

«E tu? Di' un po', cosa hai fatto, tu, per salvare la Francia?»

È giunto il momento in cui le parole trascendono il pensiero.

«Un attendista, ecco cosa sei! E credi di essere un eroe? Dovresti piuttosto vergognarti, Jean-Jacques.»

«Me ne frego di cosa pensi. Ho la mia coscienza, e me la tengo. Almeno, ti ho messo in guardia.»

«Ecco» dice Frank stizzito mentre Jean-Jacques raggiunge la porta e se la chiude alle spalle. «Arrivederci e buona fortuna!»

Si rammarica di non avere un po' più di pazienza con Jean-Jacques. È peggio di suo padre. Anziché insultarlo, dovrebbe spiegare a suo figlio quello che prova; invece abbaia, e morde. Gli piacerebbe trovare la forza di scusarsi; almeno con Pauline, che lo guarda triste e sconsolata. Ma non lo farà.

Domani Frank sarà al suo posto di lavoro. È fatto di questa pasta, testardo, orgoglioso e ostinato. Potrà sempre spiegare di avere scelto, a rischio della vita, il compito di messaggero contro il Führer. Un po' di fortuna, un leggero ritocco della verità e una buona dose di cinismo: *il cocktail dell'Occupazione.*

Dopotutto, sono ancora il barman del Ritz, ex combattente di Verdun ed ebreo ashkenazita. Un *ebreuccio* che è riuscito a tener nascoste a tutti le sue origini, e al quale nessuno crederà se racconterà la sua storia quando i tedeschi avranno lasciato Parigi.

11

19 luglio 1944

Con la giacca sporca di sangue, Frank è seduto per terra in cantina, appoggiato alla porta del frigorifero. È stordito. Gli brucia il cuoio capelluto dietro l'orecchio destro; deve avere picchiato la testa cadendo. Si sente debole, tutto gli trema attorno e fatica a respirare.

È ancora lì?

Sembrava sconvolta. Mi avrà visto crollare?

Non ne sa niente.

«Come va, Frank?» chiede Georges, in tono preoccupato.

«Meglio...»

«Hai avuto un malessere. Sei partito di colpo, cadendo all'indietro.»

«È ancora lì?»

«Chi?»

«La bambola! Inga! Inga Haag!»

«No, no, se n'è andata. Mi hai fatto spaventare, Frank. Cosa ti ha detto? Sei impallidito!»

Frank cerca di alzarsi; deve trovare ancora la forza di mentire.

«Non capisco più niente...»

«Non ti muovere, vecchio mio. Vado a prenderti un asciugamano. Ti sei fatto un taglio sulla capoccia e sanguini ancora...»

Quindi, era vero. Il generale von Stülpnagel e gli altri avevano previsto di assassinare il Führer e il bar del Ritz era il punto di ritrovo dei congiurati. Inga Haag è venuta poco fa a raccontargli tutto, dai messaggi scambiati negli ultimi mesi alle poesie incomprensibili, e ad avvertirlo di non accettare più nessuna busta, per nessun motivo. Stülpnagel crede di essere stato scoperto e ogni messaggio potrebbe essere una trappola orchestrata dalla Gestapo.

Dietro al bancone, Frank Meier ha fatto da cinghia di trasmissione fra gli uomini di Stülpnagel e i servizi di controspionaggio tedeschi...

Sono nella merda più nera, ecco la sola cosa che riesce a pensare nella nebbia che lo avvolge.

Eccolo, il complotto. Ecco l'idea grandiosa: assassinare Hitler!

Non resta più che fare il morto e incrociare le dita.

«Tieni, appiccicatelo alla testa. L'ho passato sotto l'acqua calda.»

«Grazie, Georges.»

«Perdi sangue, ma non è grave» dice Georges. Poi torna alla carica: «Ma cosa ti ha detto, quella buona donna, di così tragico da farti crollare a terra?».

Questa volta Frank capisce che deve rispondere. Qualunque cosa, purché Georges smetta di fargli domande.

«Ha detto che tornava a Berlino perché aveva paura. È venuta a salutarmi. Le ho detto arrivederci e poi mi si è annebbiata la vista, tutto ha cominciato a turbinarmi intorno, sono crollato...»

«Sei esaurito! E poi non mangi abbastanza. Adesso ti faccio sedere su una poltrona e ti porto un bicchiere di seltz con un po' di china.»

Un attentato a Hitler ha ancora la possibilità di riuscire? Respira. Rifletti. In realtà, non ho molta scelta: o scappo stasera e raggiungo Jean-Jacques e Pauline a Tolosa, o resto qui, succeda quel che deve succedere, e distruggo le prove che mi collegano a questa vicenda.

In ogni caso, dovrà ripassare da casa. Ha conservato due biglietti che non sono stati consegnati al destinatario, dovrà sbarazzarsene, ma dove sono? Ora ricorda tutto, ogni tessera del puzzle va al suo posto: la prima visita della *strana bambola truccata*, la sua incursione alla festa di Lafont, il suo atteggiamento seduttivo appena velato, il gatto, il Roederer con i lamponi... Rivede il sorriso affabile di Stülpnagel la sera del suo compleanno – e Speidel, ansioso, che parla sottovoce al bancone con degli ufficiali sconosciuti. *Mi hanno usato, tutti. E chi mi avrebbe avvertito, se Inga non fosse passata questa sera?* Eccolo coinvolto fino al collo in un progetto di attentato di cui non sa nulla, o quasi. Se l'attentato è fallito, tutte le persone implicate saranno in balia dei lupi.

Si sente confuso, vorrebbe svenire di nuovo.

Che finisca tutto, pensa chiudendo gli occhi.

12

20 luglio 1944

Alle sei del pomeriggio, come un automa Frank Meier ha aperto il bar. Non ha potuto fare diversamente, nonostante l'ansia. Rimasto solo in casa, stamattina, si sentiva spaesato. Nessuna notizia su Radio-Paris di un attentato a Hitler, ma ha trovato i due biglietti compromettenti nel cassetto della scrivania. Li ha subito bruciati nel lavello della cucina. *Che fare adesso?* Rimanere in rue Henri Rochefort a deprimersi gli è parso insopportabile. Non riusciva a stare fermo. Allora si è fatto la barba con cura e si è medicato la ferita prima di mettersi una camicia bianca col colletto inamidato, la cravatta nera e le scarpe di vernice. A quel punto si è diretto verso place Vendôme, come ogni giorno da ventitré anni a questa parte.

Il Ritz è più o meno tutto quel che mi resta.

Vedendo il colonnello Speidel, agitato e scuro in volto, che si dirige verso il bancone, Frank indossa la giacca che aveva appoggiato su uno sgabello.

«Può darmi una doppia vodka?»

«Subito.»

«È molto tranquillo qui, stasera» dice Speidel.

«Lei è il mio primo cliente.»

«La calma prima della tempesta...»

Frank non osa ribattere, tanto più che Speidel si è tracannato la vodka con la velocità di uno Stuka in picchiata.

«È per stasera.»

Perché Speidel è venuto qui in un momento simile?

«Frank, forse potremo brindare insieme, io e lei, al riscatto della Germania...»

Sa che sono al corrente del complotto? Ovvio.

Con un cenno del mento, Speidel chiede un'altra vodka. Frank provvede con mano più leggera, poi si versa un bicchier d'acqua. All'improvviso squilla il telefono. Il colonnello non batte ciglio. Frank nemmeno. Speidel si guarda le mani. Secondo squillo. L'ufficiale tedesco guarda il barman e lo fissa intensamente. Frank regge il suo sguardo. Il tempo si è fermato. Terzo squillo, Frank risponde.

«Pronto?»

Una voce che parla tedesco, calma, lontana e grave, chiede del colonnello Speidel. Frank annuisce e porge lentamente la cornetta al suo unico cliente. Inquieto, Speidel l'afferra e saluta a voce bassa, poi rimane in ascolto senza dire una parola. Scorrono i secondi in un silenzio di morte, il volto di Speidel rimane impassibile, lo sguardo fisso nel vuoto. Frank lo scruta sperando di cogliere un qualche indizio. Niente. Senza fare commenti, Speidel restituisce la cornetta a Frank.

«È finita...»

Ha la voce rotta.

«È finita, Frank. Hitler è sopravvissuto all'attentato.»

Frank cerca di incassare il colpo ma gli ronzano le orecchie. Sente che vacilla. Si aggrappa al bancone. Speidel si è alzato in piedi.

«Dio mio, stiamo precipitando nella catastrofe, Frank. Stülpnagel era sicuro che Hitler fosse morto e ha fatto arrestare più di mille ss a Parigi, fra cui Knochen e Oberg. Una follia. Se stanotte non sparisco dalla circolazione, prima dell'alba finirò impiccato a una corda di pianoforte.»

Frank Meier si serve un bicchiere di vodka e lo beve d'un sorso. Speidel ritrova un tono autorevole: «Soprattutto, non lasci il suo bar, firmerebbe la sua condanna a morte».

«Crede?»

«Finga di non sapere nulla, si fidi. Avranno altre prede da beccare prima di pensare a lei.»

Frank afferra una bottiglia di vodka russa alle sue spalle.

«La prenda.»

Speidel la infila nella bisaccia con occhi colmi di riconoscenza. Soli nella stanza, i due veterani del 1914 si stringono calorosamente la mano.

«È l'ora dell'addio.»

«A presto, colonnello.»

«Lei è di un'eleganza senza pari, Frank.»

Speidel esce dal bar senza voltarsi e si dirige all'uscita del Ritz che dà su rue Cambon. La sua figura dinoccolata scompare nella notte. Paralizzato dalla paura, Frank non può fare a meno di pensare che anche lui potrebbe finire impiccato a una corda di pianoforte – *il supplizio dei rinnegati.*

Cos'è successo?

Accende la radio a galena in cantina. Radio-Paris sta trasmettendo il messaggio di Hitler alla nazione tedesca: «Non so quanti attentati sono stati progettati e messi in atto contro di me. Se oggi vi parlo alla radio, è perché ascoltiate la mia voce e sappiate che ne sono uscito indenne. Una piccola cricca di ufficiali ambiziosi, privi di onore e al tempo stesso di un'idiozia criminale, ha ordito un complotto per sopprimermi e per eliminare al contempo lo stato maggiore delle forze armate. Questa volta sapremo fare i conti come noi, nazionalsocialisti, siamo capaci di fare! Viva la Germania!».

Frank non è in grado di camminare per tornare a casa. Si asciuga la fronte con il dorso della mano, srotola il materasso e si infila sotto il bancone. Ha la bocca impastata, il cervello annebbiato, e si copre con la giacca bianca come fosse un sudario.

13

21 luglio 1944

All'alba, il Ritz brulica di SS. Sono loro a svegliare Frank, sdraiato sul suo materasso di fortuna. Sono almeno una quarantina a frugare dappertutto, a gridare da un piano all'altro, vendicativi; esigono di avere accesso a tutte le stanze.

Per il momento, sembra che le SS non sappiano ancora della «buca delle lettere», ma è solo questione di ore. E da come Elmiger l'ha fulminato con lo sguardo a mezzogiorno, Frank capisce che il direttore sospetta qualcosa.

Arriva Georges.

«Cos'è questo bordello? Hai sentito cosa si dice in giro?» domanda preoccupato il suo fedele aiutante. «Che Stülpnagel e Speidel facevano parte del complotto...»

«Sì, lo so.»

«Non riesco a credere che quei due abbiano complottato contro Hitler. Me li vedo lì, al bancone... Magari anche la bambola truccata era dei loro!»

«Certo, è così, Georges.»

Frank esita ancora un istante a tenere il segreto, ma non ne può più. E poi si rende conto che tenere Georges all'oscuro non lo mette al riparo.

«A dirtela tutta, anch'io.»

Si sente immediatamente sgravato da un pesante fardello. Georges sussulta.

«Cosa?»

«In un primo momento, Stülpnagel mi aveva semplicemente chiesto di consegnare qualche messaggio, e così pure Inga Haag. Tu pensavi che lei mi facesse la corte, io credevo che avessero una relazione. Senza capire bene cosa stessero tramando dal mese di aprile, ho fatto da buca delle lettere per i cospiratori.»

Georges ne prende atto, aggrottando la fronte. È di colpo invecchiato.

«E resti qui?» domanda, ansioso e irritato. «Ma sparisci, sant'Iddio, fila via, Frank! Vuoi finire nelle loro grinfie?»

«È troppo tardi. Mi è stato proibito di lasciare l'albergo fino a nuovo ordine. Mi tengono d'occhio.»

«Siamo nella merda, dobbiamo squagliarcela al più presto!»

«Tu puoi» dice Frank. «Vattene prima che tornino. Sparisci prima che ti sbattano dentro con me.»

«Va bene» risponde Georges, sorprendentemente arrendevole. «Taglio la corda, ma non sarò lontano, starò in agguato.»

«E gli dirai che non ero un collaborazionista, eh?»

Georges trova ancora la forza di sorridere.

«A chi? Di cosa parli?»

Afferra la sua giacca, aspetta che le voci in corridoio si diradino e si avvia verso l'uscita. Sulla porta, si gira un'ultima volta.

«"La vittoria cantando ci apre la sbarra, la libertà guida i nostri passi, e dal nord a mezzogiorno la tromba di guerra ha suonato, è ora di combattere...".»

La canzone della partenza. Quella che cantavano i soldati durante la Grande Guerra per farsi coraggio. Era stato Georges a insegnargliela, nel 1916.

«"Tremate, nemici della Francia, re ebbri di sangue e d'orgoglio"» prosegue Frank. «"Il popolo sovrano avanza, tiranni, scendete nella fossa".»

Ha ancora la pelle d'oca quando Georges Scheuer, il suo compagno d'armi, scompare lungo rue Cambon. Adesso è solo davanti al nemico.

Il seguito gli appare di colpo chiaro. Sarà arrestato, accusato, imprigionato e, di sicuro, torturato. *Il destino ha finalmente deciso di assegnarmi un ruolo*, pensa, sforzandosi di scacciare la paura. *Era ora. Hai finito di fare la guerra stando dietro al bancone di un bar, adesso ti tocca vivere in questo mondo insensato. Anch'io, un giorno, potrò raccontare di avere patito nelle prigioni del Moloch – e se muoio, Georges se ne ricorderà per me. L'onore è salvo.*

L'onore?

Deliri, povero te, si dice vuotando il bicchiere.

Si accende una sigaretta, gira intorno al bancone e si accascia su una poltrona, col cuore disgustato e la paura che gli blocca lo stomaco.

14

23 luglio 1944

Sono tre giorni e tre notti che Frank non esce dal suo bar. Vive come in trincea, ha la camicia stropicciata, i capelli unti e la barba che pare carta vetrata. Si raziona le sigarette, quasi dovesse affrontare un lungo assedio, si lava al rubinetto della cantina e viene a patti come può con il suo fiato fetido, sciacquandosi la bocca col Cointreau. Il bar era la sua chiesa, ed eccolo segregato al buio, con le orecchie drizzate e le porte chiuse, da solo nella sua sagrestia, tagliato fuori dal mondo. Nessuno ha pensato di venire a cercarlo. Le SS si sono forse dimenticate di lui? La seconda notte, in pieno delirio, si è visto come Gesù Cristo crocifisso, ma si direbbe che il martirio non voglia saperne di lui. Aspetta il suo Giuda fiancheggiato da legionari tedeschi, ma non va affatto come previsto. Il supplizio è rinviato – a meno che non lo stia già vivendo, prigioniero volontario di una prigione disabitata.

Da due giorni non si sente volare una mosca all'interno dell'albergo. Più nessuna traccia di Elmiger, di Claude Auzello o della Vedova. *L'hanno forse chiuso?* Punito per avere ospitato qualche generale tedesco allergico ai nazisti? Se è così, la Vecchia avrà fatto mille volte il suo nome. Frank vive nella penombra, alla luce di una sottile candela, col corpo anchilosato.

Per combattere la solitudine in quel lugubre silenzio, a volte si tuffa nella raccolta di poesie di Goethe che gli ha regalato Inga Haag: «Occhi, occhi miei, perché vi abbassate? / Sogni dorati, state tornando? / Vattene sogno, anche se d'oro; / qui pure ci sono amore e vita». Tutte le sere si sforza di fare risuonare nella memoria le risate e i voli pindarici dei dandy del Club del giovedì. Si stanno a poco a poco dileguando, ma gli sembra di coglierne l'eco in lontananza, in un passato perduto.

Fra poco saranno le sei; aggrappandosi a quel rito per non sprofondare nella follia, Frank si sciacqua il volto e indossa la giacca bianca, come se stesse andando ad aprire per dei clienti immaginari. Non mangia da tre giorni, a parte qualche oliva e della frutta, la fame lo attanaglia e comincia a girargli la testa. Avvicina la candela al ritratto di Fitzgerald. Lo riguarda spesso, come se volesse penetrare il segreto di quello sguardo affabile. *Cosa c'è di tanto rassicurante in questa immagine? Un paradiso perduto, una tregua o un padre?* Era la primavera del 1936 – mille anni fa. Da allora, il mondo è crollato. *Cosa avrebbe potuto scrivere, il vecchio Scott, di tutto questo putiferio?* Di sicuro il giovane Nick Carraway sarebbe morto su una spiaggia della Normandia... Il figlioccio di Gatsby crivellato di colpi, con la schiena rivolta al cielo e le braccia a croce; la fine del sogno americano sotto il fuoco di mitraglia tedesco...

E all'improvviso, una voce: «Frank? È qui?».

C'è un uomo dietro la porta. Ha sussurrato, Frank non ne ha riconosciuto la voce. Spegne la candela e si rifugia dietro al bancone. Istinto animale.

«Frank» chiama ancora l'uomo, «sono sicuro che è lì dentro. Sono il capitano Jünger.»

Jünger! Che sia lui il Giuda venuto a consegnarmi ai molossi? O è venuto a salvarmi?

«Sono qui per salutarla. Se è lì, mi apra.»

È l'istinto, di nuovo, a decidere. Frank officerà un'ultima volta al bancone del suo bar. Farà di Jünger il suo sagrestano, insieme celebreranno l'eucaristia delle anime perse. Riaccende la candela, ne aggiunge altre due, mette ordine sul bancone e va verso la porta.

«Buonasera, Herr Jünger...»

«Herr Meier! Ero sicuro di trovarla qui, fedele al proprio dovere. Posso?»

«La prego, sono le sei. È il benvenuto.»

Jünger indossa un completo beige mal stirato. Privo del suo armamentario da esteta, sembra uno qualsiasi, se non fosse per lo sguardo... Un misto di autorevolezza e di malinconia che opera un fascino a cui è impossibile sottrarsi.

«Che tristezza, cos'è, una veglia funebre?»

«Diciamo che non ho voglia di essere disturbato...»

«Ah!» esclama Jünger, come se fosse normale. «Si sta nascondendo?»

«Sì e no. Aspetto.»

Jünger lo guarda in silenzio.

«Cosa potrebbe offrire a uno nella sua situazione?»

«Uhm... un calvados, credo.»

«Avrei dovuto pensarci. Magari può versarne due, così brindiamo al nostro addio.»

«Volentieri. Vorrebbe cortesemente frantumare del ghiaccio, capitano?»

«Con piacere.»

«Mi segua, e prenda lo scalpello in fondo al bancone.»

Jünger non si fa pregare.

«Eccomi suo apprendista» dice. «Mi diverte.»

«Meglio così.»

Come si può avere un'intelligenza simile, una cultura così vasta e rimanere di una semplicità disarmante?

Ecco l'essenza della grandiosità, pensa Frank. Jünger si è piazzato dietro al bancone, al posto che era di Luciano. Il ragazzo sarebbe fiero se potesse vederlo darsi da fare in quel modo. Il grande scrittore ha impugnato lo scalpello per il ghiaccio.

«Non esco di qui da tre giorni» confessa finalmente Frank, stappando l'ultima bottiglia di Pays d'Auge. «L'albergo è chiuso?»

«Non che io sappia, ma non c'è più nessuno. Venendo da lei, ho avuto l'impressione di percorrere la navata di una cattedrale deserta. Che strane giornate...»

Jünger attacca la lastra di ghiaccio con un'abilità impressionante.

«Se è rimasto qui, vuol dire che non è al corrente di tutto quello che è successo.»

«Il fallito attentato? Sì, l'ho sentito alla radio. Stülpnagel...»

«Ma sa cosa ha fatto l'altro ieri?»

«No...»

«Dopo il fallimento dell'attentato, è stato convocato a Berlino. Gli avevano ordinato di salire su un aereo, ma Stülpnagel ha preferito fare il viaggio in automobile. Arrivato vicino al forte di Vaux, ha chiesto all'autista di fare una sosta per un attimo di raccoglimento dove lui e i suoi uomini avevano aspramente combattuto nel 1916. Si è allontanato dall'auto, poi si sono sentiti due spari.»

«Mio Dio...»

«Due pallottole di pistola in testa, ma non è riuscito a farla finita.»

«Dove si trova adesso?»

«È stato preso in carico all'ospedale di Verdun. I nostri medici stanno facendo di tutto per salvarlo. Hanno una fifa blu di vederlo morire.»

«E perché mai?»

«Hitler ha preteso che venisse consegnato vivo alla Gestapo perché lo torturassero.»

«È una cosa abominevole.»

Jünger annuisce in silenzio e beve un minuscolo sorso di calvados.

«Dovevamo cenare insieme, io e Stülpnagel, l'altro ieri.

Prima di lasciare Parigi, il generale si è preoccupato di farmi avvertire, si rende conto? Anche sulla via del patibolo, un aristocratico del rango di Stülpnagel non può rinunciare all'educazione e alle buone maniere.»

Frank non sollecita Jünger a dire di più. Si limita a scuotere la testa. Il barman non riesce a impietosirsi per Stülpnagel: ce l'ha ancora con lui perché lo ha manipolato; e poi, il generale ha fatto colare troppo sangue a Parigi. In compenso, il destino di Speidel lo tormenta.

Che fine farà se le ss lo prendono? Una morte atroce, non c'è dubbio.

Come se gli leggesse nel pensiero, Jünger gli lancia un sorriso desolato.

«Aveva saputo qualcosa del complotto?»

«Certo che no, come può pensarlo? Stülpnagel mi apprezzava, era una cosa reciproca. Quanto a Speidel, sapevano tutti che questo posto gli piaceva molto. Niente di più.»

Jünger inarca leggermente le sopracciglia.

«Il suo bicchiere è vuoto, Frank. Gradisce ancora un po' di calvados?»

«Con piacere.»

«Preparo dell'altro ghiaccio. Che meraviglia stare al lume di candela. Mi ricorda la mia infanzia, quando passavo le notti a leggere vicino a una fiammella. Al mattino ero stanco morto e facevo fatica a concentrarmi sui banchi di scuola. Ero un vero somaro!»

«Non ci credo affatto, Herr Jünger...»

«E fa male. Detestavo la scuola. Preferivo camminare nella natura con mio fratello. Studiavamo gli insetti. Raccoglievamo dei sassi o delle erbe strane, era una vita meravigliosa. Ma è passato tanto di quel tempo... Poi ho conosciuto la guerra, e questo prima di conoscere le donne. Ho sfidato la morte. Sono stato ferito quattordici volte. Era esaltante, come ascoltare il canto degli uccelli.»

Il calvados è servito. Jünger lo fa roteare nel bicchiere, come si fa con la lingua prima di parlare.

«E oggi» prosegue, «sono roso dal dubbio. A dirla tutta, Frank, non credo più a niente. Né al male, né alla bontà, né in Dio, e nemmeno negli uomini. A lungo ho pensato che, dietro al caos insensato della guerra, c'era qualcosa che ci superava, un ordine invisibile. Mi sbagliavo! Alla fine di questa guerra, se la provvidenza mi concede di essere ancora vivo, mi costringerò a un esilio interiore. Non vedo altro orizzonte per me.»

«Alla sua, Herr Jünger...»

«Alla sua, Herr Meier.»

Vuotano il bicchiere d'un sorso, poi lo posano rumorosamente sul bancone e ridono di quel gesto. Probabilmente non si rivedranno mai, e lo sanno, ma eccoli uniti per sempre.

«Adesso devo lasciarla, Herr Meier. Devo proseguire il mio giro di saluti. Mi dica, ha mai dormito al Ritz?»

«Oh, no» risponde Frank. «Le camere non sono a disposizione dei dipendenti.»

Ernst Jünger gli punta addosso amichevolmente un dito.

«Be', se fossi in lei, ne approfitterei. L'albergo è deserto. Salga di sopra, si scelga una bella suite e si faccia un bel bagno.»

«Lei mi fa sorridere.»

«Invece sono serissimo. È riuscito a sopravvivere fino ad ora. In questa tremenda tempesta, ha dimostrato di avere delle risorse. Un'impresa non da tutti, Frank.»

«Ci penserò...»

«Lo faccia. Si tratti bene, per una volta. Addio, Herr Meier.»

«Addio, Herr Jünger.»

Questa guerra alla fine sarà solo un susseguirsi di separazioni. Prendermi una stanza, e perché no? Non sarebbe male. Sia benedetto Ernst Jünger! Sì, si può essere forti e non temere di essere vulnerabili. Stasera mi sdraierò sul letto matrimoniale di una suite lussuosa e dormirò fino al termine di questa guerra interminabile.

SETTIMA PARTE

La strana disfatta
luglio-agosto 1944

1

25 luglio 1944

Hôtel Ritz, stanza 202. Un tappeto di lana, un trumeau stile Luigi XV, un busto di Goethe sul camino e, davanti ai suoi occhi, un letto immenso con due spettacolosi cuscini di piume d'oca del Canada. Il copriletto è imbottito e trapuntato, le lenzuola sono di seta – e sotto c'è il volto assopito di Frank Meier. Potrebbe dormire ancora delle ore, ma una raffica di mitragliatrice risuona bruscamente sotto le finestre. Si sveglia senza fiato, in preda al panico.

Chi mai ha potuto sparare per strada in questo quartiere? È un regolamento di conti? Sono finalmente iniziati i combattimenti? Impossibile saperlo. Nello spiraglio fra le tende, indovina la luce scintillante del sole di luglio. Frank non sa quanto ha dormito. Ormai non ha la più pallida idea di cosa possa succedere fuori. La sparatoria è finita, è tornata la calma. Si gode la morbidezza del lenzuolo sulla sua pelle di vecchio orso e a poco a poco riaffiorano le immagini. Jünger al bar, l'ultimo calvados, le scale a passi felpati in un albergo deserto, la stanza oltre la porta, vuota. Prima di coricarsi, si è concesso un lungo bagno con della schiuma all'essenza di vetiver. Poi si è fatto la barba; profuma ancora di acqua di Colonia. Fa una smorfia pensando al corpo smagrito che ha visto nel grande specchio. Le spalle curve, gli occhi scavati, il sesso avvizzito: il corpo di un uomo provato da quattro anni di angoscia. È invecchiato e la carne si è rammollita. *Chi mi vorrebbe adesso?* Più di quattro anni senza stringere una donna fra le braccia – sarebbe ancora capace, se si presentasse l'occasione? Sa che Georges frequenta le case chiuse, ma lui le ha sempre evitate.

Troppo pudore, troppo orgoglio.

Stamattina, il suo sesso è sempre a mezz'asta, ma lo stomaco torna a farsi vivo. L'ultimo vero pasto che ha fatto è di quattro giorni prima. Forse di più. Gli viene l'idea di chiamare il servizio in camera. Perché non farsi portare la colazione? *Uova strapazzate e brioche appena sfornata, un litro di caffè...* Immagina la faccia del cameriere che apre la porta e lo scopre lì, lui, Frank Meier, stravaccato su quel letto lussuoso. *Se sono rimasti dei camerieri, ovviamente.*

In quel momento bussano alla porta.

«Frank, è qui dentro?»

Non è uno dei camerieri.

È la voce di Elmiger. Come fa a sapere?

«Frank, sono il direttore. È sveglio?»

Sveglio sì, ma nudo.

«Un momento, la prego!»

Frank si alza di scatto e si precipita in bagno. Si sciacqua rapidamente la faccia e indossa una vestaglia. *Cosa può volere Elmiger?* Apre le tende e rimane accecato dalla luce. Perché il direttore bussa alla porta quando potrebbe entrare d'autorità e sbatterlo fuori a calci, con le sue polacchine lucide?

«Arrivo!»

Sono ventitré anni che Frank Meier vive a contatto col lusso e ora che è stato sorpreso in una di quelle camere reagisce da figlio di un operaio austriaco, cosa che non ha mai smesso di essere. Come si giustificherà? Attraversa la stanza e in quei pochi secondi pensa di rispondere che Jünger si è detto disponibile a pagare il conto.

Ma no, è ridicolo.

«Buongiorno, signor direttore.»

«Buongiorno, Frank. Posso entrare?»

«La prego! È a casa sua...»

Elmiger non ha l'aria di essere arrabbiato. È calmo, impeccabile nel suo completo di tweed, con camicia bianca e cache-col, su cui spicca una spilla d'ottone.

«La governante l'ha sentita russare ieri sera» dice. «La signora Bourhis era sicura che la stanza non fosse occupata e ci ha immediatamente avvertito. Siamo entrati e lei era a letto che dormiva come un neonato.»

«Be', io... In effetti, non ho sentito niente. Mi hanno svegliato dieci minuti fa gli spari di una mitragliatrice, proprio qui, in rue Cambon.»

«Ascolti, Frank, ci troviamo di fronte a un dilemma. Fra qualche giorno, o qualche settimana, i tedeschi abbandoneranno Parigi. In che condizioni lasceranno il Ritz? Non lo so. Per il momento, devo programmare l'arrivo degli Alleati e organizzare la presenza dei nostri ospiti. Un vero rompicapo. C'è un'unica soluzione: bisogna riaprire il suo bar. Per i tedeschi, ma senza farlo sapere in giro.»

«Un bar privato, è questo che intende?»

«In qualche modo. Diremo a inglesi e americani che vi siamo stati costretti. Un numero da equilibristi. Cosa ne pensa?»

«Devo riconoscere che ha senso.»

«Bene. Dobbiamo dare l'impressione a chi sta fuori che il bar è chiuso. Quindi, per tutto questo periodo, propongo che lei rimanga in questa stanza. Gestirà solo il bar. Accogliendo i pezzi da novanta come sa fare lei, coccolandoli, di modo che mi lascino in pace. In cambio, lei può stare qui.»

A questo punto, Frank è completamente sveglio. Quindi ha dormito in quel letto per più di ventiquattr'ore...

«E la Gestapo?» chiede.

«Le SS hanno ben altro di cui occuparsi, mi creda. La polizia nazista sta epurando lo stato maggiore della Wehrmacht, è un vero bagno di sangue. Alcuni suoi clienti tedeschi sono scomparsi dalla circolazione ormai da cinque giorni, ma la Gestapo non ha mai cercato di sapere dove si trovava lei. Incrociamo le dita sperando che non cambino idea.»

Frank annuisce.

«Farò onore alla fiducia che lei mi dimostra, signor direttore.»

«Conto su di lei, Frank. Anche la signora Ritz. E si tolga quella vestaglia da donna, non sono sicuro che le stia bene come a Barbara Hutton.»

2

2 agosto 1944

Ieri, due clienti. Quattro il giorno prima. Degli ufficiali tedeschi arrivati da poco, con le facce scure e la ciucca triste. Ma Frank può lamentarsi? Ogni volta che qualcuno varca la porta, teme di trovarsi davanti un'ss.

«Parla da solo, Frank?»

«Sacha! Che sorpresa! Sono felice di vederla.»

«È aperto il bar?»

«Ufficialmente, no.»

«Posso comunque...?»

«Certo. Ma chiuda la porta a chiave, per favore.»

«Ecco fatto. Mi dia un Americano, mi sembra il momento adatto.»

Guitry avrà il senso dell'ironia fin dentro la tomba.

«Ci aspetta un periodo difficile, mi creda, Frank. Vengo a piedi dall'Odéon. Hanno messo dei cavalli di Frisia e del filo spinato intorno a place de la Concorde, invalicabili. Sono dovuto passare dalle Tuileries, e... sa che hanno scavato delle buche per calarci dentro le statue e metterle al riparo dalle bombe? Le vie sono deserte, si avvicina l'ora del regolamento di conti...»

«Ecco» dice Frank posandogli il bicchiere davanti. «Mi

perdonerà la mancanza della fetta d'arancia... L'America non è ancora del tutto arrivata.»

Guitry abbozza un sorriso, beve un sorso, sembra apprezzare.

«Non posso più nemmeno portare a spasso il cane» dice. «Sa perché? Le autorità tedesche requisiscono i cani parigini che misurano più di quarantacinque centimetri all'altezza della spalla.»

«E per che motivo?»

«Pare che vogliano addestrarli a infilarsi sotto i tank americani con delle cariche esplosive sulla schiena. Povere bestie. Ora tocca agli animali essere sacrificati sull'altare del furore. Stiamo cadendo dalla padella nella brace.»

A Frank tornano in mente i nitriti terrorizzati dei cavalli mutilati che si mescolavano ai rantoli dei soldati feriti sui campi di battaglia. Il macabro corale dei dannati della guerra.

«Quelle povere bestie soffrivano quanto noi, a Verdun» ricorda. «Non avevano chiesto niente. Nemmeno noi, peraltro. Mi è rimasto un gigantesco senso di tenerezza per i cavalli...»

«Capisco» dice Guitry. «Io tengo nascosto e al caldo il mio spaniel.»

«Non si fidi del suo portinaio. Parigi è piena di delatori.»

Il commediografo ride.

«Nessun timore, da questo punto di vista. La mia portinaia è molto più sdegnata per le retate di cani che per quelle di ebrei...»

Frank non può trattenere una smorfia di disgusto, ma se ne pente subito. Qualche anno fa si sarebbe controllato. Le sue dighe iniziano a cedere.

«L'umanità mi ha deluso» conclude Guitry.

Istintivamente, il commediografo s'impossessa del giornale sul bancone. «Le Matin» pubblica solo una pagina, stampata sui due lati. E dietro la litania dei bombardamenti, degli arresti effettuati dalla Milizia e degli assassinii compiuti dai «terroristi della Resistenza», la rubrica degli annunci rigurgita di imprese commerciali da riavviare. In basso a destra, compare per la prima volta un'inserzione pubblicitaria di «Libération», «il grande settimanale politico e letterario».

«La censura allenta la stretta» aggiunge, laconicamente. «Resta il fatto che Pétain avrebbe dovuto trasferirsi in Nordafrica appena i tedeschi hanno invaso la zona non occupata. Erano state infrante le condizioni poste dall'armistizio, poteva lasciare la Francia, impegnarsi su un altro fronte, unirsi a De Gaulle. Ma no. La sua smisurata sete di potere e la sua vanità l'hanno spinto a rimanere a Vichy, con Laval fra i piedi. Che idiozia!»

Frank prova una certa fierezza nel discutere così liberamente con Guitry. *Al diavolo le dighe!* si dice. Per stasera, decide di abbandonare la neutralità da barman.

«All'inizio, ci ho creduto, Sacha» ammette. «Ho pensato che Pétain avrebbe fatto meglio di quegli imbranati della banda di Reynaud o Daladier...»

«Tutti ci abbiamo creduto, Frank. Ci siamo illusi. Non abbiamo avuto il senso della Storia. Speriamo di non doverlo pagare troppo caro.»

«Pensa che ci troviamo in una brutta posizione?» domanda Frank.

Guitry scrolla le spalle.

«Lei, non so. Per me è un po' diverso. Il mio amico Albert Willemetz mi ha detto che sono già stati creati dei comitati per l'epurazione e che il mio nome compare spesso nei loro elenchi come collaborazionista o traditore della patria. Chiedono che io venga giustiziato...»

Cosa si può davvero rimproverare a Guitry? si domanda Frank.

Di aver fatto il suo mestiere? Di avere creduto al Maresciallo?

Di essere stato in compagnia dei tedeschi al Ritz? Proprio come me...

Basta questo a fare di noi dei farabutti?

3

9 agosto 1944

La vedova Ritz ha convocato il personale a mezzogiorno. Eccoli riuniti nella sala Gramont. *Quanti siamo? Appena una ventina*. Tutto quello che resta dei fasti del Ritz. Cinque cameriere col volto scavato e le occhiaie, una governante prostrata con lo chignon sfatto, il cuoco e il suo aiutante con i grembiuli macchiati, il vecchio contabile, tre camerieri storici, un maître avvizzito, due fattorini pallidissimi, un concierge ansioso e quasi completamente calvo, un magazziniere che fa anche da barbiere e un barman depresso. Il segno della crisi.

Le donne stanno in gruppo fra loro. Parlano a bassa voce vicino alla portafinestra che dà sul grande giardino inondato dalla luce del sole allo zenith. Frank non fatica a immaginare cosa si stanno dicendo: non oseranno mai abbandonare la nave di propria iniziativa, ma temono l'arrivo degli Alleati. Come si comporteranno, una volta entrati al Ritz? Vorranno vendicarsi di quel luogo, simbolo dell'Occupazione? Tutti sperano nella chiusura dell'albergo. Una tregua di qualche settimana. *Dormire, aspettare che torni la pace.*

«Buongiorno a tutte e a tutti. Vi ringrazio di essere qui» annuncia Marie-Louise fiancheggiata da Elmiger e da Claude Auzello, che si limitano ad annuire.

Il direttore indossa il suo completo tre pezzi. Se ne sta ritto, con un'aria grave, leggermente in disparte, con le mani dietro la schiena. Il personale guarda soprattutto Claude Auzello, che non si vedeva da qualche settimana; è irriconoscibile. Il volto smagrito, gli zigomi appuntiti, il colletto della camicia troppo largo, come il blazer di jersey. Avrà perso dieci chili e suscita compassione a vederlo. Nervoso, porta le stigmate della disperazione e scruta in giardino per evitare di incrociare gli sguardi.

È ancora innamorato di Blanche...

Come sta lei?

Bisogna chiudere l'albergo. Fermare tutto questo. Smettere di pensare.

Marie-Louise è vestita di nero, con i suoi immancabili guanti bianchi. Rivolge un sorriso da gattamorta alle donne radunate alla sua destra e si schiarisce la voce.

«Stiamo per affrontare un periodo d'incertezza e di angoscia» prosegue la Vedova, «ma non dovete dimenticare che siamo una famiglia. La famiglia del Ritz. Dobbiamo tenerci stretti. Con Hans Elmiger, abbiamo sollecitato i consigli di Claude Auzello e siamo concordi, tutti e tre, di tenere una rotta...»

La famiglia del Ritz, che barzelletta!

«Abbiamo quindi deciso che l'albergo rimarrà aperto, a tutti i costi.»

Un mormorio corre fra i presenti. Si sente il fruscio delle piante di cui la sala è piena. La signora Bourhis, la governante, ha le lacrime agli occhi. Il vecchio maître sarcastico applaude in silenzio. Tutto questo non piace alla vecchia gentildonna. Marie-Louise si mordicchia il labbro superiore. Frank Meier sa che quel tic è segno di una rabbia sorda.

«Aspettate! Un momento. Per favore! Ascoltatemi...! Siamo riusciti ad assorbire l'arrivo dei tedeschi, saremo ben capaci di digerire l'arrivo degli Alleati, no?»

Nessuno risponde. La Vecchia si affretta a prendere per assenso quella che è solo generale prostrazione.

«Bene» dice. «Nel frattempo, tre cose...»

Ci siamo, di nuovo gli ukase, pensa Frank.

«Innanzitutto, vi informo che il generale von Choltitz da ieri sera alloggia qui. È il nuovo governatore militare di Parigi. Incarna l'autorità tedesca. Nessun cinismo nei suoi confronti, vi scongiuro! Vi chiedo solo di essere degni della nostra reputazione.»

Silenzio.

Credeva forse che avremmo sputato in faccia a un generale tedesco?

«Per inciso, devo dirvelo, sono scandalizzata dalla voracità di alcuni nostri ospiti. Per quanto sia stata accogliente con tutti, ieri sera ho saputo che alcuni di loro stanno dando prova di una villania senza pari. Lunedì sera, un camion carico di mobili preziosi del Ritz ha lasciato place Vendôme diretto in Germania. È una vergogna! Esigo che mi informiate prontamente di qualunque saccheggio doveste venire a conoscenza. Il signor Elmiger andrà subito a lamentarsi col generale von Choltitz. Dobbiamo proteggere il nostro patrimonio.»

Elmiger non ha battuto ciglio, impassibile. Frank sa che la pensa allo stesso modo. *Come può, la Vecchia, chiedergli di andare a lamentarsi con Choltitz quando sa benissimo che l'ordine di depredare l'albergo arriva direttamente da Göring? Una razzia destinata alla sua residenza di Carinhall.*

«Infine, nell'ottica dei futuri cambiamenti, mi aspetto che le camere libere siano impeccabili e pronte a ospitare gli ufficiali americani. Dobbiamo avere di che servire loro una cena raffinata. Dobbiamo essere in grado di pettinarli e rasarli con cura, quindi controllate le nostre scorte di acqua di Colonia. Occorre che il bar sia rifornito dei liquori che preferiscono. Lei conosce bene la loro cultura, signor Meier, li metta da parte e li conservi con discrezione...»

Si è girata verso di lui, ma lui non si abbassa ad annuire.

«La transizione deve avvenire senza intoppi, con grazia e

naturalezza. Facciamo del nostro meglio, dobbiamo prevedere il futuro. Conto su di voi!»

La Vecchia che cambia casacca!

È stato Claude Auzello a convincerla?

Ma ecco che Elmiger si fa avanti.

«Vorrei aggiungere che la signora Ritz si è impegnata a gratificarvi di un premio di duemila franchi ciascuno, da corrispondere alla fine di ogni settimana, e questo fino a nuovo ordine» annuncia. «Un premio che onora il vostro coraggio e la vostra fedeltà.»

Qualche migliaio di franchi per tutti, ma dei milioni in ballo per lei. Frank crede di sentire una vocina mormorare in tutti i presenti: *Vai a farti fottere.* Si muovono per tornare al lavoro in un silenzio di morte, quando Claude Auzello alza un dito tremante.

«Mi perdoni, signor Elmiger, posso permettermi di aggiungere qualcosa?»

Elmiger si scosta con una certa goffaggine. Evidentemente, non era previsto.

«Buongiorno a tutte e a tutti» inizia Claude. «Vedo davanti a me dei volti familiari e questo mi scalda il cuore. Hans Elmiger ha ragione. Se l'anima del nostro albergo resiste, se ha mantenuto alta la sua reputazione, è grazie alla vostra tenacia.»

Gli trema un po' la voce, è sopraffatto dall'emozione. Indebolito ma lì, in piedi, solenne. Il silenzio in sala ha un che di religioso. Elmiger trattiene il fiato, anche lui capisce che sta succedendo qualcosa.

«Conosco ognuno di voi. Ne ho assunto la maggior parte. Stimo la signora Bourhis e la sua lealtà, stimo il signor Brun e il suo talento, stimo la signorina Fontaine e il suo sorriso, il signor Lefort e la sua risata, la signorina Ley e la sua preziosa discrezione. Stimo i signori Drach e Drancourt, la vostra malizia che fa il paio con una gioiosa risolutezza. Stimo le signorine Kuppens e Prestail, la vostra provata devozione. Stimo il signor Field, la sua eleganza e la sua testa da pittore belga, così come stimo il signor Musitelli, col suo charme lombardo, e lei, caro signor Meier, lei che mi ha accolto in place Vendôme più di vent'anni fa. Lodo la sua fedeltà a prova di bomba.»

Tutti annuiscono, hanno un nodo alla gola.

«Conosco il vostro senso del dovere e del lavoro. Il vostro spirito di sacrificio e il vostro coraggio. In realtà, siete voi i veri eredi di César Ritz! Da quattro anni fate del vostro meglio. Siate pazienti. Presto ritroveremo la nostra libertà. Lo percepiamo, vero? Lo percepiamo! I lupi grigi sono rimasti con tre zampe. Zoppicano. Siate pazienti, lo ripeto. Viva la Francia libera!»

Restano tutti in silenzio per qualche secondo, poi la sala esplode. La Vedova finge di applaudire con gli altri.

«Bravo, signor Auzello!» grida André Brun, entusiasta. «Bravo, e grazie!»

Benedetta Marie-Louise, pensa Frank. *Dovrai ingoiare una colonia di rospi, ma ne uscirai indenne grazie a lui. Il barone Pfyffer aveva ragione: tenere Auzello era scommettere sul futuro.*

Il futuro. Ormai, sembra quasi di poterlo toccare.

4

21 agosto 1944

Frank non esce da una settimana, ma questo non gli impedisce di essere al corrente delle voci che circolano in città. Non è nemmeno passato da casa a ritirare la posta, nel caso Jean-Jacques gli abbia mandato una cartolina o una lettera. Elmiger gli ha detto che a Gennevilliers delle donne accusate di essere andate a letto con i tedeschi sono state rasate e mostrate nude con una svastica sulla fronte. Il regolamento di conti è iniziato. Gli uomini umiliati per quattro anni si vendicano su giovani donne, un fatto che la dice lunga sull'atmosfera che si prepara. *È patetico*. Stanotte, inoltre, trentaquattro ragazzi che volevano unirsi alla Resistenza sono finiti in un'imboscata e sono stati giustiziati dalle SS nel Bois de Boulogne. La maggior parte di loro non aveva ancora compiuto vent'anni.

Speriamo che finisca in fretta.

La prima pagina di «Combat» annuncia che le truppe alleate sono a sei chilometri dalla capitale e che De Gaulle dovrebbe trovarsi a Cherbourg. Si intravede la fine.

Seduto nell'anticamera dell'ufficio della Vecchia, Frank si spreme le meningi per capire come una copia del giornale della Resistenza sia potuta finire su un tavolino del Ritz. Tutto scricchiola. Legge unicamente i titoli senza prenderlo in mano, temendo di veder comparire la Vedova. Sono le dieci, ha appuntamento con lei, ancora una volta. *Cosa vuole adesso da me?*

Frank pazienta, è un suo talento. Osserva il caminetto di marmo bianco, poi il trumeau Luigi XV, su cui ci sono uno specchio stile Impero e un quadro del Settecento che raffigura una scena pastorale. Si vedono due coppie di nobili in campagna, giovani aristocratici che scoprono l'eccitazione e i piaceri della galanteria. Frank non aveva mai fatto attenzione a quella tela. Si rende conto che era lì ben prima che arrivassero i tedeschi e che ci resterà senza dubbio a lungo, dopo la loro partenza. Una permanenza che permette di relativizzare il presente, è un pensiero che lo tranquillizza. Il corso della Storia lo investe e lo supera: preso nel flusso vigoroso del tempo si sente, sorprendentemente, meno fragile.

All'improvviso, la porta dell'ufficio si apre bruscamente. Frank viene sottratto di colpo alle sue fantasticherie e, d'istinto, si alza in piedi. La vedova Ritz se ne sta ritta come la giustizia, in un tailleur blu di jersey a righe piuttosto estroso, che la ringiovanisce. È un abito nuovo, senza dubbio firmato Chanel, un capo estivo non nel suo solito stile. Si direbbe che, vestita così, stia per andare a fare una gita a Cabourg o a Deauville.

Ma cosa ha in testa, sant'Iddio?

La Vedova abbozza un sorriso, ma lo sguardo tradisce una certa agitazione. Frank ne è turbato.

«La prego, Meier, entri!»

«Buongiorno, signora.»

Frank entra nella stanza inondata dalla luce del sole e nota subito due bauli da viaggio Louis Vuitton messi l'uno accanto all'altro davanti alla finestra.

Nooo! Se la svigna?

Avanza verso la grande scrivania di ciliegio selvatico, ma la Vecchia gli fa segno di sedersi sul divano Luigi XV, quello che riserva agli invitati. *Che strano.* Senza protestare, ubbidisce dissimulando la sorpresa. Marie-Louise Ritz richiude la porta capitonné e si siede di fronte a lui sulla bergère Luigi Filippo, con aria affabile e impaziente.

Qual è la fregatura, stavolta?

Appena seduto, Frank vede, aperta sul tavolino, una cartina stradale dell'area di Parigi. A sud della capitale sono appuntate delle bandierine di seta blu.

La Vecchia si è messa a fare il capo di stato maggiore?

«Ha letto la copia di "Combat" che sta sul tavolino in anticamera?»

«Ho solo buttato un occhio...»

«Gli Alleati sono alle porte di Parigi, Meier!»

Frank non riesce a capire se Marie-Louise Ritz se ne rallegra o se ne preoccupa.

Ha forse un piano per contrastare Patton? Crede di essere Pétain a Souilly...

Cosa nasconde questa cartina, buon Dio?

«Stando alle informazioni che ho ricevuto, diverse pattuglie della 3ª armata americana hanno raggiunto Meudon» dice, indicando le bandierine.

«Come sarebbe?»

«Lei mi deve aiutare, Meier. Voglio uscire da Parigi e andare loro incontro.»

«Chiedo scusa?!»

È impazzita a furia di rimanere chiusa qui dentro?

Sicura di sé ma emozionata, la Vecchia gli espone il suo piano. Si rifiuta di rimanere con le mani in mano, convinta che a non fare niente rischia di vedersi confiscare l'albergo appena arrivano gli Alleati. Cita César Ritz: «Restare fermi è morire». Vuole anticipare l'ingresso degli americani a Parigi e dare loro delle garanzie. Ha previsto tutto: «Lei verrà con me, guiderà il furgone. Ho fatto caricare sul T23 le ultime sei casse di bourbon e venticinque bottiglie di champagne, tutte quelle che ci restavano, non me ne vorrà...».

«Ma, signora...»

«Mi lasci finire!»

Scocciata, la Vecchia prosegue. I due bauli Louis Vuitton sono pieni di profumi Chanel, di sigarette Balto e di cioccolato Debauve & Gallais, che intende offrire agli ufficiali americani come ringraziamento per questa liberazione. Saranno sensibili ai rischi che si è presa per andare da loro. Frank non crede alle sue orecchie.

«E voglio che fra un'ora siamo già per strada.»

«Signora, io...»

«No, Meier, mi ascolti! Lei è una vedette per gli ufficiali e ha conosciuto l'America, ci sa fare con loro, quindi mi accompagnerà! Saranno felici di incontrarla, come un assaggio di Parigi. Vada a prendere i suoi utensili, preparerà dei cocktail sul cofano delle jeep e noi ci salveremo la faccia. Me ne ricorderò, glielo prometto, verrà generosamente ricompensato!»

«Basta, signora! Si fermi! Si rende conto di cosa sta dicendo?»

Marie-Louise rimane interdetta davanti alla veemenza di Frank.

«Non riusciremo mai a uscire da Parigi con un veicolo, i tedeschi o gli insorti ci sparerebbero addosso al primo incrocio.»

«Proviamoci, almeno! Lei è un ex combattente, Meier, mostri un po' di coraggio!»

«No, signora, sono desolato.»

Frank si alza di scatto, e anche la Vedova. Lo supplica con lo sguardo, è in preda al panico. Lo fissa con due occhi pieni di paura.

«Signora, non sente che si spara dappertutto? Ci sono barricate in tutte le vie. Ci lasceremmo le penne!»

«Meglio morire che perdere il mio Ritz...»

«Sia ragionevole, signora, è troppo tardi.»

Marie-Louise Ritz gli lancia un'occhiata colma di disprezzo.

«Vuole deludermi fino alla fine, Meier. Che stupida! Avevo dimenticato che lei è solo un vigliacco e un tirapiedi. Esca dal mio ufficio!»

Frank è sbigottito. Si è riseduta sulla bergère e con un gesto rabbioso fa volare in aria la cartina, poi si lascia sfuggire un grido sordo e astioso. C'è tutta la sua vecchiaia in quell'accartocciarsi su se stessa. Marie-Louise Ritz, pronta ad attraversare il campo di battaglia per accogliere i liberatori nella sola speranza di salvare la sua opera, come un'eroina... Frank ne è quasi commosso. In anticamera, si sorprende a pensare che la Vedova non è mai stata così umana come stamattina. Teme il crollo imminente, è un sentimento che Frank conosce bene. L'arrivo degli Alleati segna la fine di un mondo, quello di una vecchia borghesia reazionaria corrotta dal fascino dei soldi da più di un secolo.

Come sarà il nuovo mondo?

5

22 agosto 1944

Non funziona più niente, non escono più nemmeno i giornali. Da tre giorni si sentono scoppi e spari intorno al Ritz. Il fracasso a intervalli dei fucili-mitragliatori non fa neanche più sobbalzare Frank. Questa mattina Elmiger è dovuto andare al magazzino di rue Lecourbe. *A fare cosa?* Non ha detto niente. Ma al ritorno era profondamente scosso, ha temuto di lasciarci la pelle. Ha raccontato della sollevazione dei parigini contro l'esercito tedesco e la Milizia – *una Francia contro l'altra.* La città è piena di barricate. Dei cecchini stanno in agguato dietro ai sacchi di sabbia, si combatte dappertutto. Sul terreno sono sparsi i cadaveri, si vedono dei ragazzini attaccare i panzer con le bottiglie molotov, mentre certi ex combattenti della Grande Guerra hanno tirato fuori dall'armadio i loro vecchi fucili. I resistenti hanno occupato la prefettura e sui muri spunta dovunque un invito a vendicarsi: «A ciascuno il suo crucco». Tutti temono la risposta dei tedeschi, che sarà sicuramente terribile. Nessuno è rimasto sorpreso quando Elmiger ha detto che ai dipendenti sarà vietato entrare e uscire dall'albergo. Si preannuncia il gran finale, che si giocherà a porte chiuse.

In tutto questo caos, Frank è bloccato dietro al suo bancone, davanti alle due ultime clienti dell'albergo, che annegano i loro timori nella vodka, e la vodka nel succo di mela. Per la prima volta da molto tempo si sono messe eleganti per l'aperitivo. Barbara Hutton, in gonna alle caviglie, calze a rete e tacchi a spillo, aspira il fumo dal bocchino di madreperla. Gabrielle Chanel, invece, rimane fedele alla sua uniforme estiva: tailleur crema e camicia bianca, sei fili di perle intorno al collo, paglietta in testa e sigaretta in bocca. Si sono sedute al bancone fingendo d'ignorare che dal grammofono uscivano in sordina le note della *Marcia funebre* di Chopin. *Il crepuscolo delle donne di mondo.* È ormai da un'ora che si sforzano di sorridere e di fare salotto, consapevoli che da un momento all'altro gli insorti potrebbero entrare al Ritz.

Gabrielle Chanel si è comunque premurata di tutelarsi: la scritta «Gratis per i liberatori» è pronta a ornare la sua boutique di place Vendôme, dove conta di regalare il suo N°5 ai soldati americani.

«Vedrà» conclude, «faranno la coda davanti al negozio e mi proteggeranno.»

«Ma nell'attesa? Non ha paura?» domanda Barbara Hutton tremebonda.

«Paura di cosa?»

«Che i *boys* arrivino troppo tardi! E quindi di cadere nelle mani dei resistenti. Se quei selvaggi entrano qui, verrà rasata come una prostituta, e anch'io. Forse anche peggio...»

Frank non può che darle ragione. Se alle Forze Francesi dell'Interno venisse in mente di prendere il Ritz, chissà che sorte verrebbe loro riservata. S'immagina già fucilato seduta stante e in fondo, pensa, sarebbe una punizione meritata.

Dov'è finito il volontario del 1914? Serve della vodka a due tardone anziché affrontare i tedeschi nei sobborghi. No, non avrà liberato Parigi, faticherà a giustificarsi. Si sente prigioniero del Ritz e non sa più come uscirne. Sfaccendato, avvilito, aspetta di sapere cosa il destino ha in serbo per lui. Quanto gli piacerebbe essere più valoroso. Come vorrebbe che Jean-Jacques potesse essere fiero di lui tornando a Parigi. A Frank non dispiacerebbe combattere ma non ne è capace – e non solo perché aveva giurato a se stesso che non avrebbe più toccato un'arma dopo la Grande Guerra. Non lo confesserà a nessuno, ma la verità è che ha una fifa blu.

«Se veniamo arrestate dai resistenti, crede che avremo il fegato della signora Auzello?» dice Gabrielle Chanel in tono provocatorio.

«Fegato, dice?!» esclama l'ereditiera dei Woolworth. «Quell'idiota ha sfidato i tedeschi e adesso è senz'altro morta, o sta agonizzando in una cantina di rue des Saussaies...»

«No, cara» ribatte Chanel con un sorriso altezzoso, «è viva.»

«E come lo sa?» domanda Barbara Hutton sorpresa.

Sicura di sé, Gabrielle Chanel fa una pausa a effetto prima di rispondere. La *Marcia funebre* volge al termine.

«Lo so perché è tornata oggi.»

«E dove? Al Ritz?»

«Sì.»

«Misericordia!» esclama Barbara Hutton.

Frank non ascolta il seguito della conversazione, non riesce a mantenere la calma. *Oggi... E se Elmiger avesse mentito? Forse non è uscito per andare in rue Lacourbe, ma per andare a prendere Blanche da qualche parte nella zona sud di Parigi.*

«È stata rilasciata all'alba» continua Chanel.

«E come sta?»

«Non lo so, Barbara. Non mi hanno svelato il segreto.»

«Bisogna dire che se l'era proprio cercata» insiste Barbara Hutton.

Le due signore continuano a parlare. Frank, invece, sta per avere un crollo. I nervi cedono, sul volto gli scorrono grosse lacrime. Al diavolo il pudore. Era forse questo il suo destino – rimanere qui per rivederla? Sopraffatto dall'emozione e dalla rabbia, vorrebbe far chiudere il becco a quelle due megere insopportabili. Gabrielle Chanel ha perlomeno avuto l'eleganza di distogliere lo sguardo, mentre l'ereditiera, sconcertata, lo guarda come fosse un animale da circo.

Piango, sì, e vi sto dando fastidio.

Blanche è viva, non conta nient'altro.

Frank passa come una furia la pelle di daino sul bancone, quando il telefono inizia a squillare.

Dio, non lo sopporto più.

È Auzello. Ha un tono di voce più febbrile che mai.

L'ex direttore deve trasmettergli un messaggio: Blanche vuole vederlo al più presto e gli chiede di salire da lei domattina alle sette.

6

23 agosto 1944

Mobili stile Impero, pianoforte a coda e lampadari con gocce di cristallo: quello dei coniugi Auzello è il tipico salotto della borghesia parigina. Alla parete è appeso un ritratto in piedi di Claude in uniforme da ufficiale della Grande Guerra. Ha un'aria spavalda. Ma l'uomo che accoglie Frank quel mattino non ha più niente del fiero combattente di una volta. Claude Auzello è ansioso, sospira, trema. Lo choc del giorno prima non ha fatto che aggravare la debolezza degli ultimi mesi.

«Non potrà trattenersi a lungo» dice. «Blanche è molto debilitata.»

«Certamente.»

«Era in prigione a Fresnes. Quei bastardi l'hanno rilasciata ieri mattina in fretta e furia. È dovuta tornare qui a piedi.»

«A piedi da Fresnes?!»

«Sì... e senza scarpe!»

«Dio santo...»

«Ha camminato per dieci chilometri vestita di stracci prima che il guardiano di un passaggio a livello delle ferrovie accorresse in suo aiuto e mi telefonasse. Un miracolo. Siamo andati a prenderla, io e Elmiger, con il furgone ... Era arrivata a porte de Vanves. Devo avvertirla...»

«Di cosa?»

«È irriconoscibile.»

Frank fa un respiro profondo.

«Perché vuole vedermi?»

«Dovrebbe saperlo meglio di me, Frank...»

«Le assicuro che non lo so.»

Claude allarga le braccia in segno d'impotenza.

«Bene» dice, «mi segua. L'accompagno in camera sua.»

Frank sente battergli forte il cuore, gli pulsano le tempie. Ha scorto negli occhi di Claude lo spavento che suscitano in lui le condizioni di sua moglie. Sembra quasi che abbia ritrovato una morta.

Arrivato sulla soglia, Frank esita. Avrebbe preferito non vederla. Fuggire dalla realtà, ecco cosa gli riesce meglio. Se pensa che Elmiger ieri mattina ha rischiato la vita per accompagnare Claude Auzello e correre in aiuto di Blanche... Ecco dove avrebbe dovuto essere: sul T23 con loro.

«Può entrare, Frank. Non più di cinque minuti.»

«Sì, signor Auzello.»

«Le tende sono tirate, non sopporta la luce del giorno. E non la faccia parlare troppo, per favore. È sfinita e a volte straparla.»

Frank entra. La stanza è immersa nel buio. Intravede il letto sulla destra e un'angoscia terribile s'impadronisce di lui, sente una punta aguzza fra le costole. Una paura bestiale. Chiude gli occhi, cerca nei ricordi il sorriso canzonatorio di Blanche per scacciare la paura di scorgere la morte sul suo volto. Ora la sente respirare, un rantolo da animale ferito.

«Frank? È lei?»

«Sì, signora, eccomi.»

«Non voglio che lei mi veda nel mio sudario. Ma si avvicini.»

Riconoscere la sua voce lo tranquillizza un po'. Lentamente gli occhi si abituano al buio. Distingue sotto il lenzuolo un corpo scheletrico, intuisce il cranio rasato di Blanche, scorge il suo volto solcato da rughe profonde. Lei batte i denti. Frank sente un brivido lungo la schiena.

«Bisogna andarsene» dice in modo febbrile.

«Chiedo scusa?»

«Gli ho detto tutto. Tutto. Che sono nata a New York in un quartiere ebraico. Che mi chiamo Rubenstein. Ho anche detto che lei lo sapeva, che mi ha aiutato... Frank, deve andarsene!»

Ecco perché voleva vederlo urgentemente.

È più morta che viva, ma si preoccupa per lui.

«Non deve preoccuparsi, non verrà più nessuno.»

«Come sarebbe?! Sono dappertutto... Scappi, le dico!»

«I tedeschi sono allo sbando, non ha più nulla da temere. E neanch'io. Ora deve pensare a curarsi.»

«Ho creduto di morire... Sapesse cos'è quella vasca in cui ti annegano...»

Frank allunga una mano verso di lei per acquietarla, ma Blanche lo ferma prima che le sfiori la pelle.

«Mi hanno spezzato l'avambraccio con un calcio, mi hanno... Quando sentivo gli spari in cortile all'alba, speravo che arrivasse presto il mio turno.»

«Sa perché l'hanno rilasciata?»

Un suono soffocato che somiglia a una risata.

«Ho approfittato del panico. Ieri, dopo la mia confessione, una guardia ha fatto irruzione nella cantina per informare il mio carceriere che l'ultimo camion stava lasciando la prigione. Sono scappati via a tutta velocità. La porta è rimasta aperta e mi sono diretta verso Parigi.»

«Adesso è salva, finalmente.»

«Mi vergogno così tanto.»

«Non deve...»

«Ho anche parlato del passaporto falso che lei mi aveva procurato, delle luci accese in cucina, dell'aviatore inglese...

Tutto purché la smettessero. Le chiedo scusa, Frank. Le chiedo perdono.»

«Non dica così. Ha fatto quello che ha potuto.»

Un rantolo sfinito è la sola risposta.

«Mi dia la mano.»

Quella di Blanche è gelida. Trema. La fragilità delle sue dita lo sconvolge. Non ha più che la pelle sulle ossa. Frank la massaggia con estrema dolcezza per riscaldarla, teme di romperla se preme anche solo leggermente. A questo punto osa cercare il suo sguardo nel buio, ma si direbbe che Blanche ha gli occhi chiusi.

Il bacio rubato nella primavera del 1939...

Tanti anni vissuti nell'intensità di un'illusione.

Adesso lo so. So che Blanche non sarà mai mia. La sua vita appartiene a Claude, a Lily Kharmayev. Devi essere fiera di te, Blanche. Sei la figlia di Sara e Isacco, ebrei tedeschi, donna dal cuore grande e ribelle.

Dal respiro, Frank capisce che si è addormentata. Si china su di lei, le bacia la fronte. Assapora sulle labbra la dolcezza della sua pelle. Un secondo bacio fa sgorgare le lacrime, ma la tristezza è svanita, resta solo la bellezza.

Claude bussa alla porta. Il tempo è scaduto.

Me ne vado, Blanche, sussurra. *Ti lascio alla tua vita. Ti amo più che mai, e ti prometto che terrò questo segreto per me.*

7

24 agosto 1944

In pieno mese di agosto, l'odore di un camino acceso non può che sorprendere. È calata la notte, la porta dell'ufficio di Elmiger è aperta e Frank rimane inchiodato sulla soglia. Il direttore è inginocchiato davanti al fuoco, circondato da documenti sparsi per terra.

«Entri, Frank! Venga!» gli dice Elmiger senza voltarsi.

«Buonasera, signor direttore.»

«Si sbrighi, mi aiuti!»

«Cosa devo fare?»

«Mi passi i registri.»

«Ma... ma... Cosa sta facendo?»

«Distruggo l'archivio degli ultimi quattro anni. Coraggio, si sbrighi!»

Frank gira intorno alla scrivania e si dirige verso lo scaffale su cui sono allineati dei documenti rilegati in pelle.

«Stanotte o domani gli Alleati entreranno a Parigi» aggiunge Elmiger, appallottolando un foglio. «Dobbiamo proteggere il Ritz.»

Frank gli porta tre dossier e ne lascia cadere uno.

«Faccia come me, strappi le pagine a una a una, bruciano meglio.»

Ineffabile Elmiger: nel cuore della tempesta, cerca ancora di riflettere e di razionalizzare. Frank lo guarda senza riuscire a muoversi. Il direttore è spossato, anche lui ha i nervi a fior di pelle. Le finestre sono aperte, ma l'ufficio è comunque invaso dal fumo, che fa pizzicare la gola e il naso. Il camino è saturo, pieno di scartoffie rossastre che crepitano come ieri il Grand Palais, distrutto dalle granate tedesche. L'odore di bruciato arrivava fino al Ritz. Non c'è bisogno di uscire dall'albergo per capire che a Parigi regna un'atmosfera apocalittica. *La città è in fiamme, il fuoco preannuncia la fine.* La paura si è impossessata di tutti, ma Frank è ormai passato dall'altra parte dell'inquietudine. Non prova più alcuna sensazione, alcun sentimento, vorrebbe solo che finisse, qualunque cosa succeda.

«Coraggio, Meier! Si dia da fare!»

Il caldo è soffocante. In maniche di camicia, con la cravatta slacciata e il sudore che gli copre la fronte, Elmiger strappa i registri e li butta nel fuoco per purificare l'albergo dal disonore. I nomi di una clientela compromessa spariscono per sempre tra le fiamme. *Epurare. E così sia.*

«No, non quella!» lo ferma Elmiger, vedendolo mettere mano a una nuova cassa.

«Cosa c'è dentro?»

«Delle buste lasciate dal signor Süss.»

Frank riconosce la grafia del visconte e per curiosità le passa in rassegna. Vede solo dei nomi di ebrei.

«Sono gioielli e denaro lasciati in deposito da israeliti» spiega Elmiger.

«In deposito?»

Elmiger scuote nervosamente la testa.

«Prima che arrivassero i tedeschi, Süss ha proposto a certi clienti ebrei di depositare i loro beni nelle nostre casseforti per sottrarli a eventuali confische. Alcuni hanno accettato; dopodiché, sono scappati e non sono mai tornati a Parigi...»

Frank è senza parole.

«Su, Meier, si concentri! Strappi i registri, coraggio!»

Frank ubbidisce e osserva affascinato i nomi di clienti ancora vivi sparire tra le fiamme, mentre sulle buste rimangono i nomi di famiglie ebree scomparse. Si eliminano i primi per il senso di colpa, si tengono i secondi nella speranza di riscattarsi.

Di tutti quegli ebrei, quali sono ancora in vita?

A chi andranno i loro beni?

Domande impossibili.

«Sa che ieri hanno arrestato Guitry?» dice Elmiger, chino davanti al camino, mentre smuove la brace con l'attizzatoio.

«Non lo sapevo.»

«La sua segretaria me lo ha detto stamattina. Due uomini sono andati a prenderlo a casa.»

«Dove l'hanno portato?»

«Non si sa. La sua segretaria mi ha chiesto aiuto. Non ho potuto fare niente.»

«Uomini delle FFI?»

«Sì. La signora Choisel mi ha raccontato che Guitry è uscito dall'immobile con la canna di una pistola puntata alla nuca.»

«Mio Dio...»

Elmiger si è rialzato, tiene un pugno sull'anca. È in un bagno di sudore. Fa un caldo che si muore, anche Frank sta facendo un grande sforzo. Si asciuga la fronte con la manica.

Dove sarà? In una prigione, di sicuro – almeno, così dobbiamo sperare. E se fosse morto?

«Non gli hanno dato il tempo di vestirsi. Guitry si è ritrovato in strada con indosso un pigiama giallo e delle pantofole di coccodrillo.»

«E i parigini hanno cercato di linciarlo?» chiede Frank inquieto.

«La signora Choisel dice di no. Ha percepito una specie di indifferenza.»

Nulla di peggio per Guitry, pensa Frank. *Li avrà maledetti.*

Il commediografo l'aveva previsto: eccoli davanti ai loro giudici, lui e tutti i frequentatori del Ritz. Nessuno può essere certo di dormire nel proprio letto stasera, Frank non più degli altri. Barman o clienti, sono tutti entrati in un tempo in cui regnano la delazione e il desiderio di vendicarsi, e in cui non ci sono più innocenti. Non è rimasto neanche un militare in albergo: si sono tutti rifugiati al Meurice. Gli insorti possono varcare la porta del Ritz da un momento all'altro, l'intero l'albergo rischia di essere distrutto dalla furia vendicatrice. Elmiger l'ha capito.

Chi entrerà per primo, i resistenti o gli Alleati?

La sorte del Ritz dipende interamente dalla risposta a questa domanda.

Elmiger mira ad alleggerire la sua posizione nel processo. Ha appena buttato nel fuoco un nuovo fascio di documenti e fa una pausa, scrutando le fiamme come in cerca di risposte. Aspira una boccata dalla sigaretta, ha un'espressione malinconica sul volto.

Frank azzarda una domanda di circostanza: «Ha paura, Hans?».

«Ci sono diversi tipi di paura, Frank...»

Ora si chiamano per nome.

«Ha paura di morire?»

«Non tanto. Ho paura semmai di ciò che diranno di me dopo...»

«Che è stato dalla parte dei tedeschi?»

«Bah... Lo diranno di sicuro, è inevitabile. Gli eroi saranno quelli della Resistenza. A loro la gloria, d'altra parte se la meritano. Quanto a noi, dovremo tenere un basso profilo e fare gli ipocriti. Siamo andati alla deriva con le correnti più oscure. Anche se, in fondo, spero di avere fatto del mio meglio.»

Frank si accende una sigaretta. Sembra quella del condannato, ma il boia non è ancora arrivato.

«Cos'ha imparato da tutto questo?» domanda.

«Che bisogna interessarsi alle persone al di là delle bandiere. Conta solo quello che facciamo, in realtà.»

Il direttore sospira, rassegnato. I resti compromettenti del Ritz hanno appena finito di consumarsi alle sue spalle. Frank ricorda di avere molto sottovalutato Elmiger, al suo arrivo, e con quanta forza l'aveva disprezzato all'inizio della guerra. È un uomo del tutto diverso quello che ha davanti ora, un uomo estenuato. A meno che non sia lo stesso, uno che aspettava solo che le circostanze rivelassero la sua vera natura. Forse domani verrà giudicato dai nuovi padroni del paese. Ma Frank non dimenticherà mai di che rettitudine ha dato prova.

«E lei, Frank, cos'ha imparato?»

«Che bisogna amare la vita per come è. Bella o brutta che sia.»

«Ecco una dimostrazione di grande saggezza.»

«Ci sono arrivato tardi. Nessuna vita è fatta solo di momenti felici o di prove da affrontare. Mi sforzo di ricordarmelo per non crollare…»

«Crollare, è il pericolo che corriamo tutti.»

I due fumano per qualche istante in silenzio guardando il camino.

«Come si sente stasera?» chiede Elmiger.

«Non molto resistente…»

Il direttore si lascia andare a una risata fragorosa.

«Ha il senso della battuta!»

«Oh, non è mia. L'ho rubata a Arletty. Una sera l'ho sentita rispondere così a Guitry.»

«Povera Arletty» dice Elmiger sospirando. «Anche lei sarà in pensiero…»

Frank sta per rispondere, ma l'istinto gli fa notare con apprensione la strana calma che da poco si è creata all'esterno. All'improvviso, riecheggia un suono grave che riempie l'aria. Elmiger tende le orecchie.

«È… la campana di Notre-Dame?»

«Si direbbe.»

«Dio mio, gli Alleati sono entrati a Parigi.»

Frank è impietrito. Da tempo aspettava di sentire quelle parole.

«Mi passi gli ultimi registri, presto!» grida Elmiger. «Dobbiamo finire questo lavoro!»

Frank non riesce a muovere un dito.

«Coraggio! Mi aiuti, Meier! Si dia da fare!»

La campana suona di nuovo nella notte e presto la sinfonia si propaga da un campanile all'altro. Tutte le chiese della capitale iniziano a suonare a festa e Frank sente rizzarsi i peli sulle braccia. Le campane di Parigi avvisano i tedeschi che il loro regno si conclude stanotte, esultano. In qualunque parte della città si trovino, Montmartre o i Gobelins, Montparnasse o le Buttes-Chaumont, i parigini sanno cosa significa, le campane promettono un'imminente esplosione di gioia. Frank sente dei brividi in tutto il corpo, si stupisce, si rende conto che ha il cuore francese, per sempre. Elmiger, invece, non presta attenzione a quel frastuono, è altrove, tutto preso dal suo Ritz. Strappa pagine su pagine, le appallottola e le getta nel fuoco, indifferente al presente, preoccupato solo da quello che succederà dopo.

Frank lo guarda senza aiutarlo. La guerra gli ha anche insegnato che è solo, come lo è Elmiger. Rifugiati al Ritz, si sono ripiegati su loro stessi nella speranza di sopravvivere in qualche modo. Ma stasera, Frank invidia tutti quelli che domani festeggeranno la liberazione di Parigi. Li invidia, ma non sarà uno di loro. E quand'anche gli insorti lo autorizzassero a partecipare alla festa, ha già deciso che non ci sarà posto per lui. Nel 1918 ha tanto disprezzato gli imboscati pronti a celebrare l'armistizio che domani si terrà lontano dai festeggiamenti.

È una questione d'onore.

Stasera, Parigi prepara la festa per la sua liberazione e la sola cosa che lo consola è essere ancora in vita.

8

25 agosto 1944

Il destino di Parigi si gioca nelle prime ore del mattino. Da due giorni gli Alleati stazionavano a Rambouillet, in uno di quei momenti in cui la Storia esita a rovesciarsi. Gli americani avrebbero preferito fare una deviazione. Anche gli inglesi, per avanzare più velocemente verso la Germania e affrettare la fine della guerra. Il generale Leclerc scalpitava alla testa della sua divisione corazzata. De Gaulle, invece, preferiva aspettare un accordo politico e contenere i comunisti prima di prendere la capitale. Combattimenti nelle strade e trattative dietro le quinte: tutto si è svolto in extremis, gli Alleati si sono messi in moto all'alba. Con loro ci sono diverse centinaia di giornalisti venuti da ogni parte del mondo, ansiosi di raccontare la liberazione della Ville Lumière – due di loro hanno dato vita a una feroce battaglia di ego dal giorno dello sbarco. Sono un ex veterano e un giovane ambizioso, la penna contro l'immagine: Ernest Hemingway, lo scrittore di Chicago, e Robert Capa, il fotografo di Budapest. Hanno scelto due strade separate per entrare a Parigi, staccandosi dalle colonne dei soldati. Hanno in testa lo stesso obiettivo: arrivare prima dell'altro al Ritz.

Tutto questo, ovviamente, Frank Meier non lo sa. Come

non sa che von Choltitz ha fatto minare Notre-Dame e i ponti sulla Senna, ma che sta anche disobbedendo a Hitler, il quale esige la distruzione della città. Il generale tedesco spera di avere salva la vita dagli Alleati.

Parigi non brucerà.

Diario di Frank Meier

25 agosto 1944

Gli Alleati sono entrati a Parigi. È la Liberazione e mi sembra di essere uno spaniel che si è perso nella foresta. Sfinito, cerco la via per uscirne in mezzo ai rovi, nella boscaglia. Non riconosco più nulla. Troverò un posto nel mondo che verrà, o resterò per sempre incastrato nella mia via di mezzo? La paura del crollo, sempre. Non sono più un proletario, ma non sarò mai un borghese. Non sarò mai uno di loro, lo so. Condannato a vagare in questa no man's land, potrei approfittare della liberazione per vendicare il mio ceto e umiliare a mia volta la vecchia Ritz. Ma le dighe dentro di me resistono e si rifiutano di lasciar fluire la rabbia. Non annegherò nelle passioni tristi. In fondo, ho sempre saputo di avere rinnegato i miei genitori perché mi vergognavo di essere loro figlio. È stato lo sguardo che posavo su di loro, e nient'altro, a farmeli disprezzare. Come aveva potuto, mio padre, innamorarsi di quella donna senza ambizioni? Come aveva potuto, mia madre, andare a letto con quel brutto tipo? Ci ho messo del tempo a capire che a lungo mi sono sentito la prova vivente della loro mediocrità. Detestarsi, sentirsi sempre illegittimo e piangere. Fuggirli per tenerli a distanza, dimenticarli per inventarmi un'altra vita e altre filiazioni. A dire il vero, però, messo alla prova dall'Occupazione, sento di essere cambiato. Grazie ai crucchi, mi sono riconnesso ai miei genitori e vedo le cose in modo diverso. Alla luce degli atteggiamenti meschini, sleali e vili che ho visto stando dietro al bancone del bar in questi quattro anni, mi dico che i miei vecchi non erano certamente i peggiori, e forse sto finalmente accettando di essere figlio loro, di essere quello che sono, Frank Meier, barman del Ritz, ex combattente a Vimy e figlio di proletari ebrei. C'era bisogno che imboccassi questo sentiero scosceso fra collaborazionisti e alti ufficiali della Wehrmacht per placare le mie lotte interiori? C'era bisogno che mi trasformassi in falso borghese per raggiungere una forma di indulgenza nei confronti miei e dei miei genitori? Il lusso mi ha senza dubbio isolato. Isolato e accecato, come ha accecato Jünger e Guitry sulla realtà schifosa di questa guerra. Si sono sbagliati, e mi sono sbagliato anch'io. Ma devo dare la colpa solo a me stesso. I vincitori avranno a loro volta indulgenza per il cieco che sono stato? Mi piacerebbe poter dire loro come, fra le due guerre, al Ritz ho visto sgretolarsi i valori borghesi di onestà e dignità. Non dovremo mai dimenticare che è stato per il timore di perdere i propri beni che gran parte della borghesia si è rannicchiata fra le braccia del vecchio Pétain, come me d'altronde, tutti convinti di sfuggire così al peggio. Ormai siamo sul bordo di un precipizio, dovremo badare a contenere la voracità degli uomini. Sapranno approfittare di quest'occasione per ritrovare la dignità della vita umana?

«Occorre sapere che le cose sono senza speranza ed essere tuttavia decisi a cambiarle» mi aveva detto Fitzgerald prima di lasciare Parigi nell'autunno del 1938.

In queste parole è riassunta tutta la mia vita.

9

25 agosto 1944

È appena suonato mezzogiorno. Frank è al suo posto. Un impegno che aveva preso nel giugno del 1940: sarebbe stato lì per il ritorno della libertà e del bel mondo – della civiltà, insomma. Ma si ricorda di cos'era a quel tempo? Alle pareti del suo bar, Fitzgerald e gli altri rappresentano ancora il mondo di ieri; a dire il vero, i ricordi dei primi giorni dell'Occupazione si sono come dissolti. Nessuno, allora, avrebbe potuto immaginare che tutto *questo* sarebbe durato più di quattro anni. Nessuno avrebbe pensato di perdere tanti amici, tanti vicini, tante persone care. Nessuno avrebbe potuto prevedere le retate, le restrizioni, la fame, la disperazione, flagelli che erano nell'aria – ma chi poteva concepire che fosse possibile spingersi fino a quel punto? Nemmeno lui, che aveva visto il peggio al mulino di Laffaux nel 1917, credeva che si potesse cadere così in basso, lontano dalla linea del fronte.

Aspettando i liberatori, senza sapere se verranno a bere o ad arrestarlo, Frank rivede un'ultima volta il film di questa strana guerra. Vede sfilare davanti al bancone Speidel, Bedaux, Göring, Guitry e gli altri, Fersen, Stülpnagel, Jünger, Lafont, Knochen, Inga Haag… Si pente di avere bruciato nel lavello i due biglietti della *bambola truccata*, ma a che scopo? Tutti quelli che sono venuti nel suo bar per cospirare contro Hitler sono morti o in fuga. Nessuno potrà testimoniare in suo favore – e chiunque abbia visto i due messaggi di Inga Haag non può aver letto che due poesie, una di Goethe e l'altra di Schiller, due poesie che non provano niente. Per il mondo intero, e per le FFI in particolare, Frank Meier è stato per quattro anni *il barman dell'esercito tedesco e dei collaborazionisti.* L'ironia del destino è davvero crudele.

Se fuori splende il sole, il suo umore s'incupisce. Pensa a Blanche nella sua stanza immersa nel buio. Pensa a Luciano, ovviamente. Forse non saprà mai che fine ha fatto. Come forse non saprà mai se Süss è sopravvissuto. Non sa nemmeno che Hemingway e Capa hanno fatto il loro ingresso in città.

È mezzogiorno e mezzo quando un primo distaccamento entra nel bar del Ritz. Sono inglesi, in fila indiana. Un gruppo di giovani allegri con i lineamenti tirati, il volto abbronzato, il fucile in mano e l'elmetto in testa, la divisa sporca e gli scarponi inzaccherati. La maggior parte ha appena vent'anni, lo sguardo pieno di stupore e l'aria di dirsi: *È quindi questo, il Ritz?* Il più anziano ha i capelli rossi e i galloni da sergente sulle maniche – *di sicuro andava ancora al liceo nel 1940.* Che netto contrasto con l'ingresso dei tedeschi, quattro anni prima. *Neanche un ufficiale per liberare place Vendôme, ma è una gioia vedere questi ragazzi in gita.* Sono belli, vigorosi, non proprio disciplinati ma decisi, dall'aria fiera. *Dei piccoli Luciano*, pensa Frank, con una stretta al cuore. Salutano il barman ma non si fermano, ansiosi di tuffarsi nel bagno di folla che Parigi promette. Claude Auzello e Hans Elmiger hanno già issato la bandiera francese al posto della svastica sul tetto dell'albergo. I soldati inglesi se ne vanno con qualche posacenere del Ritz nelle bisacce – *magro bottino di guerra*, si dice Frank sorridendo: non resta altro, i tedeschi hanno saccheggiato tutto.

Il Ritz rimane solo, chiuso in un muro di silenzio in attesa della sentenza. Dal bar, Frank sente la folla che festeggia i liberatori in place de l'Opéra. *Che baccano!* Grida, applausi, canti, immagina una gigantesca marea umana. La Marsigliese torna a ondate, in coro, a squarciagola. *E se decidessero di scendere lungo rue Cambon verso la Senna?* Frank esce un istante nella galleria per sgranchirsi le gambe. Incontra la governante, la signora Bourhis, e André Brun, il maître. Anche loro sono sulle spine. Non si scambiano una parola, si lanciano uno sguardo inquieto, poi Frank torna al suo posto, aspettando l'arrivo del nuovo esercito. *Come nel 1940.* È tutto pronto. Le flûte sono lucide, lo champagne è in fresco. Stamattina è anche riuscito a recuperare delle fragole e dei mirtilli.

La pendola suona le due, il barman troneggia in solitudine dietro al bancone, gli tremano le mani e comincia a giragli la testa. Non mangia da ieri mattina e teme l'invasione di una folla ostile, un timore che non molla. *Facciamola fuori presto*, pensa Frank. La fatica e l'angoscia di quei quattro anni si abbattono di colpo su di lui. Ha cercato di rassicurarsi con i soliti rituali: si è lucidato i baffi e le scarpe, si è fatto con cura il nodo alla cravatta di seta nera. «Non si aspetta la morte, figlio mio, ci si prepara» diceva sua madre. Se dovesse essere fucilato nel pomeriggio dalle FFI, sarebbe impeccabile nella bara. All'improvviso, finalmente, si avvicina qualcuno. Dei passi affrettati in corridoio.

Chi sarà?

È Georges.

«Ehi, vecchio mio, abbiamo dato un bel calcio in culo ai crucchi!» dice, divertito, come se avesse appena messo in fuga l'occupante da solo.

«Sì, si direbbe...»

È passato più di un mese dalla sua partenza precipitosa, il giorno dopo il fallito attentato. Sembra ringiovanito, ha un'aria irriverente.

«Cosa combini lì, dietro al bancone? Santo Dio, fuori festeggiano tutti!»
Da quanto non sentiva Georges parlare con quel tono di voce? Quell'allegria che a volte poteva ribaltare una serata. Ma Frank non è di quell'umore.
«Io resto qui.»
«Ehi!» grida Georges, come se volesse svegliarlo. «Parigi è stata liberata, Frank!»
Come faccio a spiegarglielo? Se oggi, proprio oggi, lasciassi il bar, il mio mondo smetterebbe immediatamente di girare.
L'epilogo deve aver luogo qui, non per la strada, in mezzo a tutti quelli che domani si rivolteranno contro di me.
«Esci, Dio mio. C'è un clima splendido. È pieno di belle ragazze. Per nulla scontrose, oltretutto. Non vorrai perderti una cosa simile?! Ti assicuro che è uno spettacolo straordinario. C'è gente appesa ai lampioni. Tutti ridono, cantano, piangono, si abbracciano senza freni. Camminano mano nella mano, sono felici. Le ragazze saltano sui blindati di Leclerc e si aspetta De Gaulle, sarà un delirio!»
«E i crucchi?» domanda Frank.
«Ci sono dei prigionieri, vengono insultati e schiaffeggiati con rabbia, fa bene alla salute. Dài, vieni, ti dico! Cioè, aspetta un attimo. Prima, dammi una coppa di Perrier-Jouët, *please*, muoio di sete, ho la gola secca...»
«Subito.»
«Arrivo, mi sta per esplodere la vescica...»
Georges che viene a pisciare al Ritz prima di tornare a festeggiare la libertà, è la vita che ricomincia.

La risata di Georges riecheggia ancora nel bar e Frank, per un istante, vede un futuro. *E se gli Alleati si precipitassero al Ritz per festeggiare la vittoria?* In fondo, nessuno vorrà sapere cos'è successo in quel bar negli ultimi quattro anni. È la vocazione di un grande albergo: un albergo da fiaba in cui il sogno non deve mai interrompersi. Il Ritz rimarrà uno scrigno meraviglioso per chi prenderà il testimone, ecco tutto. La Vedova può tranquillamente andare al diavolo, Elmiger avrà vinto alla grande e Frank con lui.

Stasera farò la parte del castellano per i liberatori, mormora nella sala ancora vuota. *E se tutto va per il meglio, potrò anche uscirne indenne con tutto il mio bottino...*

Luciano.

Frank immagina di vederlo entrare, e ora che si annuncia la pace, gli sembra di sapere che non lo rivedrà più. Avrebbe già dovuto dare sue notizie. *Trattieni le lacrime, Frank*. Non è stato capace di proteggerlo, porterà questa croce fino alla fine. Ma sopravviverà. Frank ha vissuto due guerre e tutt'e due gli avranno sottratto delle persone care. Lo sa già: prima si piange, poi si ritrova la forza di vivere. Il dolore ha la memoria corta – nel bene e nel male.

Pensa a Blanche. Blanche, vittima dei suoi demoni. Blanche, spezzata, forse per sempre, dal peggio che l'umanità ha creato. Blanche, da lui tanto amata, in segreto. Sorride, senza volerlo: nel caos di questi ultimi quattro anni, avrà almeno saputo, per quanto fugacemente, cosa vuol dire amare qualcuno più di se stesso. Poco importa, in fondo, che non sia stato un sentimento corrisposto, rimarrà la cosa più preziosa per lui.

Nasciamo soli, moriamo soli, e nel frattempo ognuno cerca come può di alleviare l'angoscia della solitudine.

Questa sera berrà alla salute della sua anima gemella.

Che la provvidenza vegli su di te, ti meriti il riposo.

E se gli verranno le lacrime agli occhi, non le tratterrà.

Sente di nuovo dei passi in corridoio.

Sarà Georges che torna?

No. La porta su rue Cambon è crollata, sono in tanti e si sentono delle urla nell'atrio. Frank s'irrigidisce e, di colpo, si ode un grido più forte e perentorio degli altri: «*Raus* i crucchi!».

Conosce quella voce.
«*Come on, boys!*»
Possibile?
È la voce di Hemingway.
Papa è tornato!
Frank lo sente, gli batte il cuore all'impazzata.
Non piangere, soprattutto, non adesso.

Avviene tutto rapidamente. Venerdì 25 agosto, è un giorno di liberazione, inizia il fine settimana. La vita ricomincia nel punto in cui si era interrotta. Frank sente anche la voce di Claude Auzello, sarà sceso per accogliere di persona Hemingway e gli altri. C'è agitazione in corridoio, si sentono degli schiamazzi, delle risate. È un frastuono di voci, ma un barman lo sa distinguere: è il chiasso di un gruppo di uomini che vuole bere e festeggiare.

La porta del bar non è chiusa a chiave, ma Hemingway la sfonda con una spallata. Col busto proteso in avanti, trionfa sulla soglia.

«Ehi, Frankie! Coma va la vita?» domanda, come se si fossero salutati il mese scorso.

Sul volto di Frank si disegna un sorriso.
Quattro anni d'inferno finiscono in quell'istante.
«Buongiorno, Papa!» dice Frank.
«Ne è passato di tempo, accidenti!»
«Oh, sì. Benvenuto in paradiso...»

Appendice

Salvato in extremis all'ospedale di Verdun dopo che aveva tentato il suicidio, Carl-Heinrich von Stülpnagel viene condotto a Berlino dove, il 30 agosto 1944, viene processato e condannato a morte per avere partecipato, da Parigi, all'attentato a Hitler. Quello stesso giorno, il comandante supremo delle truppe d'occupazione in Francia viene impiccato.

Dopo la guerra, Otto von Stülpnagel viene arrestato in Germania e trasferito a Parigi nel 1946. Due anni più tardi, qualche giorno prima che inizi il processo in cui è imputato come responsabile della repressione messa in atto dai tedeschi, il primo comandante supremo delle truppe d'occupazione in Francia si suicida, impiccandosi in cella nel carcere di Cherche-Midi. È sotto il suo comando che, nel dicembre del 1941, era stata organizzata la retata di notabili ebrei francesi.

Arrestato dalla Gestapo il 7 settembre 1944, Hans Speidel resiste agli interrogatori. È uno dei pochissimi sopravvissuti fra gli ufficiali che hanno organizzato l'attentato a Hitler. Viene liberato dalle truppe francesi il 29 aprile 1945. Nonostante la sua attività al servizio del Terzo Reich durante la Seconda Guerra Mondiale, prosegue la carriera militare nelle Forze armate della Repubblica Federale Tedesca. Muore a Bad Honnef nel 1984.

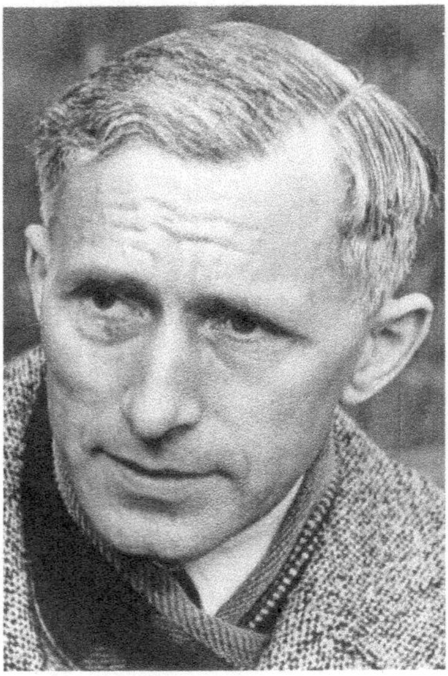

Dopo la capitolazione, le opere di Ernst Jünger vengono messe al bando per diversi anni nella Repubblica Federale Tedesca. Trasferitosi nella cittadina di Wilflingen, in Svevia, per mezzo secolo conduce una vita ritirata. Figura ovviamente controversa, è stato un compagno di strada intellettuale del Partito nazionalsocialista fra le due guerre e resta uno degli scrittori che più hanno segnato il Ventesimo secolo. Muore nel sonno all'età di 102 anni, nel 1998.

Dopo sessanta giorni di prigione, Sacha Guitry ha beneficiato di due non luoghi a procedere davanti alle corti di giustizia della Liberazione. Dopo la guerra, il commediografo prosegue la sua gloriosa carriera artistica, per quanto intaccata dal sospetto di avere collaborato con i nazisti. Muore di cancro nel 1957.

Arrestata nel settembre del 1944 dalle Forze Francesi dell'Interno, Gabrielle Chanel viene interrogata da un comitato per l'epurazione dei collaborazionisti. In mancanza di prove, viene rilasciata e si esilia in Svizzera, accompagnata dal barone von Dincklage, il suo amante tedesco. Nel 1954 torna a Parigi per rilanciare la sua casa di moda, aiutata dai fratelli Wertheimer. Muore nel 1971, all'età di 87 anni, nella sua suite al Ritz.

Per nulla preoccupata al momento della Liberazione, Marie-Louise Ritz si impegna nel dopoguerra per dare un futuro al suo albergo e fa affidamento sul figlio Charles per assicurare la continuità familiare. Muore nel 1961, all'età di 94 anni.

Probabilmente licenziato dal Ritz nel 1946 per motivi ancora oggi non chiariti, Georges Scheuer lascia Parigi e diventa barman all'Hôtel Majestic di Cannes. Muore nel 1969.

Finita l'Occupazione tedesca, Hans Elmiger ritrova il suo ruolo di vicedirettore accanto a Claude Auzello. Il nipote del barone Pfyffer lascia il Ritz nel 1954 per andare a dirigere il Grand Hôtel National di Lucerna, in Svizzera, dove lavora fino al 1970. Muore nel 1987.

A Liberazione avvenuta, Claude Auzello torna a essere il direttore del Ritz, mentre Blanche Auzello lotta contro i suoi demoni, non essendosi mai del tutto ripresa dalla carcerazione nelle prigioni della Gestapo. Alla morte di Marie-Louise Ritz, il figlio Charles annuncia a Claude Auzello cosa intende fare per assicurare il futuro dell'albergo. All'alba del 29 maggio 1969, sfinito dalla vita e dai fantasmi che ossessionano sua moglie, Claude Auzello uccide Blanche Rubenstein con un colpo di pistola nel loro appartamento in avenue Montaigne, e subito dopo mette fine anche ai suoi giorni. La domestica li trova morti in camera da letto.

Arrestato dalla polizia del XVIII *arrondissement alla fine di agosto del 1944, Frank Meier viene interrogato da un comitato per l'epurazione dei collaborazionisti. Accusato, con il figlio Jean-Jacques e la nipote Pauline Neumayer, di avere approfittato dell'occupazione tedesca, ottiene, a quanto si dice, la sua e la loro liberazione grazie a un versamento di trecentomila franchi fatto alle Forze Francesi dell'Interno.*

La fine di Frank Meier è ancora oggi avvolta nel mistero. È possibile che sia stato licenziato dal Ritz per aver commesso azioni fraudolente dopo la guerra. Le circostanze della sua morte, avvenuta nel 1947, restano vaghe; forse era ammalato. Solo di recente si è saputo che è stato sepolto nel cimitero di Pantin, a nordest di Parigi, accanto all'ex moglie Maria Hutting e al loro unico figlio Jean-Jacques Meier, morto nel 1979.

Che Frank Meier, il più illustre dei barman, vi riposi in pace.

Crediti fotografici

Carl-Heinrich von Stülpnagel nel 1940: © akg-images / TT News Agency.

Otto von Stülpnagel: © akg-images / picture-alliance / dpa.

Hans Speidel nel 1944: © akg-images / ullstein bild.

Ernst Jünger nel 1947: © akg-images.

Sacha Guitry intorno al 1920 (Abel, Paris): collezione privata © akg- images.

Coco Chanel nel 1937: © Boris Lipnitzki / Roger-Viollet.

Marie-Louise Ritz nel 1952: © Photopress Archiv / Keystone / Bridgeman Images.

Georges Scheuer: © DR.

Hans Elmiger: © DR.

Claude Auzello nel 1948: © Keystone-France / Gamma-Rapho.

Blanche Auzello: © DR.

Frank Meier: © Photo Roger Schall – SCHALL Collection.

Ringraziamenti

L'autore desidera qui esprimere i suoi più sinceri ringraziamenti a:

Anna Pavlowitch, direttore editoriale della casa editrice Albin Michel, che mi ha aperto le porte del suo ufficio in un momento in cui ero pieno di dubbi. Mi ha offerto il suo occhio esperto, la sua benevolenza, il suo savoir-faire e la sua amicizia, davvero preziosa.

Gilles Haéri, presidente e direttore generale di Albin Michel, per l'accoglienza calorosa che mi ha riservato.

Francis Esménard, per lo spirito e l'impegno ineguagliabile che dominano nella sua bella casa editrice.

Susanna Lea, agente letteraria e impareggiabile consigliera, per la sua energia, la sua fiducia e la sua eleganza in ogni circostanza. Grazie a lei, *Il barman del Ritz* verrà tradotto e pubblicato in diversi paesi.

Louise Danou, editor di grande qualità capace di ascoltare gli altri, per la sua vitalità e il suo spiccato senso della sintesi.

Frédéric Schwamberger, un uomo distinto che ama i libri e al quale mi sento profondamente legato. Questo romanzo deve accendergli un cero.

Claude Roulet, ex assistente del presidente delle società della Ritz Paris Hotel Ltd fra il 1980 e il 2004 e storico appassionato del Ritz, per avere accettato l'appuntamento che ha scatenato tutto e avermi fornito informazioni e fonti di prima mano.

Tilar J. Mazzeo, scrittrice americana che ha lavorato sulla vita del Ritz durante l'Occupazione e le cui ricerche mi sono state molto utili.

Un pensiero particolare va agli storici che hanno nutrito questo romanzo con le loro numerose opere. Ne cito qui solo alcuni, ma sono molti e molte di più: Jean-Pierre Azéma, Pascal Ory, Henry Rousso, Olivier Wieviorka, Laurent Douzou, Christian Ingrao, Julian Jackson, Bénédicte Vergez-Chaignon, Éric Alary, Robert Paxton, Laurent Joly, Jean-Paul Cointet, Yves Pourcher, Nicolas Roussellier, Milo Lévy-Bruhl, Annette Wieviorka, Renaud Meltz e Claire Andrieu.

Sono profondamente riconoscente a Colin Field, barman del Ritz fino al 2023. Mi ha ricevuto nel suo antro, nelle sere d'inverno abbiamo parlato a lungo al bar Hemingway e mi ha insegnato tante cose. Devo un ringraziamento anche a Anne-Sophie Prestail, assistente di Colin per diversi anni, divenuta a sua volta responsabile del bar Hemingway.

Un grazie va a Fernando Castellon e David Wondrich, due grandi conoscitori della storia dei barman, che mi hanno dato accesso a molti archivi ricchi di informazioni.

Sono ugualmente grato a Bertrand Guillot e a Virginie Plantard per i loro preziosi consigli.

E a Nicolas de Cointet, editor di talento con un senso spiccato dello stile, grazie al quale *The Artistry of Mixing Drinks* (il libro di Frank Meier pubblicato nel 1934) vivrà una seconda vita. Grazie per avere permesso questa formidabile «mise en abyme».

E poi, certo, un pensiero commosso va a Frank Meier, un uomo che evidentemente non ho mai conosciuto ma col quale ho trascorso tanto tempo negli ultimi sette anni.

Senza dimenticare alcuni compagni di strada: Aurore Clément, Dean Tavoularis, Laurent Bon, Muriel Meynard, Laurence Bloch, Sébastien Gnaedig, Sébastien Goethals, Pascale Clark, Candice Marchal, Gérard Lefort, Benoist de Changy, Henri-Marc Mutel, Fabien Archambault, Frédéric Bonnaud, Charles Berling, Yann Chouquet, Emmanuelle Pouliquen, Fabrice Bouthillon, Clément Léotard, Sophie Berlin, Caroline Psyroukis, Florence Godfernaux, Anne-Julie Bémont, Florence Platarets, Jean-David Zeitoun, Violaine Ballet, Juliette Médevielle, Irène Menahem, Raymonde Ley, Régis Collin e i miei genitori.

Una strizzatina d'occhio particolare ad Andrea e Aurélien, i fratelli Belghiti.

Infine, Sonia Devillers: senza il suo amore mi sarei perso.

Finito di stampare nel mese di maggio 2025
su carta HOLMEN
con fibra vergine proveniente da foreste sostenibili holmen.com/paper
presso Elcograf S.p.A. – stabilimento di Cles (TN)

Printed in Italy